译文纪实

Shark's Fin and Sichuan Pepper

Fuchsia Dunlop

[英]扶霞·邓洛普 著 何雨珈 译

鱼翅与花椒

上海译文出版社

目 录

序言　中国人啥都吃 001
第一章　好吃嘴 001
第二章　担担面！...... 019
第三章　做饭先杀鱼 032
第四章　野人才吃沙拉 045
第五章　刃上神功 060
第六章　味之本 074
第七章　饿鬼 092
第八章　嚼劲 110
第九章　病从口入 126
第十章　革命不是请客吃饭 145
第十一章　香奈儿与鸡爪 155
第十二章　御膳 168
第十三章　味麻心不麻 184
第十四章　熊掌排骨，思甜忆苦 200
第十五章　"蟹"绝入口 217
第十六章　红楼梦 232
后记　一只菜虫 248
致谢 252
译后记 253

序　言

中国人啥都吃

一家装修挺前卫的香港餐馆，上了皮蛋作为餐前开胃小吃。蛋被一切两半，搭配泡姜佐餐。那是我第一次去亚洲，之前几乎没见过晚餐桌上出现这么恶心的东西。这两瓣皮蛋好像在瞪着我，如同闯入噩梦的魔鬼之眼，幽深黑暗，闪着威胁的光。蛋白不白，是一种脏兮兮、半透明的褐色；蛋黄不黄，是一坨黑色的淤泥，周边一圈绿幽幽的灰色，发了霉似的。整个皮蛋笼罩着一种硫磺色的光晕。仅仅出于礼貌，我夹起一块放在嘴里，那股恶臭立刻让我无比恶心，根本无法下咽。之后，我的筷子上就一直沾着蛋黄上那黑黢黢、黏糊糊的东西，感觉再夹什么都会被污染。我一直偷偷摸摸地在桌布上擦着筷子。

点皮蛋的是我表哥塞巴斯蒂安。他招待我在香港暂住几日后再启程去内地。他和他那群欧亚混血的朋友，夹着一瓣瓣的皮蛋大快朵颐。可不能让他们看出我不爱吃，这关乎我的自尊。毕竟，在吃这件事情上，我可是向来以大胆著称的。

我在吃喝领域的探索很早就开始了。我们家总是弥漫着各种奇异的味道。我妈在牛津教外国学生英语。那些学生有土耳其的、苏丹的、伊朗的、意大利西西里的、哥伦比亚的、利比亚的、日本的……那时候我还小，这些学生经常占领我家的厨房，煮一顿充满思乡之情的饭。有些学生在我家帮忙干活换吃住，那个日本女孩，会给我和妹妹捏饭团当早餐;而那个西班牙的男生会打电话给他妈妈,问她拿手的海鲜饭具体怎么做。我妈呢,喜欢做咖喱,是我那个"非正式"的印度教父维贾伊教的。我爸做的菜就比较超现实主义,什么紫色土豆泥啊、绿色炒鸡蛋啊等等。我的奥地利教父来做客,带来了在缅甸和锡兰打突击战时学到的菜谱。当时大多数英国人餐桌上只有烤面肠[1]、咸牛肉土豆泥和奶酪通心粉,而我们吃的是鹰嘴豆泥、小扁豆、薄荷酸奶拌黄瓜和茄子沙拉[2]。我肯定不是那种看见桌上端来蜗牛或者腰子就吓得晕过去的女孩儿。

但中国菜还是很不一样。小时候我当然也偶尔吃过中餐外卖:油炸猪肉丸子配上鲜红的酸甜酱,还有冬笋炒鸡肉、蛋炒饭之类的。后来,我也去过伦敦的几家中餐馆。但是一九九二年秋天,我第一次去中国,落脚香港,面前的这道菜还是叫我猝不及防。

我去是因为做了一份亚太地区新闻报道助理编辑的工作。读了几个月关于中国的新闻和资料之后,我决定要亲眼看看那个国家。我在香港有几个朋友,所以把那里作为第一站。首先吸引我的当然是中国美食。在香港做平面设计师的塞巴斯蒂安带我去港岛的湾仔逛了几个传统菜场。别的外国朋友带我去各种餐厅,点他们最喜欢的菜吃。很多菜叫我又惊又喜:精心烹制的烧鹅、亮闪闪的新鲜海产、五花八门的精美点心。就连香港街头最便宜、最不起眼的餐厅做的炒菜和汤都比我在英国尝到的任何一家要美味,光是菜品的种类就让人眼花缭乱。但我也遭遇了很多新的食材和佐料,叫我不太舒服,甚至觉得恶心。

和塞巴斯蒂安他们吃完那顿饭后不久,我过了口岸,进入内地,从火车站搭了列慢车去广州。我去了"臭名昭著"的清平市场,肉类那片

---

[1] 烤面肠是传统的英国菜肴,将香肠裹在调制好的面糊里烤制,有时也会做成碗状,在中间填一些豆子和蔬菜。——译者
[2] 茄子沙拉是西西里岛的名菜,食材一般包含甜椒、茄子、葡萄干和松子等。——译者

区域的笼子里关着獾、猫、貘等动物，它们的样子都相当痛苦。药材摊上摆着一麻袋一麻袋晒干的蛇、蜥蜴、蝎子和苍蝇。晚饭给我上了牛蛙干锅和爆炒蛇肉，肉边上还留着一点皮，能看出是个爬行动物。有些菜还真是出乎意料的美味，比如那道爆炒蛇肉。有的嘛，就像那道恶心的皮蛋（西方人称之为"千年老蛋"），无论味道还是口感，都让我全身发麻。

然而我从来不是拒绝品尝新口味的人。某些方面来说我算是比较谨慎，但也经常会鲁莽冲动，让自己陷入从前没怎么遇到过的情况。去中国之前，我已经遍访欧洲（包括土耳其），震惊和挑战都算是家常便饭了。从小爸妈养我，就是给什么吃什么，而且总教育我要做一个礼貌的英国人。所以，在中国，要是我的饭碗里剩下了什么，简直是不可原谅，就算那菜有六条腿或者硫磺一样的味道。所以，在这个国家，初来乍到的我从一开始就几乎不假思索地吃下中国人摆在我面前的任何东西。

过去来到中国的那些欧洲商人和传教士记录下了他们的中国生活和印象。在这些最初的记录里，外国人就开始表达对中国菜的震惊了。十三世纪末，马可·波罗不无厌恶地写道，中国人喜欢吃蛇肉和狗肉。他还宣称，有些地方会吃人肉。一七三六年，法国耶稣会历史学家杜赫德[①]描述奇异的中国菜，用的则是一种"世界真奇妙"的口吻："鹿鞭……熊掌……他们吃起猫啊、老鼠啊之类的动物，也是毫不犹豫。"中国的宴会总会让初来乍到的外国人觉得惊恐，因为有鱼翅、海参和别的看着跟橡胶一样的"佳肴"，还因为很多食材佐料根本就认不出来。十九世纪，英国外科医生图古德·唐宁就写了英国水手在广州的通商港口歇脚，吃个饭也得小心翼翼地挑来挑去，"免得不知不觉就吃了条蚯

[①] 全名是让·巴普蒂斯特·杜赫德（Jean Baptiste du Halde）。——译者

蚓，或者啃着猫儿小小的骨头"。

将近两个世纪过去了，现在已是二十一世纪初，中国菜早已渗透进了英美人的日常生活。英国最小的城镇也有中国餐馆。超市的货架上摆满了中国的方便速食餐和炒菜配料。如今的英国，百分之六十五的家庭都有一口中华炒锅。二零零二年，中国菜甚至超越印度菜，成为全英国最爱的"民族"菜。然而，大受欢迎的表象之下，仍然暗藏着未知产生的强烈恐惧。同样是二零零二年，英国销量极大的报纸《每日邮报》刊登了一篇题为"呸！切个屁！"的著名文章，公开抨击中国菜，说"（中国菜是）全世界最具有欺骗性的。做中国菜的中国人，会吃蝙蝠、蛇、猴子、熊掌、燕窝、鱼翅、鸭舌和鸡爪"。这篇文章里表达的情绪，恰好应和了最初那些去中国的欧洲旅行者的恐惧，说你永远没法确定"筷子上夹着的那黏糊糊的荧光色的东西"到底是什么。

英国媒体最爱刊登这种故事，显然读者也是喜闻乐见。总有文章绘声绘色地描述中国餐馆里有狗肉火锅啊、炖牛羊鹿鞭啊什么的。这些令人恶心的"美味佳肴"似乎有股不可抗拒的力量。二零零六年，BBC（英国广播公司）新闻网上，一篇关于北京"锅里壮"鞭锅鞭菜餐厅的报道，长时间占据着最受欢迎文章的地位。第二年，英国的电视上播出了喜剧演员保罗·莫顿游中国的四集系列片，涉及中国文化的方方面面，饮食当然是其中之一。那么他们去拍了什么菜呢？狗肉和鞭锅啊！离马可·波罗写中国人嗜吃狗肉已经七个世纪了，离杜赫德对着鹿鞭惊叹已经将近三个世纪了，西方人还是对中国美食中这些怪异的元素念念不忘，甚至有点走火入魔了。

面对这些充满毁谤意味的成见，中国人整体上保持了惊人的沉默。可能是因为他们觉得"啥都吃"本来就是见惯不惊的小事情。虽然中国普通家庭常吃的饭菜也基本上就是主食、猪肉和蔬菜，根据地方的不同可能来个鱼或者海鲜。但在中国人的概念里，很少有东西不能拿来作食材的。其实吃狗肉、驴鞭的人很少,从来没吃过的大有人在。不过从观念上来说,吃这些东西也不是什么禁忌。

　　传统上,中国人不会把动物分成"宠物"和"可食用的动物",除非你是很虔诚的佛教徒(不同区域也可能会有地方性的好恶),不然会觉得什么动物都能吃。同样的,在宰杀动物的时候,也不会从概念上区分"肉"和"咬不动不能吃的部分"。中国人从古至今都比较喜欢头、身子、尾巴连着一起吃,这种吃法就连英国那个特别爱做内脏的著名主厨弗格斯·亨德森也只能望尘莫及。二十世纪三十年代末,诗人克里斯多夫·伊舍伍在中国旅行时,夸张地记录了难忘的经历:"没有什么东西具体地归类为能吃或者不能吃。你可能会嚼着一顶帽子,或者咬下一口墙;同样的,你也可以用午饭时吃的食材盖个小屋。"

　　对我来说,中国这种杂食性特色最鲜明的体现,是一本烹饪书,作者是我在湖南认识的一位厨师兼餐馆老板。书是全彩页的,装帧很不错,欢欣愉悦、图文并茂地展示了每个外国人最糟糕的噩梦,都是些可能让他们一看便呕吐不止的中国菜。各种各样禽类的头和爪懒洋洋地靠在汤锅边缘或者菜盘子上。捣碎的豆腐和蛋白汇成一片"海",十个鱼头从里面诡异地探出来,嘴巴张着,里面含着鱼丸,用的就是它们自己的鱼肉。十一只蛤蚧(大壁虎)被剥了部分的皮后下锅炸,身体炸得金黄酥脆,像炸鸡块,一头一尾的鳞还保留着,眼珠子被掏出来换成了新鲜的青豆。还有个巨大的盘子上趴着十只完整的鳖,感觉随时可能醒过来,窸窸窣窣地爬走。

　　书里我最喜欢的一张图片,是一碗软软的蛋白布丁上装饰着酒渍樱桃、撒着巧克力碎片。看到这图片的时候我心想,哎,真遗憾,拍得不好,那些巧克力碎片看着跟蚂蚁似的。结果我仔细看了看下面小小的说明文字,发现这道"布丁"的大名叫"雪山神蜉",上面撒的还真是蚂蚁,还备注说有祛风湿、通经络之功效。书的第四十五页介绍了一道很

鱼翅与花椒

隆重的大菜,整只的乳狗,烤得外焦里嫩,前后腿儿趴开在一个大盘子上。它之前先被刀劈过,头骨被砍成两半,一边一只眼睛、一个鼻孔,旁边装饰着香菜和小红萝卜雕的花,摆得挺好看的。还有哪位带种族偏见的漫画家能用更好的画面来说明中国这些"杂食人种"有多恶心吗?

一九九二年,我第一次去中国,那真是大开眼界的发现之旅。那个国家如此生机勃勃,又如此杂乱无章,完全不是我之前认为的单调呆板的"集权国家",完全没遇到想象中一群群人穿着清一色的毛式中山装、挥舞"红宝书"的画面。透过火车车窗,我看到一幕幕生动的风景,水田、鱼塘、农民辛辛苦苦地工作、水牛踏踏实实地耕田。在广州,我去看了一场令人叹为观止的马戏:演员们把蛇放在鼻子上,还赤脚在碎玻璃上跳舞。我在桂林市美丽的漓江边骑单车,在长江三峡的客轮上还和一群上了年纪的"政治代表"讨论"文化大革命"。我看到的一切,几乎都让我沉醉着迷。回到伦敦,我报了夜校学普通话,开始为《今日中国》杂志撰写每季的中国新闻汇总。我甚至开始试验一些中国菜谱,参考的是《苏氏中国名菜谱》①。这种对中国的迷恋将会深刻影响我今后的生活,当时只不过刚刚开始。随着我和中国的牵绊渐深,我对中国菜的探索也越发广泛了。

旅行在异邦,要完全适应当地口味并不容易。我们吃的东西,代表了我们做人和自我认知非常核心的一部分。保持自己的文化传统也不是一件小事,而是一种自我保护的手段,让我免受未知事物的威胁。我们外出度假时会接种疫苗,免得在国外染上什么病;类似的,在国外我们也可能只吃自己熟悉的食物,免得陌生的文化猝不及防地暴露在眼前。十九世纪末和二十世纪初,身在亚洲的英国殖民者晚餐时会换上正式的礼服,每晚还要喝鸡尾酒,这不仅是为了消遣。他们知道,要是不这么

---

① Yan-Kit So's Classic Chinese Cookbook,作者是英籍中餐业者苏恩洁。——译者

做，就会有迷失自我的风险，就会像驻守印度的那些英国怪人一样全心全意地投入到当地文化中，都忘了自己真正的归属。

十九世纪，住在上海和其他按照条约开放的港口城市的英国人都对中国菜避之唯恐不及，完全靠从家乡进口来的罐装和瓶装的所谓"金属"餐食活着。二十世纪二十年代出版了一部《英华烹饪学全书》（分两卷，一卷英文，给英国人家的女主人看；一卷中文，给厨子看）。书里有一些经典的菜谱，比如龙虾汤和鸽肉饼。里面也提到了一些异域菜，比如"匈牙利炖菜"和"印度咖喱"，但对中国菜却只字未提。几乎能感觉到这套书的作者们对中国人的恐惧，他们可能觉得，这些"杂食动物"就匍匐在阴影中，随时可能伸着爪子猛扑过来。

不知为什么，一个国家越陌生，当地人的饮食越怪异，居住在这个国家的外国人就越想要严格地坚持自己故国的规矩。或许这样比较安全。就算是现在，我在中国的很多欧洲朋友也基本上是自己在家做欧洲菜吃。吃别国的菜，是很危险的。一筷子下肚，你就不可避免地失去自己的文化归属、动摇最根本的身份认同。这是多大的冒险呀。

所以，这本书写的就是中国菜带给我的出乎意料和不可思议。故事的主人公是一个英国女孩，去了中国，啥都吃了，后果嘛，有时候还真是令人惊讶呢。

第一章 好吃嘴

湿气弥漫的十月早晨，四川大学留学生楼与别人合住的小房间里，我从被窝里爬出来。我的意大利室友菲洛梅娜已经起床出门了。我睡眼惺忪地套上一件棉外套，看了看窗外。和平常一样，天灰蒙蒙的（老话说得好："蜀犬吠日"）。留学生楼有围墙，是要让留学生老实待着，也让好奇的中国人别进来。墙外头一溜梧桐树，梧桐树那边就是锦江，一个打鱼的带着一船的鸬鹚，在浑浊的江水中试手气。他的鸟儿们扑闪着大大的黑色翅膀，脖子上都套着环。逮到的鱼要是太大，吞不进喉囊，就吐给打鱼的。打鱼的扔进鱼篓，换条小鱼喂给鸬鹚。我目不转睛地看着眼前的一幕，被深深吸引了。我在成都的日常生活，充满了这些令人着迷的小剧场。

渔夫划着船飘远了，我也没法看他的鸟工作了。于是冲了澡，穿好衣服，出去找早饭吃。我跟留学生楼那个看门的太爷[①]说了声"早上好"，然后懒洋洋地走过一排芭蕉树。学生和老师们骑着自行车从我身边经过，车铃叮当响。矮矮的居民楼，阳台上晾着衣服，还挂着鸟笼。四川的雾气很温柔，笼罩之下的一切都变得轻软了些。川大的校园安宁平静、树木葱茏。在这么个出租车不停按喇叭、小贩大声叫卖、喧哗谈笑的城市，这里可真是一片静谧的绿洲。

不远的地方，就在大学办公楼后面，有个小摊，我动动鼻子就能找得到。小摊卖的是军屯锅魁，用面团卷起压扁的饼子，中间裹着碎肉和

鱼翅与花椒

小葱，再撒点花椒，天堂般的香味能飘满整个校园。摊主是两口子，年纪有点儿大了，各司其职，互相不咋个②说话。女的揉好面，掰成小团，再在油光光的菜板上搓成圆球，然后拿手掌后部把每个球擀成长舌一样的面饼，遍抹猪油，精确地撒上点香麻味儿的碎肉，最后卷起压成圆形递给她男人。男的把面饼在热油上煎得金黄，然后放进鏊子③下面的炉膛里，沿边上摆成一圈，把外皮烤得焦香。趁热吃，一口咬下去油脆脆的，里头的面又有嚼劲，味道也丰富可口，花椒刺得你双唇麻酥酥的，像在跳舞。在这么一个阴湿的秋天，还有比这更美妙的早餐吗？

最开始引诱我到中国生活的，不是食物。至少我是这么对自己说的。我应该是来研究中国少数民族历史的。一九九二年我初访中国；过了一年，我飞到台北，参加了两个月的暑期中文课；接着花了一个月的时间在中国大陆四处转转，期间去了西藏。从拉萨回家的路上，我途经四川的省会成都，到的那天天气真好，在四川实在少见：阳光灿烂，只微微有点常年挥之不去的盆地迷雾。我有一张皱巴巴的名片，是个四川二胡演奏家的，叫周钰。我和他偶遇在我家乡牛津的路上。当时他在演奏二胡，悠扬的旋律深深吸引了一群听众。"到成都的话，找我。"他那时对我说。于是我入住了交通饭店，租了辆自行车，去四川音乐学院找他。

周钰和记忆中一样，还是那么热情、那么风度翩翩。他老婆陶萍也是个音乐家，很有生气的女子。他们把我当成老朋友一样欢迎，带着我骑自行车去看成都的景点。我们到杜甫草堂去散步，然后在新南门公交站附近一家不起眼的餐馆吃午饭。那是个看得见木梁的小房子，餐馆在一楼，只有小小的一间，周围贴着白瓷砖，像厕所。几张桌子，几把椅

---

① 四川话，即"老大爷"。——译者
② 四川话，即"怎么"。——译者
③ 制作煎饼、烙饼类的炊具，比较像巨大的煎锅。北方煎饼摊上常见，四川锅魁也用此工具来煎。——译者

子，墙上没有任何装饰。周钰点了几个菜，我们等着上菜，听后面那个小厨房淹没在愤怒火爆的"嗞啦"和"嘶嘶"声当中。餐厅里弥漫着各种最最美妙的香味。至今我仍然记得那顿美餐的每一个细节。凉拌鸡，加了酱油、白糖、红油和花椒面；豆瓣鱼，加了豆瓣酱、葱姜蒜；切成花刀的猪腰，刚好一口一个，刀工相当考究，和芹菜泡椒一起大油爆炒而成。还有所谓"鱼香"茄子，我吃过的最好吃的菜之一：亮闪闪的茄子拿深红色的辣味酱料一炒，虽然没有用到鱼，但那引人垂涎的酸甜味儿还真是有点鱼香。这可是我闻所未闻、见所未见、吃所未吃的中国菜，大开眼界啊大开眼界。

几个月后，一位同事建议我申请英国文化委员会的奖学金去中国学习。她帮着我弄出一个很不错的中国少数民族研究计划，估计我对这个主题还能感一阵子的兴趣。填奖学金申请表的时候，我想了好些常驻成都做研究的理由，都是学术上的，很有说服力。我不想去外国人特别多的北京和上海，这样就能让自己真正融进中国生活、学习中文。哦，四川话是普通话的变种，变得七扭八歪的，没关系没关系。四川算是中国汉族聚集区的边缘，周围有很多很多少数民族聚居区，比如藏族、彝族、羌族，等等。这些理由听起来都是相当充分的。然而，我必须坦白，填着表格上那一栏栏的项目、编着堂而皇之的理由时，我心里想的是鱼香茄子、豆瓣酱红烧鱼、火爆腰花和花椒的香味。运气真好，英国文化委员会和中国政府也认为成都对我来说是个做研究的好地方，给我拨了奖学金。这真是张"金奖券"，能到中国去探索一年，还没什么附加条件。

一九九四年，四川大学外办给刚来成都的一群留学生开了个欢迎会。我们聚在留学生楼的礼堂，当地公安局派来个面相严厉的警官向我们宣读国家关于"外来者"的规定。一个老师操着生硬的英语做翻译。规定里说，不能从事"颠覆破坏活动"，否则会惹麻烦，情节严重者会被驱逐出境。警察读完了，老师补充说，很快会有医务人员来学校抽血，检查我们是否携带HIV病毒。入境中国之前，我们全都经历了冗繁严格的体检，包括HIV检测，所以听到这个我们都很生气（我自己的医生曾发自内心地嘲笑中国对年轻健康的女性入境体检太严格了，包括什么心电图）。这其实在提醒我们，不管我们对即将到来的中国生活感到多么紧张，这个经历数十年封闭后逐渐开放的国家其实也对我们感到紧张。

九十年代中期，成都的外国人还挺少，留学生的总人数大概也就一百二左右。除了我们以外，就只剩下些美国领事馆的工作人员、外教和救援人员。还有个很神秘的生意人，来自秘鲁。学校里那四十来个日本学生特别爱抱团，很排外。我们呢，意大利人、法国人、蒙古人、俄罗斯人、埃塞俄比亚人、波兰人、约旦人、老挝人、加纳人、德国人、丹麦人、加拿大人和美国人，就彼此热热闹闹地生活在一起。

我们住的地方在学校可谓备受保护的一块"飞地"①，中国学生称之为"熊猫楼"，因为在他们看来，我们所受的待遇就好像珍稀濒危物种似的。我们那些中国校友住在混凝土的宿舍里，八个人挤在一个房间，冬天没暖气，夏天没空调，洗澡的话要走很远，每天还是特定时间限时供水。我们住的是摆了两张床的双人间，铺着地毯，暖气空调俱全，楼里每一层都配有厨房、洗衣机和卫生间。我们的餐厅可以点菜，里面做的川菜和中国学生的食堂比起来要好多了（也要贵得多）。我们那栋楼门口有看门的，还有间办公室，外事办的工作人员总是注意着我们的一举一动。

但是，虽然说我们居住在奢侈的孤立当中，也只需要走出宿舍楼，就能被四川生活的喧哗与骚动所淹没。在大学的侧门边就有个菜市场，

---

① 本国境内的隶属另一国的一块领土。——译者

满满当当的全是应季生鲜。水盆里，鱼儿跳跃、鳝鱼蠕动；笼子里，鸭子和鸡都在强烈地抗议；大大的竹垫子上堆放着各种各样的蔬菜水果，藤藤菜①、竹笋、蒜薹和苦瓜。还有特定季节才能吃到的，比如苋菜、枇杷和椿芽，也就是香椿树柔软的新叶子。有个摊子上卖的是不同种类的豆腐。手工编织的竹筐子沉甸甸地装着农产品，农民坐在筐子后面的小凳子上，等着拿老式的手提秤称好斤两，然后拿算盘算价钱。

每天，成都的人们都在这样的市场里买菜。那时候还没有真正意义上的超市。我经常在那个市场遇见大学里的某位老师在人群中挨挨挤挤，自行车的篮子装得满满的，什么大葱啊、豆芽啊、菠菜啊、生姜啊，还有现杀的鱼装在塑料袋里，从车把上垂下来，还在扭动。很快我就把那些小摊贩都认熟了。那个眯眯眼的太婆，总爱穿一身白色的工装裤，坐在一袋袋、一罐罐调味料之间：血红的干辣椒，有的是整个的，有的磨成了辣椒粉；还有暗粉色的花椒。那个卖花人长得挺帅，穿着精干的深色西装，舒服地瘫在小小的竹椅中，靠着砖墙，安稳地沉睡着，周围是玫瑰与康乃馨的美丽花海。要是有人来买花，轻轻地把他唤醒，他就眨呀眨地睁开眼，露出天性善良的微笑，点燃一支烟，拿了钱，递给客人一束五彩缤纷的花。

早晨和半下午菜市场都是忙碌喧嚷的。但午饭后有段时间，大家都在休息，特别是天热的时候。那个时候，不仅是那个卖花的，菜市场的所有人，似乎都在睡觉。农妇们双臂盘绕，趴在她们的南瓜和茄子上，头埋在胳膊里，打个瞌睡。卖西红柿和豆子的坐在地上，双膝耸起，睡成一摊。卖鱼的靠着墙，轻轻扯仆鼾②。菜市场之外，整个城市似乎也深陷困意之中。三轮车师傅懒洋洋地躺在没有载客的车里，双脚搭在车把上。办公室的人们躺在仿皮沙发上，四仰八叉的，像猫。

---

① 四川话，即空心菜。——译者
② 四川话，即打呼噜。——译者

成都有这种立刻就让人着迷的魔力。然而初到的那几周，我一直低落又困惑。我其实有点搞不清楚，我来中国到底是干嘛呢？到那时候为止，我的生活好像一条传送带，带上的我几乎从没认真想过，只是单纯地待在学习的温室中，从高中到剑桥大学，然后走向新闻事业。很长时间以来，我都怀揣着成为专业厨师的想法，但大学是贷款读的，为了还贷款我干了短期兼职，结果就得到一个长期的工作，我也没有勇气拒绝。迈入二十的头几年，我干着一份学术性的工作，枯燥乏味，完全不适合我。每天要在伦敦与雷丁之间通勤，也让我筋疲力尽。所以，同事一说英国文化委员会的中国奖学金，我就赶紧抓住机会逃走了。

现在全世界都为中国着迷，真是很难回忆起九十年代初这个国家在西方世界显得有多么边缘。那个时候，没哪个西方人会考虑去上海度过美妙的假期或者购物。英国很少有大学开中文课。在中学开设普通话课程的想法会显得很可笑。在伦敦，朋友们觉得我学中文简直古怪，甚至笑死人。就连我都觉得，学中文好像没什么用。

一到中国，我几乎就和整个世界断了联系。对当时中国的大多数人来说，电子邮件和互联网只是不太可信的谣言；跟英国的某个朋友一次书信往来可能需要好几个星期。成都只有三个地方能打越洋电话，而且找到地方以后，打一次电话的花费简直是天文数字（和欧洲通话三分钟的钱，都能找家餐厅办个晚宴了）。城里有两家国际酒店，倒也高雅炫目，但出了酒店就几乎找不到西餐馆了。唯一能进行的和外国文化有关系的活动，就是在大学附近那一排脏兮兮的非法放映厅看盗版碟。国外的新闻也很难看到，官方媒体的新闻又都是审查过的。我和我的同学们算是"搁浅"在中国了，喜不喜欢都得忍着。走出留学生楼这个小小的蚕茧之后，我们别无选择，只能一头扎进四川生活之中。

我本来该做的研究也没给我任何方向。中文太差，我进行不了任何严肃的学术研究，另外我选的这个课题实在充满了政治敏感性。我硬着头皮在大学的图书馆里读那些书啊、期刊啊。和老师们聊天，要是话锋稍微不对，有点触及令人不舒服的话题，他们就开始焦躁不安，并且努力把话题引向安全的陈词滥调。我都不知道该怎么开始研究。中国不是我那些伦敦朋友想象中的"集权国家"，但也并非完全开放。对于初来乍到的外国人，要拿捏分寸、把握界限，实在不可能，就连本地人都没什么头绪。旧的国有经济的框架正经历剧烈变化，随时可能分崩离析。毛时代的政治控制也很不稳定，没人真正清楚规则。全国上下正从"文革"的梦魇中慢慢恢复，却还没完全醒来。

社交和文化上，中国也是挑战重重。我和同学们这些外国面孔还是很少见的，于是有些人把我们当作怪物，有时候我们又受到名流的待遇。有记者来采访我们，有人邀请我们去各种高级的活动、发表没什么主题的演讲。走到哪里都有一群人尾随围观，观察我们最细小的动作，哪怕是买一张公车票。随便在城里骑个自行车，一路上都有一波波的人马上注意到，于是放下正在做的事情看着我们，大声喊着"哈罗"或者"老外"。当然几乎人人都对我们友好热情，但这显微镜下的日子还是太难过了，花了好几个月才明白到底是什么情况。你不可能蓦然空降中国就马上如鱼得水地生活，也许过个半年，你才能稍微摸索出政治和社会体系中的门道。

对了，还有这个地方本身那种慢悠悠的倦怠感也令人不知不觉地被影响。在成都这个城市，别说实现计划了，制定计划都根本不可能。从唐朝开始，这里就以生活安逸闲适著称。因为气候适宜，土壤更是传奇般地肥沃。成都人不用特别努力地工作也能吃得好、玩儿得开心。这座城市有点南方的感觉，甚至都有点像地中海沿岸了。成都人的脚步都比北京人或上海人要慢。他们在茶馆里一坐就是一下午加一晚上，打麻将、打牌、用节奏舒缓、语气甜腻的四川话开玩笑斗嘴，韵母都拖得长长的，还要加上娇俏的儿化音。他们把这叫做"摆龙门阵"，四川特有的谈天说地。而四川话里最生动的一句方言莫过于"好耍（特别有趣）"。他们说的时候总是懒洋洋的声气，咧嘴而笑，竹椅子发着嘎吱嘎吱的背景音。"沿海的那些人，"一位出租车司机跟我聊起广东人和福建人，"他们野心大得很，也肯干，所以他们就先富起来了嘞①。我们四川人嘛，挣的钱可以吃香喝辣就够了。"

不止我一个留学生觉得很难静下心做点事。同学们和我都从北京、上海的朋友们那里听说，别的大学要求多么多么严格。在那些地方，缺了几节课可能奖学金就泡汤了。但是在四川，根本没人管。我们中的一些人，大多都是之前来过中国的，静下心来开始认真地研究学习。而剩下的呢，无可避免地都渐渐放弃了正式课程。我的意大利室友好像花了大把时间打麻将；一个年轻的丹麦学生就在公园闲逛，跟着一个看上去体质孱弱的老师傅学武术；德国人福尔克尔，本来是洛杉矶成功的电影制作经理，来这儿就是想休息一下。他整日都在和当地人聊闲天儿；还有些人，玩英式橄榄球、谈恋爱、夜夜豪饮或者到处旅行。

至于我，第一个月还努力想做个本分刻苦的学生，总是自我鞭策，提醒自己学术上还没有取得多少进步。但我发现自己越来越不在乎奖学金和所谓的"事业"了。所以，经历了几个星期黑暗的阴郁情绪之后，我决定和大多数的同学一样，丢掉那些先入为主的偏见，单纯地待在四川，让这个地方自然而然地指引我。终于，我心里那根绷紧的弦松了下来，双眼也真正打开看向我身处的这个迷人的城市。放开自我，让四川在我身上施展那舒缓甜蜜的魔法。于是，我开始了一生中最最美妙的时光。

跟随便哪个中国人提起成都，他们的第一反应几乎肯定是"川菜很辣"。去四川的路上，很多旅行的人都会收到一句警告："你怕不怕辣？"

---

① "嘞"是四川地区的人说话常带的尾音。——译者

但是再过一会儿，他们多半会露出快乐的笑容陷入回忆中，絮絮叨叨着那里的菜有多好吃。"举箸思吾蜀，"宋代诗人陆游曾发出过类似的感叹。"食在中国，味在四川。"这句话可谓当代美食家们的口头禅。

传统上，中国有四大地方菜系（也称"帮菜"）。北方，有大气宏伟的北京与山东菜（统称"鲁菜"）。这是皇族贵胄的饮食，著名的有烤肉、食材丰富的浓汤以及昂贵的山珍海味，比如鱼翅和海参。东边的饮食娴雅精妙，属于文人，他们留下很多笔墨描写扬州和杭州这些文化中心的饮食趣味（称之为"淮扬菜"）。这些菜或是芬芳的甜品，或是浓油赤酱的炖菜，也有拿陈年绍兴酒浸的醉虾、荸荠和藕这种新鲜的水产蔬菜，还有清蒸鲜活大闸蟹蘸香味扑鼻的浙醋。

南边自然是讲究极致新鲜的广东菜（粤菜），食材几乎还活蹦乱跳。在这里，主厨们调味都相当温柔，只要一点点盐、糖、酒和姜来烘托那些生鲜的本味。粤菜的烹调要准确拿捏分寸，把人为的介入降低到最小限度：蒸鱼只微微点缀些姜葱、淋上少许豉油便可上桌；通透的虾饺；还有把各种食材切丝、下锅爆炒，每一样材料都恰到好处的爽脆或软糯，完全呈现出本身的特点。这里的人们也很爱野味：蛇和牛蛙、果子狸与禾花雀。四川的饮食（川菜）就是这四大菜系中的"辣妹子"，胆大貌美，如同涂着烈焰红唇，伶牙俐齿还有万千精巧心肠。四川人总是说："一菜一格，百菜百味。"烹制川菜不需要粤菜或鲁菜那些奢侈的食材。嗯，要是准备川派宴会，愿意的话也可以用那些东西来摆个排场。但不用这些，你也能用最最普通的食材创造奇迹：简单的猪肉和茄子，就能惊艳味蕾。这就是川菜的伟大之处：点石成金，化平凡为神奇。

四川地区吃辛辣的传统至少可以追溯到一千六百年前。东晋四川史学家常璩评论家乡人"尚滋味"、"好辛香"。来到四川你才会发现，这不算是他们自己的选择，而是跟"环境决定论"有关。四川盆地气候潮湿：冬天，暗暗的湿气会穿透每一层衣服；夏天则是不可忍受的闷热，

鱼翅与花椒

阳光永远躲在一层蒙蒙的雾气后面。中医的传统理论认为，人的身体是一个能量系统，干湿、冷热和阴阳都必须平衡调和；要是不调和，就必然生病。盆地潮湿的空气将川妹子的皮肤养得吹弹可破、青春永驻，但也动摇了整个身体的平衡。所以，这里的人们从有记忆开始，就像尽义务般地进行自我食疗，吃干辣的热性食物，中和有些"调皮"的气候。不过，辣椒从美洲传入中国之前，他们手上少数可用的热性食材是中亚进口来的一些古老调料以及四川本土的调料，例如姜和花椒。

花椒原产中国。现在很多人更熟悉的黑白胡椒，是从丝绸之路上偷偷混进来，跋涉过崎岖的道路才进入中国的。而花椒入菜，比胡椒要早得多了。花椒不像辣椒，味道不辣，但是让你嘴唇一阵阵发冷，还有刺痛感。中国人称这种感觉是"麻"。手脚也能"发麻"，做手术也要"麻醉"。花椒这种奇特的效果，加上辣椒的辣，成为四川现代烹饪的最大特色之一。

辣椒最早出现在中国是十六世纪，刚从南美归来的葡萄牙贸易商扬帆前往东方的港口。沿海地区的中国人一开始把辣椒当作好看的观赏植物：洁白的小花，生机勃勃的红果。到后来他们才开始把这辛辣开胃的果实用作调味。商人们通过长江三角洲的水路运辣椒北上，来到华中的湖南，再从那里沿河稍微往西，到了四川。在这两个湿热的省份，辣椒终于找到了自己灵魂的归属。这里的人们等的就是辣椒，他们的医学和饮食观里，早就给辣椒留好了一块用武之地。那鲜红耀眼的颜色照亮了永远雾蒙蒙的天空，那炽烈如火的热气逼出了人们体内的湿气，给他们的生活带来美味的平衡。

川大留学生楼的餐厅很无聊的。菜倒是新鲜，就是没啥灵魂。津贴少得可怜，校门外又有那么热闹的一个菜市场，我们这些靠奖学金读书的学生利用留学生楼的厨房自己做菜吃倒更好。有些真的这么做了，比如那个年轻的约旦女人。她是来陪丈夫读书的，一家三口（还有小孩）

蜗居在宿舍楼的一个单间里,她的职责就是做家务。但其他人大都懒得很。另外,我们很快发现,校外的吃的太多了,而且好吃得不得了,浪费时间去抢公共厨房也太没有意义了。所以每天的午饭时间,我们都成群结队地跑去最喜欢的一家面馆,狼吞虎咽地吃下一大碗佐料丰富的面。晚上,我们会在学校附近那一溜小木屋中的几家小餐馆找一家吃。中国的同学觉得我们每天出去吃实在是太奢侈了。但用西方的标准来看简直"相因惨了①"。中午一碗面也就几块钱;晚饭大家聚餐大吃一顿,再加一瓶啤酒,每个人平摊下来通常也很少超过十二块。

在成都待上几个星期,我们就熟知了所有经典菜的名字。辣子鸡:外焦里嫩的爆炒鸡块,埋在一堆爆得焦香的辣椒之中,翻找也是种乐趣;鱼香茄饼:肥厚多汁的茄子切片,夹着碎肉入油锅炸熟,配上丰富醇厚的酸甜酱汁;回锅肉:二刀肉(后腿近臀部处)整块煮好,切片后再配蒜苗爆炒,调味用的是豆瓣酱,那美味难以形容……其实辣椒无处不在:卤鸭心肝的蘸料(干辣椒面)、鸡丝上鲜艳欲滴的红油、猪肉和茄子的酱料,整个的、切碎的、红色的、绿色的、新鲜的、晒干的、捣成粉的、泡过的、浸了油的,种类花样数也数不清。但是,成都菜绝对不像中国其他地区的人们面带恐惧地说起的那么辣。真要尝尝那魔鬼一样的"变态辣",你得坐好几个小时的大巴,来到当时四川的第二大城市、长江边的大都会重庆。

我去过一次,是在到成都不久,去看我那位音乐家朋友周钰的父母。九十年代初期的重庆有种肮脏的宏伟。楼房外墙都被工厂烟囱的废气熏得黑黑的,散落在陡峭的山坡上,消融在长江和嘉陵江交汇的壮阔背景中。重庆的港口和城市都很繁忙,到处是辛苦劳作的人们。他们整日爬坡上坎儿,还要应对能闷死人的湿热天气。夏天的重庆是中国的

---

① 四川话,即"便宜得很"。——译者

"三大火炉"之一。就连在四川,重庆也是最出名的麻辣美食之都。

周钰的父母请我出去吃饭。那是个闷热难耐的晚上,他们说去江边吃火锅儿。我们围着一口大锅坐下,锅里堆满了干辣椒,这种规模简直让人难以置信。花椒和别的调料都冻在一大块厚重的牛油里。服务员走过来,弯腰点燃了饭桌下面的气炉。锅渐渐烧热,牛油开始融化,很快辣椒就随着沸腾的油水跳动起来。服务员端来一盘盘生食:牛杂、菌菇、豆腐和绿叶菜。我们拿筷子下到滚烫的红汤里。捞出来的每一块食物上都裹着亮闪闪的红油,还有各种各样的调味料,就连吃根豆芽也得吞一嘴的辣椒。一顿饭吃完,我辣得都要精神错乱了:嘴巴火烧火燎、酥麻刺痛,浑身大汗淋漓。我感觉汗毛直竖,却又要被热气熔化,真分不清是痛苦还是愉悦。

在这么一场火热的洗礼之后,没人会想去重庆定居。但成都就是个特别温柔的城市了。这里的生活不是整天同天气与陡峭的山坡做斗争,而是一场甜蜜懒散的美梦。菜里的辣椒也放得没那么"暴力",只是要唤醒和刺激味觉,让它活跃起来,去感知别的丰富滋味。调味还有点暗暗的甜,加上豆制品发酵后的腥香,或者一点点芳醇的陈醋酸味,勾引诱惑着你,让你满心欢喜。成都的川菜,完全没有外国人成见中的那些原始和粗野,而是一点一点地挑逗着你,曲径通幽,去往极乐之旅。

我很快成为"竹园"的常客,就是学校附近一家馆子。那里菜的滋味丰富,店里气氛也很亲切。简简单单的一个地方,一个有点儿摇摇晃晃的小木屋。但菜实在太好吃了,我怎么也吃不厌。每天晚上六点,这里已经喧嚣吵嚷、食客满堂了。客人们围着方木桌,坐在矮矮的竹凳子上,埋头在香喷喷的炒菜和热气腾腾的汤之间大快朵颐。服务员都是农村来的年轻女孩儿,晚上就像沙丁鱼罐头一样挤在上面小阁楼矮矮的天花板下面睡觉。饭店里的她们都特别忙,拿着一瓶瓶啤酒在桌凳之间穿梭。店主的妈,大家都叫她"婆婆",站在门口的柜台后面,手里摸着把算盘，掌控全局。

往下走几家店，街对面是家所谓的"意大利"餐厅，其实根本不卖意大利菜。这家店以前有群意大利学生常来，所以用"意大利"命名，但那群学生早不知天涯何方了。这家店还是做四川家常菜的，并且成为我们吃大餐和庆祝生日最爱的去处。比较重大的场合，我们会订下两间包厢之一，点上满满一桌子的菜敞开吃一顿；还会喝很多很多的烈酒，喝得喉咙冒火、宿醉不醒。我们边吃喝边听同学杰伊，一位加拿大英语老师，发表他的演讲：他总是会故意语气浮夸，随意夹杂几个中文词汇，逗得我们哈哈大笑，特别是喝了几轮当地的白酒之后。

天气比较热的夜晚，我们沿着校外的河岸闲逛。河边的梧桐树下，一个个"坝坝馆子"[①]争先恐后地冒出来。灯泡挂在树上，灯光忽明忽暗；蜡烛插在啤酒瓶里，烛影摇曳闪烁。我们会在梧桐树下一坐就是好几个小时，大口喝啤酒，小口啃猪耳朵，咬一口脆生生的藕片，把新鲜的煮毛豆从豆荚里"噗"地挤出来。我们周围全是人，懒洋洋地躺在竹椅中，大声笑闹，用四川话摆龙门阵；有的还划拳（风靡一时的类似"剪刀石头布"的游戏），兴奋地叫喊着。头顶的树梢上蝉子不停聒噪着。那个年月，我们去的馆子连冰箱也没有，啤酒放在一桶水里保持冰爽。肉和菜都是每天去菜市场买的。要是你想吃馆子里没有的食材，店主可能就派个服务员跑一趟现买回来。鱼和黄鳝都养在厨房的水缸里。除了文火慢熬的汤和炖菜，别的全都是现点现做的。卤的内脏就放在没有制冷功能的柜子里。木筷子是反复使用的，洗碗筷的设备也相当简陋。卫生检查员看到这一切肯定会脸色发白吧，但我们几乎从没"病从口入"过。

坐在竹园里，看着大盘大盘的鱼和神秘的砂锅被端到邻桌，阵阵香

[①] 即露天餐厅。四川话把平坦的空地统称为"坝子"，任何在坝子上举行的活动都可以叫"坝坝××"，例如"坝坝电影"、"坝坝舞"（广场舞）。——译者

鱼翅与花椒

味钻进我的鼻孔，心情真是郁闷。在伦敦上了两年的夜校学中文，跑去台北又学了两个月，我居然连点菜这种最基本的事情都做不好。这几个星期在川大看的课本真是无聊到极点，而且特别不实用。没有教我们"炒"、"烧"、"竹笋"、"鹌鹑"这些有用的东西，而是要我们死记硬背一长串根本用不上的汉字：比如三国时期群雄与奸人的名字，古代战车、兵器或者乐器的名称。

学汉字怎么着都是个很痛苦的过程，特别是对于成年人，差不多要搞得你崩溃。他们说，要想读中文报纸，至少得认识两千到三千个汉字，而这不过是所有汉字中很少的一点点。你把这些字死记硬背塞进脑子里，一遍一遍地写，有时候在画了一排排田字格的本子上，有时候写在小卡片上、粘在墙上，吃早餐时反复诵读。然而，不管你多么努力去记，它们还是会偷偷溜走，跟筛面粉似的，仿佛一切都是徒劳，吃力不讨好，而且特别令人沮丧。所以有很多学中文的外国人，最后说得倒挺流利，但基本上一到读写就成了文盲。我一点也不喜欢花大量的时间去记背那些古典作品里的字词，所以我再也没去上过语言课和民族历史课。我上了几节中文私教课，剩下的时间就跑去菜市场和餐馆，要么就泡茶馆，一边翻字典，一边研究复印来的当地菜单。

从小我就喜欢做饭。每年一家人去欧洲某个地方旅行之后，我都会努力去重现特别让我兴奋的异国菜。大学时代一个漫长的暑假，我整日都沉浸在土耳其烹调之中。当时是家里一个朋友叫我去跟他玩两个月。他是土耳其瓷器界的显赫人物，住在安纳托利亚中部。我这么个年轻未婚女子借住在穆斯林家庭里，几乎无法自由地去探索他老派的家乡或者周围的地区，所以大部分时间都和他那一大家子人待在家里。我自然而然地被吸引到厨房里，每天的日记里写满了各种菜谱，什么酿菜啊、烤肉饼啊、马齿苋沙拉啊。我妈在餐馆吃饭的时候，爱猜测各种菜里的食材调料以及烹饪方法，去寻找草药和香料的蛛丝马迹，像法医分析一样去拆解盘中餐。我也继承了她这个习惯。十一岁的时候，我已经有了做个大厨的理想。但后来我按部就班地接受教育，在这条标准传送带上离美食这一行越来越远。

没人会鼓励在学校考高分的好学生另辟蹊径，去餐馆当伙夫。我记得中学时把这个理想告诉一位老师，他难以置信，还笑我。所以我继续认真考试、好好学习，按照别人的期望来过我的人生。只有到了中国，离故土千里万里，而且几乎完全和过去了断，我才能够做自己真正想做的事情。终于，我能够对自己承认，我是做不了什么社会经济分析师的，甚至也当不了一名真正的记者。我就是一个厨子。只有在厨房里切菜、揉面或者给汤调味的时候，我才能感受到完整的自我。我在牛津长大、在剑桥上学、在伦敦工作，一直以来都像牵线木偶一样，被各种学术和职业上的标准控制着，用别人的眼光来定义自己。但是在中国，那一切都不重要了。我只是一群老外中的一员，犯了乡愁，又与当地文化格格不入，想要在这个我们研究甚多但事实上却知之甚少的国家找到立足之地。我花了一点时间来接受这个现实，最终，这成为我一生中最棒的际遇。

在天生对美食无比好奇的人眼中，九十年代中期的成都称得上是天堂了。一切都在那里，你动动鼻子就能找到。小街小巷的人们在屋门口架起煤炭炉子，为一家人做晚饭。温暖的秋夜，空气中绵延不绝地流动着豆瓣酱、花椒和茉莉花茶的香味。那些最最简陋的"苍蝇馆子"端出来的中餐，也比在伦敦能找到的任何一家要好吃。好像几乎所有四川人都喜欢聊聊做饭和吃饭。那些最最沉闷或粗暴的出租车司机跟我说起他们最喜欢的菜谱，也是饱含深情、饶有兴致、极尽详细。"哧溜哧溜"吸着面条当午饭的中年夫妻，会怀旧地说起过去那些做豆腐菜做得特别地道的大厨。我还记得有一次听广播，一位年轻的女主持如数家珍地说着成都很多餐馆里的特色菜，听那语气就像在流口水，充满了愉悦与贪

鱼翅与花椒　　015

婪。她絮絮叨叨地报了一大串菜名，带着喜爱之情描述着味道和口感（"嚯哟，那个毛肚哦，爽脆得很！"）她不时地发出感叹的气声，充满欣赏与激动。她很显然是控制不住自己了。这种人我在四川见得太多了。就像一个厨师朋友跟我说的，成都人个个都有一张"好吃嘴"。

到成都几个星期后，我就开始记录对食物的印象。我在四川使用的第一本笔记本，最早的日期是一九九四年九月。就连那本子上的最开始几页，也都列满了市场里卖的蔬菜瓜果，还记录着关于食物的对话。卸下学术任务的重担之后，休闲随意的食物调查就成了生活的主题。我就是忍不住啊。每天都有美食上新的发现：也许是街上某个小贩，专门卖一种我从来没见过的零食；或者农民扛着竹扁担急急地赶路，扁担两头晃荡的筐子里有什么不一般的水果或花草茶。每次有机会进四川的朋友或熟人家的餐厅，我都跳着脚就去了。周钰和陶萍，一开始本来就是这对夫妇的热情好客吸引我来到成都，而现在，我们的友谊又加深了。我经常去他们位于音乐学院附近的小公寓吃饭。陶萍九十岁高龄的奶奶每天还要从十二楼爬上爬下，提着附近市场买来的菜给我们做饭吃。什么干煸四季豆啊、魔芋烧鸭啊，简直不在话下。我的一对一中文老师，余老师，时不时地邀请我去她家吃顿讲究的晚饭。她不止耐心地教我中文，也教会了我很多厨艺。

四川人的热情和随性是出了名的。他们和自己沉默内敛的北方同胞相比，就像意大利人和英国人的区别。我偶遇陌生人就被邀请去吃晚饭的次数真是数也数不清。一个难忘的下午，在岷山饭店的后街，我跟一个卖烤鸭的人闲聊着。他用饴糖和醋给鸭子擦了身，然后放进一个拱形的砖土炉子里烘烤。鸭子一边烤着，咱俩一边聊天，不一会儿他就邀请我去他投了资的一家餐馆吃饭。之后的多年（直到开发商把他的烤鸭店给拆了），只要我骑着车经过，他就要跑出来跟我聊一会儿，往我手里塞一罐专门给我留的咸菜或者豆腐乳。

一个公众假期，周钰和陶萍邀请我跟他们出城去，和几个朋友吃顿家常的火锅。到了地方，我们先去当地的市场买食材，然后回到那些朋友的公寓，在厨房的煤气灶上架起一锅油辣辣的汤底。我们在小凳子上围坐一圈，自己煮菜当午饭。下的菜有一捆捆的金针菇、一张张的豆腐皮、一团团的红薯粉和一片片的脆毛肚。吃得越久，就越能明显感觉到大家情绪的变化。一开始我们热情高涨、兴奋活泼。但渐渐地，所有人都陷入了深深的慵懒中，变得迷迷糊糊的，随便找个扶手椅啊、沙发啊，躺下来就睡着了。到了后面，睡了一个香甜长觉的我醒过来，恢复清醒，才注意到锅里"咕噜咕噜"冒着好些罂粟壳。

其实在四川，要释放天性和放松情绪，完全不需要罂粟壳。这里的空气、方言都能让你有那种感觉，当然作用最大的还是食物：那种温暖和慵懒能融化任何英国式的刻板僵硬，如同阳光下的黄油。初到成都的时候，我的心还如同一个紧攥的拳头。除了通过食物，我几乎无法和当地人交流。然而，随着日子一天天悠闲而过，我感到自己慢慢放松了。小半辈子了，我还是第一次卸下所有的责任与期待，生活变成了一块白板。

鱼香茄子

材料：

茄子	600—700 克
盐	适量
菜籽油	油炸用量
四川豆瓣酱	1½ 大勺
姜末	3 小勺
蒜末	3 小勺
鲜汤	150 毫升

鱼翅与花椒

白糖	1½ 小勺
生抽	½ 小勺
淀粉	¾ 小勺，加 1 勺冷水混合均匀
醋	1½ 小勺
小葱	4 根，切成葱花
芝麻油	1 勺

做法：

1. 十字刀将茄子切成 4 瓣。4 瓣再竖切改刀成长宽差不多的 3 到 4 条。用大量盐揉搓，腌制至少 30 分钟至出水。

2. 锅中热菜籽油到 180°C—200°C（七成热）。分批放入茄条，炸 3 至 4 分钟至表面微微金黄，内部柔软滑嫩。放到厨房纸上吸油。

3. 倒掉老油，必要的话清洗炒锅。之后开中火，下 2 到 3 小勺菜籽油。加豆瓣酱翻炒，至油色变红并散发香味；接着倒入姜末蒜末，继续翻炒 20 到 30 秒至炒香。

4. 倒入鲜汤、白糖和生抽，充分混合。必要的话加盐调味。

5. 加入炸过的茄子，大火烧开，转小火炖煮几分钟，吸收酱汁的味道。然后在茄子上均匀撒入水淀粉，轻轻搅拌，使汤汁黏稠。接着放醋和葱花搅拌，等待几秒至葱煮熟。最后离火，加入芝麻油搅拌，盛盘上桌。

第二章　担担面！

"啥子面？"谢老板正在跟一个常客聊天，抬起头来给了个我早就见怪不怪的臭脸。"二两海味面，一两担担面。"我回答，一边把书包放到地上，坐在一张摇摇晃晃的长凳子上，身边就是川流不息的自行车。根本不用看那个写了十几种面的小黑板，因为我从到了成都基本上每天都在谢老板这儿吃面，对那些内容早就烂熟于心了。谢老板把我点的面朝那三四个年轻的伙计喊了一通。他们正在面店的煤灶旁前前后后地忙碌着。玻璃橱柜里有一碗碗的调味料：红油、花椒面儿①、葱花、酱油、醋、盐和胡椒。旁边的电炉子上煨着高汤，炖着面臊子，热气升腾；竹编簸箕里盘旋着一把把新鲜劲道的面。店门口能把整个街景尽收眼底的地方，放着两口巨大的锅，水"咕嘟嘟"地沸腾着，飘散出阵阵蒸汽。

谢老板继续和客人聊天，舒服地躺在竹椅上，一边抽烟一边说着诡异又有趣的故事。他脸上总有一种阴郁不悦的表情，仿佛总是带着敌意和怀疑。就算是向熟人微笑，那笑容里也有一种冷冷的嘲讽。

这个男人四十几岁了，脸上全是从前出粉刺留下的坑坑洼洼，肤色被太阳晒得深深浅浅，有一种病态。老板的面相是有点厌世、有点愤世嫉俗的，不过我和留学生朋友们对个中原因也不得而知。他的气质深深吸引了我们。我们一直试图去勾勒他的生活，想象他在哪里住、和谁住、晚上干些什么、有没有快乐幸福过。但不管我们怎么想，最后也很难想象谢老板不在学校后街这把竹椅子上、不问你吃啥子面、不朝伙计大吼大叫。我们中间有几个胆子比较大的，比如从海参崴来的萨沙和帕夏，还有巴黎来的戴维德，会热情地跟他打招呼，想跟他聊聊天，或者讲个笑话，一心想让他笑一笑。但他还是一张冰块脸，完全面无表情、不动声色，只是和往常一样问道："啥子面？"

我看着年轻的伙计们做着我的午饭，把辣子和各种各样的调料倒进我那小小的一碗担担面里，再往那碗大一点的海味面里加点盐和胡椒。他们准确地抓起一两或二两面，扔进锅里煮。不一会儿，热气腾腾的两碗面就端到我桌上。海味面和以往一样，浸在浓郁的海鲜汤里，有种安慰人心的感觉，上面还加了炖好的肉、笋、蘑菇，再加点干虾米和淡菜。担担面呢，嗯，毫无疑问这是成都最好吃的担担面，走遍天下恐怕也就是这一家了。它看上去倒是其貌不扬：一小碗面，加了一勺深色的、松脆的牛肉碎。但只要你拿起筷子，把面拌一拌，就会唤醒铺在碗底的那些香料。每一根面条都会裹上酱油、红油、芝麻酱和花椒混合成的调料，效果实在是石破天惊。入口短短几秒，你的嘴巴就会着火，你的双唇会在花椒的猛攻下不停颤抖，你的全身都会散发着热气（天气热的时候就会汗流浃背了）。

谢老板的担担面实在是非常有效的醒神药，宿醉或者伤了心，吃一碗再好不过了。在成都灰蒙蒙的潮湿天，这样一碗面简直救命。我们这些学生就像奴隶一样心甘情愿地上了瘾。很多人都和我一样，先来碗比较温柔的汤面，比如番茄煎蛋面，然后再上一小碗刺激火爆的担担面过过瘾。不过生性雷厉风行、喝起酒来海量无敌的俄罗斯人和波兰人总是一往情深地点三两"担担儿"。我们坐在街边摇摇晃晃的桌子边，狼吞虎咽地吃下去，周围的自行车来来往往，出租车的喇叭吵个不停，还喷来一阵阵难闻的尾气。吃完以后，我们叫谢老板结账。他把一个个琐碎

---

① 即花椒炒熟再磨成粉。四川话喜欢把磨成的"粉"说成"面儿"。——译者

的数字相加,接过我们皱巴巴的钞票,埋头在那个半开的小木抽屉里找零钱。

担担面是土生土长的成都街头小吃,名字来源于挑着扁担的传统街头货郎。"担"是个动词,意思是"挑扁担"。成都的老人们还记得那些卖面人的吆喝,"担担面!担担面!"的声音传遍成都古老的小街小巷。只要有客上门,货郎们就放下担子,支起炉子,烧好水,摆好碗筷和一罐罐调味料。各家的仆人听到他们吆喝,就从那些老旧的木房子中跑出来,站在门口,帮主人叫面吃。正在茶馆里"修长城"的麻将搭子,会暂停牌局,出去吃一碗再说。行人也会停下来,"吸溜吸溜"地吃个面。面都是一小碗一小碗的,每次一两,刚好能垫垫肚子、顶顶饱,而且特别便宜,基本上什么人都买得起。

当然,"移动销售"的货郎们不只卖面,成都的街头是出了名的生机勃勃和丰富多彩。清朝末年,二十世纪初期,傅崇矩写了本成都导游手册[1],里面描述了多种多样的货郎,包括流动理发师、流动修脚师、送水的、卖花的、修伞修扇子的、卖鸡毛掸子的、磨刀的和卖小吃的。古老的城市,迷宫般交织的街道,木结构的房子,竹子编织的墙上糊着泥巴和稻草再粉刷成白色。壮丽庄严的木门前,石狮子威风凛凛地镇守在底座上。几乎每条街都有个茶馆儿,小二提着一壶壶开水在桌椅间穿梭,往飘散着茉莉香味的盖碗里续水。喧嚷的市场与热闹的街道上,最受欢迎的声音就是那些卖小吃的,美味应声而来。

十九世纪末和二十世纪初应该是成都小吃的黄金岁月。货郎们的生死存亡全看小吃的手艺,所以各家都有被别人妒忌猜测却秘而不宣的独门秘方。如此激烈的竞争氛围中,货郎们争先恐后地开发属于自己的新配方,有些到现在还以创始人命名。其中一个叫钟燮森的,发明了极为

---

[1] 即《成都通览》,作者傅崇矩,清末文人,四川简阳人,青年时期随父亲迁居成都,一生以成都人自诩。——译者

鱼翅与花椒

美味的"钟水饺":味道清淡的猪肉馅儿包成新月状的饺子,加点甜辣味的酱油和红油,最后来点蒜蓉。还有个赖源鑫,给后人留下了他温香软玉一般的"赖汤圆":炒过的黑芝麻磨成粉,加上猪油和白糖,包在糯米皮里。一对夫妻,挑着厨具漫步在大街小巷,伉俪情深传为佳话;他们专门卖一种凉菜:白卤牛杂切片,拌上芹菜、花生米、芝麻,加点卤水、红油和花椒面儿,就成了现在著名的"夫妻肺片"。货郎要是做得比较成功,一般会开个餐馆,通常都用自己最著名的那种小吃命名。

老人们回忆起小时候那些街头吃食,两眼总会泪汪汪的。我在茶馆遇到个太爷,坐在我身边聊了一个多小时,一丝不苟地写下了几十种不同的饺子,根据烹煮的方法和主要的馅料来分类。一个五十多岁、仪表堂堂、热情活泼的大厨带着满足的笑容跟我怀旧:"噢哟,他们都在街(gāi)上挑起扁担卖的,啥子担担面啊、豆花儿啊、丁丁儿糖[①]啊。"他还给我来了段儿过去货郎叫卖的小曲儿:"有甜的脆的~~糖麻花儿~~~!"

"文革"期间,任何形式的私人企业都被禁止了。成都的茶馆被迫关门,货郎也不准上街了。但在中国的"十年浩劫"结束不久,生命力蓬勃的"路边摊"文化重生了。这种东山再起是"砸烂铁饭碗"现象的一部分。很多中年工人发现自己下岗了,只能拿最低工资,因此被迫寻找别的生计。于是有的就早上炸个一篮子的麻花儿,或者包一些粽子,拿到街上来卖。农闲的时候,也有农民挑着自制的小吃到城里来卖。

九十年代中期的成都仍然布满了迷宫般的小街,有的两旁是灰色的砖墙,点缀着一些木门;有的两旁则是两层的竹木民居。原来的大房子被分割成挨挨挤挤的小宿舍,开阔的店面前支起了塑料的招牌。石头底

[①] 丁丁糖,即四川人所说的"麻糖",是经过浓缩扯白的麦芽糖。卖麻糖的小贩都拿着一个小铁板,用铁锤敲打铁板发出叮当的声音招揽顾客,所以得名"丁丁糖"。丁丁糖有止咳化痰、润肺清嗓的作用,只是吃起来比较粘牙。——译者

座上,石狮子早已经无影无踪。但是,如果你对这些变化视而不见,仍然能想象自己在遥远的老成都穿梭漫步。

城里老街的美妙真是无穷无尽,我的大部分时间就沉迷于其中不断探索。绿荫葱茏的角落,理发匠们把镜子挂在树干或者比较方便挂东西的建筑墙面上,摆好给顾客坐的竹椅子。客人舒舒服服地半躺着,任由对方给自己涂上泡沫,拿锋利得可以割开喉管的刀片刮胡子。眼前是一览无余的街景。磨刀的穿着脏兮兮的围裙慢悠悠地走过去,挑着木头凳子和长长的灰色磨刀石,不管谁提着刀来都能给你磨得削铁如泥。还有流动的杂货店,卖货人骑着自行车,车子两旁挂满了拉链、纽扣和一卷卷棉线。有些小贩会卖自己亲手做的东西,竹编的簸箕、千层底的黑色棉布鞋。

三月,春风渐起,每条大路上都能遇到个卖风筝的,展示着五颜六色的鸟和昆虫,框架用竹条搭成,用很薄很薄的纸糊好(宽广的天空中也飞满了风筝,一窝蜂一窝蜂的)。下雨的时候,折叠雨衣的卖家像变魔术一样,不知道从哪儿就钻出来了;潮湿黏着的暑热中,会有老人在人行道上摆出一排排扇子。有一次,我甚至还看到一架自行车上挂满了几百个用细篾条编成的小笼子,每个里面都有只活蟋蟀,可以买回去当宠物;蟋蟀齐鸣,如同交响乐团正在演奏。

小巷子里有卖酒的店铺,粮食酿的高度白酒装在巨大的陶缸里。有些酒里泡着枸杞,有些泡着杂七杂八的"鞭",当然是给男人喝的。卖笛子的人在人群中走过,全身都挂满了竹笛,边走还边吹奏着各种旋律。而且,走不了几步就有好吃的在诱惑你。那个卖麻圆的老人还埋伏在前面等着我呢;这边自行车后座上架起蒸锅卖叶儿粑[①]的人又让我分

[①] 叶儿粑,四川传统小吃,用糯米面粉包上甜的或咸的馅儿,外面裹上新鲜的橘子叶蒸制而成,口感软糯,味道鲜美。——译者

了心；小小浅浅的铜锅里刚出炉的蛋烘糕①包着果酱，闻到那香味我就只能缴械投降了。

拿小铁锤在一块铁板的两边敲打出"叮叮当，叮叮当"的声音，听到的人就知道卖丁丁糖的人来了。这饴糖扯出来的白麻糖，要是不赶快吃，就会化在你手里，黏糊糊的。最开心的是听到小贩叫卖"豆花儿！豆花儿"，我会赶快跑过去，他就放下扁担，一边一个红黑相间的木桶，然后给我做上一碗。豆花儿还是热腾腾的，像刚出锅，口感像焦糖奶油一样柔嫩爽滑，表面上淋一点酱油、红油、醋、花椒面儿，再来一些大头菜末、葱花、炸黄豆，真正是锦上添花。

我从来没见过街上这些流动的小贩有卖担担面的。就像著名的钟水饺和赖汤圆，都已经从原有的商业模式中消失了，开成了专门的小吃店，或者在那些更为豪华的饭店作为可口的小点。街上早已经有更为流行的新小吃来代替它们：上海炸鸡、新疆土豆、烤肉烤串。每过几个月就会有一种新的街头小吃风靡小街小巷，一群一模一样的小摊会和那些早就在这里站稳脚跟的小贩抢地盘。

虽然"担担面"这个名字指的只是这个小吃之前是挑着扁担卖的，但随着时间的推移，"担担面"已经有了专门的菜谱，面上一定要加肉臊子和宜宾芽菜（这是四川著名的腌菜，黑而卷曲的菜干，能增添盐分和风味）。每个卖四川传统小吃的餐厅，菜单上都一定会有担担面。现在你还能在超市里买到专门做担担面的调料包。嗯，从我刚到成都到现在，超市也是雨后春笋般开了一家又一家。多年来我试过很多种担担面菜谱，数也数不清。但探索这么久，体验这么多，再也没遇到哪一家

---

① 蛋烘糕，四川传统小吃，用鸡蛋、面粉、红糖、白糖混合成面糊摊成的小蛋饼。现代发展出很多种夹馅，比如果酱、奶油、花生糖、榨菜、凉拌豇豆、牛肉酱、豆沙等，可以根据自己的口味进行混合，是四川非常受欢迎的一种街头小吃。——译者

做得有四川大学附近谢老板那个不起眼的面店那么好吃。

我当然软磨硬泡想从他那儿拿到配方,可是他从不会跟我和盘托出,而是一点点地透露了来逗我。有一次,他很勉强地让我看着伙计们往碗里加调味料;还有一次,他让我直接尝尝他的各种油和调料;最后,他跟我讲了牛肉臊子(他的担担面里那美味无双的牛肉碎)的配方。终于,带着极大的解脱与成就感,我把这幅拼图一块块地凑齐了,在家里重现了谢老板的美味。

之后多年,四川大学那群同学和我,无论是从巴黎、伦敦、慕尼黑、维罗纳还是克拉科夫回到成都,都会来到谢老板店里,吃一碗怀旧的担担面。而不管我们从地球的哪个角落来,不管我们在他的店里吃了几百碗甚至几千碗面,他还是一个笑脸都没有,甚至像不认识一样看着我们,用毫无起伏的四川方言问道:"啥子面?"幸运的话,吃完走人的时候,可能会得到他一个敷衍的点头,表示过个一年左右再见。这成为我们之中一个苦乐参半的笑话。他这种抗拒的态度,恰恰是我们曾经经历的一部分。

二零零一年,我最后一次去他的面店,情况才有了点变化。当时地方政府大刀阔斧地拆掉成都老城,让交织的宽阔大道和钢筋水泥的高楼大厦取而代之。一声令下,成都的大片土地被拆得干干净净,不仅是那些老旧的危房,还有川剧戏院和宽阔的院落住宅、著名的餐馆茶馆和那些洒满梧桐绿荫的道路。"文革"结束以来,成都还没经历过这样大规模的拆迁改建。那时候,"红卫兵"们炸毁了皇城,那是成都自己的"紫禁城",是一个综合了院落与明朝时期楼阁的建筑群。(现在那个地方伫立着一尊毛泽东挥手的塑像。)

谢老板面店周围的街巷全都是一片断瓦残垣,废弃的木梁和竹条横七竖八地躺着。他的餐馆和另外一两家小店伫立在其中,如同岌岌可危的孤岛。我散步过来,想吃碗面当午饭。谢老板向我投来热情的目光,差点就笑了,真是让我受宠若惊。让客人点餐、给客人结账、和常客聊天的时候,他性格也似乎温柔了些,举手投足也没那么不好惹了。和这人以前的样子相比,现在他真是散发着温厚和蔼的光芒。这奇迹般的转变是为了什么呢?他爱上什么人了吗?还是麻将桌上赢了一大笔钱?或者因为城市的改建,他的生意也行将结束,他终于感觉到了生命的轻盈松快?答案我永远不得而知。我再也没见过谢老板。那一年的后来,我还去找过他,想告诉他我把他和他的店写进了自己的四川烹饪书,公开发表了他的担担面的菜谱。全世界的川菜迷们都在读,也许还照着做了。但他的面馆曾经伫立的地方,只留下一片拆除后的残骸,如同月球表面一望无际的碎石,偶有打碎的泡菜坛子和饭碗散落其中。来来往往的人中,也没有一个知道他的下落。

当然,我在成都的第一年根本想都没想过写一本四川烹饪书。那时候也很难相信,短短几年的时间,这么一座生机勃勃的古城就会消失。那时候成都的日子啊,那么愉悦又懒散。今天我可能在一个茶馆一坐就是好几个小时,记背一些汉字;明天我可能决定去附近一个渔村,看看那里的人们午饭做什么吃。几个朋友和我开始在青羊宫绿荫蔽日的院子里跟一个退休的老中医练气功,学习如何感知和控制流动在身体里的"气"。俄罗斯人萨沙和帕夏找到一家非法录像厅,好说歹说,让人家专门放了一场《低俗小说》(放的是盗版碟),放映会最后变成一场狂欢派对。我和德国朋友沃尔克以及另外八个留学生租了辆大巴,去西藏东边的甘孜州来了趟荒野之行。但很多个日子里,我只是骑着单车,在成都的老街中闲逛,等着发生什么新鲜事。通常都是有新鲜事的。

我在一家很喜欢的茶馆,和一个姓肖的人交了朋友,他是个掏耳朵的。在见面之前,我已经很熟悉关于他的声响了。我喜欢躺在竹椅子上,闭了眼睛,身边摆着一碗茉莉花茶,听着街上小贩们来来往往。掏耳朵的人总是先闻其声,敲击金属发出清脆砰然的一声。他的衣服口袋里装着一系列可怕的工具：小刀、铜钉子和小小的挖耳勺，还有几把精致的鹅毛刷子。老肖常来这家茶馆做生意，我经常看到他把各种工具伸进茶客们的耳朵里。茶客们躺在椅子上，露出极致享受的表情。有天我们偶然闲聊起来，老肖给我讲了讲他的生意。他说，那些小小的钩子和刀能够刺激穴位，还说掏耳朵的艺术可以追溯到宋代。"那个时候，"他说，"有些女的说是掏耳朵，其实就是卖淫。她们正经八百地拿起那些工具，但是根本不晓得咋个掏耳朵才爽。"他说的每一句话都让我万分好奇，但还是胆子太小，不敢让他在我身上真正展示这门艺术的美妙。

然而，跟他认识好一阵子了，在一个阳光灿烂的午后，我的防线崩溃了。我紧张地坐在椅子上，任由他摆布。他先轻轻地把我耳朵往后拉了拉，然后拿一把小小的钝刀敲打周围的皮肤，让我全身愉悦地颤抖起来。他一言不发、全神贯注，开始拿着小小的挖耳勺和铜钉子在我耳朵里戳来刮去，还不时把羽毛刷子伸进去刷一刷。最令人兴奋得战栗的是，他把刷子伸进我耳朵，又用那把能发出清脆声音的叉子在把手上敲打了好几次。两者的震动产生了美妙的韵律，如同有只蚱蜢在我耳根深处鸣叫。

成都的生活总有点超现实主义的味道。每天都在发生最离奇、最不寻常的事情。反正，我们这些留学生也没有一个能在这城里过"正常"生活的。在当地人的眼里，我们不管做什么，都特别古怪、特别吸引眼球。有人找我们去打广告、拍电影；我们的特写照片会出现在肥皂盒上。我曾经在某个主题公园干过一天活：穿着一件西班牙弗拉明戈舞裙，化着舞台妆，饰演一个广告角色。导演说，选我是因为我有一双"神秘的眼睛"。就算我们努力活得谨小慎微、无聊至极，无论到哪里还是会引起人群的围观和惊叹。这样一来，我们干脆就可以无所不为了。

一天晚上，我和两个意大利朋友打了个的，去城里另一个区参加一场晚餐聚会。没开多远，车子在一个很大、很空旷的岔路口出了故障（那时候私家车还很少，红绿灯也很少，车子开上这些巨大的路口都是畅通无阻、随意来去的）。司机下车去修发动机。我们呢，喝得醉醺醺，脑子犯傻、头昏眼花、不停傻乐。我们塞了一盘摇滚乐磁带到车载收音机里，把音量开到最大，下车来到路上跳起舞来。司机看着我们，露出纵容的微笑，和所有人一样。很快另一辆出租在我们身边停下，司机简直是从车上跳下来的，目瞪口呆地看着三个大笑大叫的外国女孩在路中间跳舞。接着一辆又一辆的的士停了下来，直到路边歪歪扭扭停满了没有司机坐镇的出租，一共有二三十辆吧。那时候我们的司机已经把发动机修好了。于是我们又跳上车，从一堆停得很混乱的车中艰难地找了条出路开走了，往回一看，惊讶的脸组成了一片海洋。

真是够魔幻、够疯狂的了，所以我们自己的口味变得越来越大胆也就不足为怪了。一开始，我也和大多数老外一样，对那些比较"狂野"的中国菜敬而远之。跟同学在外面吃饭，我喜欢点鸡肉或者猪肉，不会碰牛蛙啊、泥鳅啊什么的，能点肉绝不点内脏。但是后来，中国朋友越交越多，就是单从我们大英国人的好修养来说，都不可能再这么挑剔、这么矜持了。有些中国人出于好意，总是会往我饭碗里夹点肥肠软骨什么的，表示对我特别的偏爱和照顾。

我对一次令人毛骨悚然的午饭记忆犹新。我通过汉语老师认识了一个研究烹饪史的学者，人很好，邀请我出去吃火锅，然后点了一大盘很贵的猪脑花，说是专门给我吃。他用小漏勺把脑花放进咕嘟冒泡的汤底，煮熟了倒进我的味碟中。脑花温柔地沉浸在香油和蒜蓉当中。一开始我想把它藏在蒜蓉下面，或者跟他聊个热火朝天，再趁他不注意偷偷和鱼骨头一起倒了。但根本没用。每次我自以为聪明地刚"处理"掉一点儿脑花，他就往我碗里再加一点。最后，我心一横、眼一闭，张口就吃了。那口感像奶冻，柔软绵密，又有很丰富的层次，真是危险的诱惑。

  有时候，简简单单的一场醉酒，就能打破我对某种食物的禁忌。一九九四年的成都，有种食物和土耳其烤肉在英国一样，都是深夜的街头最受欢迎的小吃，那就是兔脑壳。这还是个加拿大朋友告诉我的。我目睹了兔脑壳在玻璃橱柜里一列排开，散发着不祥的气息，没有耳朵、没有脸皮，兔眼珠子直勾勾看着你，尖尖的牙齿一览无余。光想想有人吃这个，我就要吐了。但是一天晚上，上了节时间不短的舞蹈课之后，我又累又饿，跑到一个路边摊觅食。几杯酒下肚，理智给酒精让位，我吃了人生第一只兔头：一切两半，撒了点辣椒和葱花。我不想跟你细说下巴上的肉口感多么厚实丰富，眼睛那块儿是多么柔软、多么入口即化，兔脑髓多么顺滑绵密。我只想说，从那天开始，我几乎每个周六晚上都会点炒兔脑壳来吃。（后来我才知道，四川方言里会把亲嘴儿叫"啃兔脑壳儿"。）

  情感也越来越把我变成一个"杂食动物"。我喜爱的中国朋友们会给我一些看上去很可疑的食物，脸上的表情既急切又满怀期待、充满善意，我真是无法拒绝。我对成都、四川和中国的爱也在与日俱增。有时候，只要和一个熟悉喜爱的地方连在一起，即使看上去特别恶心的东西吃起来也相当美味了。除了内脏和奇奇怪怪的山珍海味，我的中国烹饪之旅还充满了各种各样以前想也想不到的零食。比如火腿肠，一种粉白粉白的所谓"香肠"；原料嘛，不可说不可说：人工再造的猪肉，加上一些谷物淀粉，用红红的塑料皮套起来；中国所有的铁路站台上都有卖。每当我坐火车进行长途旅行，吃火腿肠都变成了一种仪式。直到现在我也会十分怀念，偶尔还会无法抗拒地买上一根，尽管英国没有任何情境会触发我去吃那样的东西。我还对"大大"泡泡糖上了瘾。特别是"大大卷"，粉红色的带状泡泡糖卷成一圈，装在一个扁圆的盒子里。也许就是因为吃这个吃多了，二十五岁以前牙齿健康状况还堪称完美的我，从四川回到英国的时候，竟然有七处龋齿要补。

谢老板的牛肉担担面

(晚餐可供 2 人食用；街头小吃可供 4 人食用)

材料：

新鲜水面	200 克

肉臊子制作：

菜籽油	1 大勺
四川干辣椒	3 个（对半切开，去籽）
花椒	½ 小勺
宜宾芽菜	25 克
牛肉碎	100 克
生抽	2 小勺
盐	适量

酱料：

熟花椒粉	½ 小勺
芝麻酱	2 大勺
生抽	3 大勺
老抽	2 小勺
红油	4 大勺
盐	适量

做法：

1. 中火，炒锅温油（1 小勺菜籽油）到三四成热（未冒烟的程度），下干辣椒和花椒，快速炒香炒辣后将干辣椒和花椒取出，避免糊锅。加入芽菜，继续翻炒，炒香。加入牛肉碎，倒入生抽，继续翻炒到肉碎颜色变深，并略微香脆，但不要炒太干。加入适量盐。牛肉碎炒好后起锅。

2. 将酱料混合,分在各个碗中。

3. 根据面条包装上的说明将面条煮熟,起锅沥干水,分入每个碗中。再在每碗中加入肉碎,立刻上桌。

4. 吃之前,充分搅拌面条,使酱汁和肉臊均匀分布。

第三章　做饭先杀鱼

冯锐在浴盆边把鱼狠狠地摔了一下，然后拿把刀刮走鱼鳞。鳞片像碎玻璃一样在空中四散开来，但鱼还是活的，拼命地扳动着，跳出了他的手掌心。冯锐气恼地哼了一声，把鱼抓起来，比刚才更狠地在搪瓷浴盆边摔了一下。鱼这一下算是被摔懵了，一动不动。他顺利地刮干净鱼鳞，掏出血红的鱼鳃，剖开鱼肚，把恶心的内脏全部抠出来。此时此刻，小小的浴室里已经全是鱼鳞和黏液，一片混乱，但是冯锐丝毫不以为意，收拾了这一片狼藉，扔进垃圾桶。他回到厨房，在鱼身上切了几道花刀，用盐和料酒充分揉搓；拍了一块生姜、两根大葱，塞进鱼肚子里。接着他点燃一支烟，深吸了一口。"说出来你肯定不信，但是在广东是要吃鱼内脏的哦。你想象一下！好恶心哦。那些广东人，简直啥子都吃。"我瞥了一眼厨房的操作台，上面正腌着一碗鸡内脏，是我们的午餐。我暗暗地笑了。

头天晚上，在黑根酒吧，冯锐跟我打招呼。这是成都唯一称得上"酷"的夜总会，店主可能是中国唯一的"拉斯塔法派"[①]教徒，头发费力地编成不自然的细辫子，CD都挑得挺有品位，对鲍勃·马利[②]特别狂热。

天很晚了，舞池里几乎没人。我和朋友们一起跳着，突然注意到一个中国男人在往我这边看。他看着倒是有点面熟。于是这首歌放完了，我就走过去弄个究竟。他推了一包烟给我，说请我喝杯啤酒。

"你就是那个喜欢做饭的，是不是嘛?"他的发音有点含混。因为对吃的感兴趣，我在川大这一带已经出了点小名。我软磨硬泡地进了好几个餐馆的厨房，而且经常被别人看到在跟街上和菜市场的小摊贩聊天。但这还是我第一次因为探询食物而在夜总会被人搭讪的。我肯定了他的说法，嗯，我就是那个特别喜欢川菜的老外。

"好嘛，那我要是不教你弄个菜，那就不算个四川人了哟，"他回答道，"我有几个朋友，以前在锦江宾馆工作的哦，明天在家头弄饭，你来不来?"一般，夜总会里陌生人的邀请我是不会接受的。但他又说了红油鸡块、回锅肉什么的，我觉得他说什么我都能答应。接着，我反应过来他是"竹园"的老板，那可是我最喜欢的馆子啊。我赶快告诉他，当然去。

"要得，"他说，"可不可以带几个女朋友来喃?""你要干啥，"我大笑起来，"是教我做菜还是勾引少女?"他带着醉意咧嘴而笑，说绝对没有色心。"你看哈，完美的饮食，阴阳要平衡嘛。"一段美好的友谊就此开始。接下来的几个月里，我和冯锐越来越熟悉，在他的厨房里度过了很多愉快的时光。不过，我很快发现，要上他的"烹饪课"，就别怕恶心。和所有优秀的中国大厨一样，冯锐坚持使用最新鲜的食材，而且他要去菜市场亲自挑选。所以我跟着他去买菜，并且开始意识到，要是我真的要认真学习中国料理，那就必须习惯于"屠杀"。

单说那个卖黄鳝的摊子吧，就总是在一片血泊之中。一条条黄鳝有着闪亮的外皮，是那种深深的灰绿色；它们细如手指，一米左右的长度，在大水盆里像蛇一样盘踞着。要卖就要剖，剖黄鳝倒是挺简单的，就是又脏又血腥。小贩坐在矮矮的木凳子上，嘴上叼着烟，抓住一条黄

---

① 起源于牙买加的教派，将前埃塞俄比亚皇帝海尔·塞拉西尊为宗教领袖，认为黑人终将返回非洲。——译者
② Bob Marley，牙买加唱作歌手，雷鬼音乐鼻祖，也是拉斯塔法派教徒。——译者

鱼翅与花椒

鳝的脖子，也不管这小生灵如何地拼命挣扎跳动，就把黄鳝头往他双膝之间竖起来的一根木头钉的尖上一钉（发出"嘎吱"一声）。烟还是叼在嘴上，他拿过一把脏兮兮的小刀，把这抽搐的东西从脖子一直剖到尾巴，刮掉一堆血淋淋、乱糟糟的内脏，直接扔进下面一个桶里。有时候一些内脏还是会飞溅到地上。最后，他把黄鳝剁成几节，头和尾巴丢掉，血呼啦的身体放进另一个塑料袋里。"必须吃新鲜的，"冯锐说，"一个小时不处理，味道就不好了。"

和冯锐买这一趟菜之前，我也去过很多中国的菜市场了。一开始，那种残酷和血腥真是让我大吃一惊。人们似乎对生命完全漠不关心，剖鱼就跟削土豆皮一样稀松平常；活剥兔子皮的时候还能悠闲地抽支烟；给一只还没反应过来的鸭子割喉放血，一边还跟朋友插科打诨。他们不会在动物下锅或者上桌之前早早地弄死，而是直接开始准备这个食材，任其在这过程中死去。不过，也许，问题的关键就无形地包含在这形式之中。在英语和大多数欧洲语言中，可供人吃的有生命的东西，用于它们的词很多都来自拉丁语的"anima"，代表着空气、呼吸、生命。英语里的"creature"（生灵）这个词，来自拉丁语中和"创造"有关的词，似乎将动物与我们人类联系在了某个十分神圣的宇宙当中。我们也都是生灵、是动物。而中文里的"动物"一词，可以直接解释为"移动的物体"。如果说你只是把其简单看作一个"移动的物体"，几乎没什么生命可言，那伤害其性命还算是残酷吗（除非你是个虔诚的佛教徒）？

我到成都不久，一位浑身闪烁着母性光辉的中年妇女邀请我去她的兔肉餐馆吃午饭，在那里我遭遇了最严重的"文化冲击"。"到馆子头来看一哈①。"这是她的要求。一进门，我们午饭的主要食材还在屋子的角落里吃着莴笋叶子，小嘴儿快速地动着，可爱极了。下面的文字节选

---

① 四川话，即"到餐馆里来看一看"。——译者

自我的日记,是那天在厨房旁观的时候写下的:

兔兔之死

打兔头,使其晕厥。

将后腿绑好,倒挂。

割喉。

立刻剥皮。

拿切肉刀使劲砍成小块。

(……)

从活物到上桌不到十分钟。

我还没从刚才看到的残酷一幕中回过神来,就被带进餐厅,面前摆着一碗热气腾腾的红烧兔肉。我一点也不想吃。但是李嬢嬢①带着强烈的自豪期待地望着我,那恳切中充满了热心与慷慨,我只好动了筷子。

有些关于中国人吃东西特别残忍的故事是很可疑的。一个叫 D. F. 伦尼博士的人写了十九世纪末北京的生活,其中就写到活杀鳖。他写道,用一口特殊的锅,锅盖上有一个洞,让鳖可以伸出头来。这可怜的小东西身体在锅里加热,就越来越渴,然后拿料酒去喂它,这样肉一边煮也能一边变得更香。他还回忆说,中国人会让活鹅站在滚烫的铁板上,下面用火加热,直接烧熟鹅掌。这些令人毛骨悚然的恐怖故事是真的吗?伦尼博士承认这些都是道听途说的二手资料,是一个上海商人告诉他的。一次,一个浓眉大眼、庄严肃穆的老和尚曾经向我描述过一道广东菜,"三吱":"一吱,"他告诉我,"就是用筷子夹起刚出生还在蠕动的小老鼠,吱一声;二吱,是放进蘸料里,吱一声;三吱,是咬下老

---

① 嬢嬢,四川方言,即"阿姨"。——译者

鼠头，最后吱一声。"我都不知道是不是真的该相信华南有人会活吃老鼠，还是应该认为这位一辈子都坚持吃素的温文尔雅的老和尚只是想让我也从此不再吃肉。

全世界的人都听过那道"臭名昭著"的中国佳肴，"活吃猴脑"。听他们说，猴子被绑在桌腿上，脑袋用某种东西固定住，不能动弹。接着服务员就把猴子的天灵盖削掉，食客拿勺子舀脑花吃，像吃布丁一样。但真的有人亲眼见过吗？二零零二年，记者马克·施赖伯在《日本时报》上撰文，说他巨细无遗的调查也没有得到任何第一手的描述或亲眼所见，认为关于这道佳肴的传说可能要追溯到一九四八年一篇写中国人饮食习惯的专栏文章，而那篇文章并不是很严肃，通篇有种半开玩笑的语气。

不过，就算中国烹饪界这些最最令人毛骨悚然的残酷只不过是都市传说，但那些日常的"残酷"也足以让西方人叹为观止了。一次，我在成都一家小酒店里吃到一道菜，"桑拿虾"。服务员在桌上放了个简易燃气炉，上面是一锅热水，再盖上一层铁网和一个玻璃锅盖。水烧开了，她揭开锅盖，扔进一盘活大虾，又盖上锅盖。透过玻璃锅盖，我们看着对虾"蒸桑拿"，在不断上升的蒸汽中扭动翻滚。煮好以后，就可以揭开锅盖，蘸酱油吃。我对这道菜没什么胃口。同桌的中国朋友们倒是充满热情，不过我也不能认为他们就是虐待狂了。看着桌上这痛苦的表演他们都表现得很愉快兴奋，在他们眼里，这些大虾不过是移动的物体，并没有什么感觉。

当然，时间一天天过去，我自己的手上也沾满了菜市场的鲜血。我坚持让小贩当着我的面杀鱼和鸡，这样才知道都是新鲜的；卖黄鳝的当着我的面对午饭食材展开残忍大屠杀，我也是一脸无动于衷。虽然中国人对"动物"的态度一直让我困扰，但至少是诚实的。在英国，一顿肉食为主的聚餐，死亡的腥臭就像秘而不宣的罪恶，被掩藏在所有人都看不见的背后。人们都是在超市买安全卫生的肉食，动物们在养殖场经历悲凉痛苦的短暂一生后惨遭杀害，这样的情景没人看得到。而在中国，你能看到肉食到底是怎么来的、意味着什么，真是无处躲藏。你睁大眼睛亲眼看着，然后选择吃掉。

那天早上，冯锐带我去了菜市场一个卖家禽的摊子，竹编的围栏里有很多棕褐色的鸡，躁动不安又战战兢兢。鸭子趴在地上，略微安详宁静，腿都被一根根稻草缠了好几圈。每天，成都的鸭贩子都会骑着三轮车，后面拉着一车车鸭子。鸭贩子在自行车和公交车的拥挤车流中艰难行进着，鸭子们的脖子就从那些稻草中伸出来，优雅地摇摆着。和黄鳝一样，鸡与鸭的结局也是被公开血腥残杀。"看哈那一只，"冯锐说。小贩抓住鸡的后颈，把它拎起来让冯锐看。他戳了戳鸡肚子，看了眼鸡脚。"看鸡脚就晓得有好大[1]了，"他告诉我。"你看这只嘛，拇趾还没咋个发育，说明还很小，肉比较嫩。如果拇趾比较长而且节疤多，那就老了，拿来熬汤最好了。好，就要这只，"他对小贩说。

小贩把鸡头往后一拉，拿刀子割喉放血。鸡血都拿一个塑料袋装着，末了晃晃鸡脖子甩甩干净，然后拎着鸡往炭炉上一锅热水中浸一浸。他坐在凳子上开始拔毛的时候，鸡还在抽搐。接着他又把鸡整个浸进一锅冒泡的焦油中，焦油像橡胶一样附着在鸡身上。又浸入冷水中，然后把那一层黏黏的黑色"寿衣"扒下来，把那些粗硬的汗毛和没拔下来的羽毛全都弄干净，就跟蜜蜡除腿毛似的。他动作很麻利，剖开鸡肚子，清干净内脏，把鸡胃和胆囊扔在地上那一摊血腥的内脏中。大家爱吃的鸡胗、鸡肝、鸡心和鸡肠则保留下来，装在小塑料袋里递给冯锐，看着就跟一袋血似的。别的还活着的家禽就在旁边无所事事、面露蠢相，不知死之将至。

---

[1] 四川话会把"多少钱"、"多大年纪"说成"好多钱"、"好大年纪"。这里的"好大"是指"多大年龄"。——译者

鱼翅与花椒　　037

冯锐和我提着买来的食材，溜达着到了他朋友的公寓。鸡和内脏都好整以暇地装在袋子里；一条活蹦乱跳的鲤鱼在手上扳动着；还有一条猪臀肉、几串葱。屋里，他前晚提到的两名一流酒店顶尖大厨正等着我们：其中一位坐在扶手椅上，抽着烟；另一位正把一只完全躺平的烟熏兔子剁成小块。冯锐清洗了鸡内脏，用锋利的菜刀切了丁，拿盐腌了起来。接着，他把鲤鱼扔进卫生间，再把鸡和猪肉放进一锅水里，放到炉子上烧开。"你们欧洲的鸡，"他不屑地说，"肉还是嫩，就是根本没得味道。都是用的人工饲料，喂是喂肥了，但是肉的营养都没得了。我们中国的鸡，吃的是剩饭剩菜，在农民院子头到处跑，味道好得多嘛。"他一边说着，一边把那袋鸡血放进一锅慢慢煨着的水中，让血凝固成果冻状。然后又洗了鸡肠。接着他戳了戳那位沉默寡言的朋友，叫他给我讲讲烟熏兔的做法：首先是要活剥兔皮，用盐和香料揉搓腌制；拿两块很重的石头压住身体两边让其躺平，晾在木棍做成的十字架上；然后用松枝、樟树和柏树叶生火，拿这个烟来熏。我不知道在伦敦实现这个菜谱能有多大把握，但还是很勤奋地做着笔记，不想漏掉任何细节。

冯锐以前也是酒店大厨，现在成都有两三家小餐馆和酒吧。他是个生意人，利用经济开放的新机遇逃离了中国饭店后厨的"人间地狱"。但他对烹饪的艺术与科学仍然相当着迷，这既是他从前的职业，也是他的激情所在。看他对细节近乎完美的追求、说起食物时那种温柔的语气以及对我这个好奇的外国人传授知识时显而易见的骄傲，一切便不言自明。但这种骄傲、这种愉悦，却也总是被某种怨气冲淡。

"这些文化人哦，"他脸上会突然"晴转多云"，"他们都看不起做饭的。他们觉得做饭档次低。简直懂不起[①]。"

接下来的几年，我跟冯锐混熟了，也了解了他错综复杂的家庭背

[①] 四川话，即"搞不懂"。——译者

景。他父亲是当兵的,国民党空军的工程师。中国内战时,国民党战败,他发现自己在历史大潮中站错了队。"文化大革命"期间,因为政治背景,他成为被斗争的对象,度过了七年漫长的牢狱生涯,而且在这期间没能和家人见上一面。在这个革命的国度,他的六个孩子全被认为已经被父亲的意识形态错误所侵蚀渗透。"我们啥子政治前途都没得,没得未来,在社会上也很没得面子,"他告诉我,"那个时候随时压力都大得很。"

但冯锐在厨房里找到了慰藉。很小的时候他就在家里的炉子边转悠,从奶奶那里学习厨艺。八九岁的时候,迫切想提升烹饪技能的他就开始在婚宴上帮厨。那时候人们很穷:恰逢"文化大革命"的高峰,食品是定量配给的,生活很苦。婚礼是大厨们为数不多施展技艺的机会。"从我记事开始,就一直爱做饭,"有一天,冯锐告诉我,"二十岁的时候,我就想当大厨了。"一九八四年,他获得了中国官方的"二级厨师资格",让周围的人相当羡慕。因为在那个艰难的年代,大家都知道,厨师是肯定能吃饱吃好的。不过,在那些受过良好教育的人们眼中,像他这样的厨师比用人好不到哪儿去。

从中国传统来说,厨师的确是地位比较低的职业。按儒家的讲法,君子要有细致灵敏的味觉,对食物也要很讲究,但真正在烟火中忙碌的厨师职业,却属于那些没受过教育的大众。穷人家的男孩子才会去餐馆或私厨做学徒。很多时候原因很简单,这些人家知道,只有做厨师才有不错的一日三餐。很多厨师都是文盲,技艺一代代地传下来,都没有文字记载。也许从公元前四世纪儒学名家孟子的著述中,能找到轻视厨师的根源。孟子认为,脑力劳动和体力劳动是有根本区别的,他有句名言是:"君子远庖厨。"

但中国的历史书上也是能找出几位鼎鼎大名的厨师的。商朝传奇厨师伊尹,丰富的烹饪知识令君主商汤大为叹服,被任命为丞相。周朝又出了个大厨,易牙,为齐桓公准备了一系列午夜大宴,很得欢心,在朝廷的仕途也是顺风顺水。关于他有个相当阴暗的传说:因为齐桓公想要吃婴儿肉,易牙就把自己的儿子煮了,满足齐桓公的愿望。虽然这举动和魔鬼无异,后代依然纪念他在烹饪上的高超造诣。湖南省的厨师们仍然把易牙尊为祖师,一直到"文革"之前,他们都还会去专门供奉易牙的寺庙,在画像前进贡。不过,中国烹饪史上大多数响当当的名字,都是美食家,是嗜吃的文人墨客,他们以食物为主题,作诗著文。

其中最著名的恐怕要数袁枚,十八世纪的散文家和诗人。他很早就从朝廷的官位上隐退,余生都居住在今天的南京。他在那里买了块地,修了"随园",布景十分浪漫雅致,还有很多精美的楼阁。众多著述中,袁枚留给子孙后代一本相当了不起的食谱,《随园食单》。他在书中记录了烹饪理论和技法,提了很多卫生和食材选择方面的建议,列出了自己在食物方面的禁忌偏好,写了哪些味道融在一起比较和谐,并且对菜单的设计也提点一二。他还记录了三百多道菜谱,从简单的炒菜到复杂的鸭肉菜肴。但袁枚很有可能一辈子都是十指不沾阳春水。他只是一名观察者,站在家中优秀私厨王小馀的身后,尝菜、做笔记、问问题。

袁枚本人也给予了这位为家中宴席增光添彩的厨师应有的尊重。王小馀去世之后,他十分思念,在文集中为这位"下人"专门立传[1],这在一众比较传统的士大夫和上流社会人物传记中显得颇为扎眼。然而,两个半世纪以后,王小馀这个名字湮灭在历史的尘埃中,而袁枚却被那些对中国饮食文化感兴趣的人时时提起。别的著名美食家也有类似的经历:他们喜欢的菜都用他们的名字命名,但挥汗如雨做出这道菜的人却被毫不在意地遗忘了。宋朝诗人苏东坡倒是个罕见的例外。他嗜吃猪肉,所以杭州有道菜就叫"东坡肉"。但他也很喜欢亲自为发妻与最爱

---

[1] 见《小仓山房文集·卷七》,"厨者王小馀传"。——译者。

的小妾下厨烹鲜。不过，大多数情况下，都是主人吃菜、发表意见；而他们的厨师籍籍无名，守在火炉与菜板前，如奴隶一般辛勤工作。

改革开放后，中国技艺高超的大厨薪水相当可观。我认识的一名厨师，平时穿的是设计师品牌的衣服，有两辆车、两套房子，还投资了好些产业，假期都会去西藏那些很少人踏足的荒野。厨师成为很有吸引力的职业，特别是还能有出国工作的机会。不过，对于这门职业的偏见和轻视仍然深深植根于中国社会之中。我的导师之一，著述菜谱的广东大厨苏恩洁，一开始是一流的历史学家。她对烹饪感兴趣并决定做这一行之后，不得不面对那些受过高等教育、富有而又讲究的朋友们的反对。一个好女孩就是不该做这种事啊。我自己的中国朋友们听我这个剑桥毕业生把做饺子的、卖豆腐的与"知识分子"放在一起讲，也都是一副疑惑不解的表情。

然而，对于冯锐和中国数不清的历史人物来说，食物带来的愉悦让他们在人生与事业遭受挫折时找到了一处避难所。那些被放逐的、流亡在外的失意之人，能从吃食中找到慰藉；生活是苦的，食物却能带来一丝暂时的甜。在一个政治动荡的社会，个人的命运由专制的帝国君主或伟大领袖决定；事业、名声可能因为某人的心血来潮就毁于一旦。在这样的环境中，食物是很安全的享受，你可以毫无恐惧地在其中放松自己。诗人苏东坡就是在仕途失意、数次贬谪之后，才开始躬耕陇亩、洗手烹鲜。少年时代遭遇家庭变故的冯锐，父亲意外入狱之后，他在厨房的色香味中找到了属于自己的乐趣。厨房给了他自由，释放了他的创造力。

虽然身上总有一股挥之不去的怨气，冯锐做的菜可谓表现了最好的自己。和他在厨房度过的第一个上午，他的技艺和冷静就实在让我不得不服。我站在他旁边，手里捧着笔记本，呼吸着厨房里弥漫的香气。他往鸡汤里加了点新鲜的香菇，做个简单的汤；花椒在锅里慢炒着，酥麻而干脆的香味扑鼻而来；鸡肉和猪肉在煮着，香味要温柔些，也十分安慰人心。

那天，冯锐为午饭准备的其中一道菜不过是临时起意：炒鸡杂。这看上去不像餐厅菜单上能找到的菜，比较像乡下农家乐的家常菜。这道菜用到的鸡下水，大多数欧洲厨师都会当垃圾丢掉：凝固成果冻状的鸡血、鸡胗、鸡心、鸡肝和鸡肠。泡椒和姜香了锅，细细的香芹切成小条，和在一起炒。每种内脏都做过处理，能够充分突出特有的味道和口感。

冯锐这道菜的做法，体现了四川家常菜很典型的经济实惠，这只鸡真是一点儿也没浪费。那条在卫生间里被我亲眼目睹屠杀过程的鱼也是一样（不过鱼的内脏倒是都丢了，冯锐语带轻蔑地对我说，只有什么都吃的广东人才吃得下这些东西），任何能吃的部位都能调味烹煮，甚至（或者说特别是）鱼眼睛周围丝滑的脑髓、鱼颊上的嫩肉，还有鱼眼珠子。我们呢，除了鱼肉，大概只会留下鱼骨和鱼鳍。

我在牛津的家里倒也接触过这种烹饪，不过很有限。从小我也从妈妈那里学过怎么处理鸡的各个部位、把猪皮腌制当零食吃、把骨头熬成高汤、把昨天的剩饭剩菜变成丰盛的晚餐。我们偶尔也会吃内脏，基本上都是肝和肾；有一次妈妈倒是做了脑花炸丸子，颇展示了些厨艺技巧。不过和中国菜比，真是小巫见大巫了。

九十年代的中国，饥荒与定量配给的记忆仍然恍若昨日，至少对于老一辈来说。从遥远的古代开始，中国的孩子们就被告知："谁知盘中餐，粒粒皆辛苦。"九十年代的小孩子，他们的父母中有很多人"文革"时期都上山下乡，在偏僻的乡村待了很多年，在那些土地上艰难求生。大家通常都觉得食物很珍贵，应该充分利用，能吃的都得吃了。

在成都，光阴流转，我也学会了珍惜鱼的每个部位、鸡的每块内脏。过去在英国，我也许会把这些东西留在盘子里不吃，或者根本看都看不到（其实，在西方，大多数时候这些部位都到不了肉食店的柜台或者超市的货架）。冯锐的炒鸡杂很是美味，回锅肉也毫不逊色，豆瓣酱和蒜苗都加得十分慷慨。我满含着恐惧，目睹那条鱼从缸中活物变成桌上佳肴的旅程，如今它被蒸得热气腾腾，撒上姜末和葱花。起锅时，冯锐烧了热油，淋在鱼身上，更充分地唤醒了葱姜的香味；接着再略略来几滴豉油。最后，他往桌上端了一大碗冬瓜香菇汤。他说，要是想吃饭的话，也有蒸好了的。我们举起筷子大快朵颐。

冯锐履行了自己的"职责"，为一个"包打听"的外国姑娘上了一堂川菜烹饪课。之后，他让我随时进入"竹园"的后厨学习，还带我去吃了各种各样惊人的晚饭。我想他也许意识不到，他到底开辟了一个什么样的新天地。在某种程度上，他称得上是我的"川菜第一师"。

回锅肉

材料：

带皮坐臀肉	300 克
蒜苗	6 根
菜籽油或猪油	2 大勺
豆瓣酱	1½ 大勺
甜面酱	1½ 小勺
豆豉	2 小勺
老抽	1 小勺
白糖	1 小勺
盐	适量

做法：

1. 满满一锅水，烧开。加入猪肉，重新烧开，关小火，根据猪肉厚度煮 20 到 25 分钟左右到刚好煮熟。将猪肉从滚水中捞出，放凉。将猪肉冷藏至少几个小时，让肉紧实，更易切片。

2. 猪肉完全冷却之后，切薄片。理想状态是每片肉都肥瘦相间，上面还带皮。

3. 蒜苗斜切成段或马耳朵片。

4. 两大勺菜籽油或猪油下锅，中火加热，加入肉片，炒出油，略有香味，略微卷曲。肉片拨到锅边，放入豆瓣酱。爆炒至红油溢出，接着加入甜面酱和豆豉，爆炒几秒炒香。锅里所有东西混合到一起，加入老抽和白糖，必要的话加适量盐调味。

5. 最后，加入蒜苗翻炒至熟。盛盘上桌。趁热下饭。

第四章　野人才吃沙拉

那些日子，我在中国也有烦恼，其中一件就是我见到的每个人说起"西餐"时态度都相当粗暴无礼。这边厢，我温良恭俭让，拿出外交礼仪的架势，尽量去看他们残忍屠杀生灵的光明面，迎合他们对软骨内脏的喜好，强迫自己吃下猪脑花；结果呢，没有人，真的是没有一个人，用同样的礼貌来对待我。

摆龙门阵的时候，只要一提到"西餐"，大家就一发不可收拾地开始表达成见："西餐很单调！"或者"西餐很简单！"我自己的同胞们对"中餐"的理解也很有限，在他们眼里，这个幅员辽阔、有着多种地方菜系的国家，只有一份无聊的套餐：春卷、咕咾肉和蛋炒饭；要么就觉得都是些"垃圾食品"或者"黏糊糊的一团"。同样地，中国人眼中的"西餐"也是非常无聊的单一菜系。他们根本没意识到，可能你在意大利那不勒斯、芬兰赫尔辛基、美国亚拉巴马和法国巴黎吃到的都会是完全不同的菜。有时候，我情不自禁地要去提醒在座的朋友，光是法国就和四川一样大了，很多人也觉得法国菜和川菜一样，特别又庞杂。

听起来可能很好笑，但很多时候，我会花很多钱、费很多精力为中国朋友烹制西餐，这可就不好笑了。比如说，我很喜欢的中文老师余老师有一次要办聚会，就叫我给她准备传统的英国晚餐。光是决定做什么我就很费了些功夫，因为很多菜的食材都不可能凑齐。市场上买不到新鲜的香草或者外国的调料，超市也没有进口的食材（其实当时连超市都还没有）。能买到的唯一的"巧克力"是当地的牌子，主要成分是代可可脂；奶油更是闻所未闻；橄榄油呢，都装在特别小的瓶子里，像美容护肤用品，价格以当地的标准来算，简直跟"香奈儿五号"香水在伦敦一个样儿了。最头痛的是，余老师的厨房和中国所有普通住家的厨房一样：没有烤箱。最后，我和几个外国学生凑份子，买了个搬得动的小烤箱，决定做牛肉烤土豆和烤苹果奶酥。

之后，我深切地怀疑自己为啥要费这一大番工夫。余老师的朋友们觉得我做的东西太古怪了，嘴上根本毫不留情。他们看着菜单大笑，很难理解我为什么要为客人做一顿只有三四个菜的晚餐。"西餐味道好淡！"他们一致要求往烤牛肉里加点辣椒酱提味。"有没得米饭？"吃完以后他们问我，简直完全无法相信这顿的主食用土豆就凑合了（在中国，只有穷苦的农民才用土豆当主食）。一位中年女士夹着一块牛肉翻来覆去地看，然后一口也没吃。她老公觉得苹果奶酥很难吃，嫌弃得舌头都卷起来了。中国人吃饭不像西方，没有单独的一道餐后甜品，所以他们的碗里同时堆满了烤牛肉、黄油胡萝卜、土豆和苹果奶酥。

当时，对大多数中国人来说，"西餐"还是非常遥远和陌生的概念。一九九四年，作为文化中心和拥有八百万人口大省的省会，成都全市只有一家专门做外国菜的餐厅：耀华餐厅。这家餐厅自称是"西餐厅"，开办于一九四三年，那时候做的是很时髦别致的外国菜，什么咖喱鸡、冰淇淋、沙拉、果酱三明治和很受欢迎的明星菜"烙面"：大张的意面涂上厚厚的蛋液再放到烤箱里烤。四十年代的时候，这里是全城最时髦的去处，穿着考究、受过良好教育的年轻人是这里的常客。在五十年代的国有化大潮和六十年代的"文化大革命"中，这家餐厅都奇迹般地生存下来；九十年代换了新店址，搬到东大街上。我去过一次，不过从来没在那里吃过，因为从菜单到气氛都很奇怪又诡异。我一个英国人在这里吃饭，就好像成都人点我们在国外那种外卖中餐一样。这家店的装修风格很显然是领导们心中的前卫西式风,挂着镶框的香烟与鸡尾酒杯图片,还有西方女人姿态挑逗的照片。餐桌上摆着餐刀、餐叉和餐勺。印象中,菜单上好像都是很老派的欧洲菜式:浓汤、牛排和浇满酱汁的肉饼。

除了耀华,成都还有两座条件不错的五星级酒店,接待来自西方的访客。岷山饭店晚上有自助餐,有当时在成都还很稀奇的奶酪片和沙拉。有一次,我还在锦江宾馆顶楼富丽堂皇的餐厅吃了蘑菇肉馅饼和一块牛排。不过呢,很多时候,思乡的留学生和背包客们只能偶尔在成都唯一的花园咖啡厅聊慰乡愁。那里有酸奶麦片和香蕉松饼;塑料封装的加工奶酪片被锁在柜子里,像鱼子酱或者松露一样珍贵(买十二片难嚼又无味的奶酪片,花的钱够吃十碗面)。

外国生意人和留学生们除了这些稀有的去处,也就很难找到好吃的"家乡菜"了。川大最执着的几个留学生骑着单车穿城,勉强买到了还算正宗的法棍和植物黄油,只是为了早饭不用再吃稀饭、油酥花生和辣泡菜。除此之外,我们没多少选择,只能一直吃川菜。你也看得出来,这不是遭罪而是享受,但有些东西还是令我们甚为想念,比如正宗的巧克力。不过,我们最渴望的还是奶酪。我们经常痴迷地幻想、热烈地讨论,要是有谁从欧洲来看我们,就千请万求地麻烦那人带点儿来。我爸爸一直讨厌奶酪,非但不吃,就算你只在他鼻子前面拿点奶酪晃晃,都会搞得他往后一退。然而,父爱如山,他慷慨地带了一箱慢慢成熟且味道越来越大的奶酪(有洛克福羊乳干酪、车达奶酪和卡芒贝尔奶酪),在中国转了一个星期之后,带到成都来见了我。见到这一箱奶酪,我几乎和见到父亲一样高兴。

如果说我们都很难吃到"西餐",那普通的成都人就更不可能了。酒店餐厅的价格是天文数字,当地的工薪阶层很少吃得起。整体的就餐环境也很陌生,让人手足无措。我请一个四川朋友去其中一家酒店吃自助晚餐的时候发现,她以前从来没用过刀叉,根本不知道怎么拿。

我去过的一些中国酒店,为了想要让少数的外国游客高兴,于是推出了"西式早餐"。我还记得女服务员给我们拿来一小碟一小碟的双面煎蛋、配了酱料的炸薯条、几个馒头和一杯杯牛奶。她们脸上的表情很奇怪,好像是要喂蛇吃老鼠似的,把这些奇怪的、惹人烦、完全不能吃的怪东西放在可能有危险的生物面前,看看会有什么反应。我们会发出"嘶嘶"声舔舔这些东西,还是像大蟒蛇一样一口吞下去?我遇到一个上了年纪的中国男人,跟我说起他去香港遇到的"恐怖事件":早餐的时候有人给他上了一个溏心水煮蛋。"里面还是生的!"他说。时隔十五年,说起来还是这么难以置信,"我碰都不敢碰!"

我长居成都的时光接近尾声时,美国的快餐公司在这座城市开了分店。但他们也没能在当地人心中为西餐正名。我遇到的一个年轻的厨师,用随意的语气说他"不喜欢西餐"。"是吗?"我问,有点惊讶他竟然吃过西餐,"你吃的什么呀?"

"我吃过一次肯德基,简直太难吃了。"他回答。就这么一次令人震惊、不愉快却鲜明的经历,让他对整个西方世界的烹饪水平都产生了不好的看法。我想给他讲讲那些听起来就让人口舌生津的美食故事,比如油煎鹅肝酱、牧羊人派、焦糖布丁、大蒜凤尾鱼烤羊肉、那不勒斯披萨、牛油烤生蚝和所有我在西方吃过并喜欢的佳肴。但我不知道该从何说起,所以我什么也没说,只是麻木地盯着他。

说起来真是又好笑又讽刺。我的同胞们觉得中国人几乎还未文明开化,吃得很杂,什么蛇肉啊、狗肉啊、鞭菜啊,而中国人也用同样的态度回应这种羞辱。他们觉得我们的食物太粗犷、太简单、半生不熟的,不也是不文明、不开化的表现吗?简直吃不得。

这种对外国食物的态度由来已久。中国古代时,野人也称作"蛮夷",被归类为"吃生"和"吃熟"两种。

吃熟的外国蛮夷,在必要的时候,还是可以打打交道的。而吃生的蛮夷(未开化的非中原人)就是"君子远之"了。就连在当代中国,有时候都把不认识的人称为"生人",认识的人称为"熟人"。这样的态度反映了一个事实:中国人传统上就是不爱生食的。当然也有例外,比如说潮州和东部一些地区直接放在卤汁里面生吃的贝类。很久以前,在中国最强盛包容的唐朝,精英阶层会和骑着骆驼从西部沙漠来的大胡子外国人谈笑风生,有时候也会吃生鱼片,这可能是现代日本刺身的祖宗呢。不过,宽泛地说,中国人一直偏向于不仅要把吃的切成片,还要煮熟。烹煮被看作文明的根基:只有野人才停留在"茹毛饮血"的进化阶段。

古时候对外国食物的偏见也融入了当代烹饪的语境中。从西部途经古代丝绸之路的漫天黄沙传进来的食材和调料在名称上依然有着被蔑视的意味,比如"胡椒",就是"蛮夷之椒"的意思;还有"胡萝卜"。"胡"这个字是对古代西北部蒙古、鞑靼和突厥部落的统称,但也可以代表"鲁莽、愚蠢、盲目和凶残"。疯子乱说话叫做"胡话";捣乱叫做"胡搞";还有别的带有"胡"字的词汇,都和恶作剧、欺骗、野蛮、不小心、烦人和错乱的行为有关。在遥远的过去,吃沙拉这种东西的人,显然是精神出了问题。

当然了,奶酪这种东西,就更超越想象了。中国食品中基本上很少看到奶制品。也许在历史上奶制品与北边、西边蛮夷们粗俗的吃食习惯联系太紧密,这些时不时侵犯中原的游牧民族,很爱吃奶酪和酸奶。而过去的中国版图上,遍布的是稻田,牧场则很少见。虽然二十世纪后期,中国的父母也开始给孩子喝牛奶,但奶酪在大多数人看来依然是很恶心的。美国人类学家 E. N. 安德森有位调查助手曾经有过令人记忆犹新的描述,他说,奶酪就是"奶牛肚子里排泄出来的黏液,慢慢地腐烂发酵"。我的一些中国朋友皱着眉头说,西方人流的汗里都飘着奶

鱼翅与花椒　　049

味儿。

在中国灿烂辉煌的帝国岁月，他们对外国人及其食物的蔑视似乎看起来还挺合理的。那时候的中国城市有美味的餐馆、喧嚷的街市，中华文明名扬海外、熠熠生辉，让整个世界为之瞩目。那些偶尔从沙漠中游荡而来、浑身汗臭多毛的圆眼睛蛮夷被深深地震慑：在他们自己偏远荒凉的土地上，什么也无法与眼前的繁荣相比。但到了十九世纪，中国根深蒂固的文化优越感被西方国家的"炮舰外交"渐渐打得粉碎。火药、造纸术、印刷术和指南针都是中国人发明的，但他们却没用这些发明去征服世界。而红毛大眼脏胡子、行为举止粗鲁无礼的蛮夷们居然还挺聪明的。

就连到了九十年代，一个外国人在中国也经常感觉到历史的阴影。我经常被别人指责，说什么英国发动了鸦片战争，大不列颠打击了中国，用毒品换白银啊什么的。我就想，他们是不是想让我个人来为我祖先的罪过道歉啊？当然了，也常常有人把我当作女王政府的代表来谦恭尊敬地对待，而且认为我一定会介意一九九七年英国要将香港交还给中国的事。

有时候我感觉很多中国人都把我和留学生朋友放在蔑视与嫉妒并存的"双焦镜"中来看。一方面，我们在某种程度上不也是蛮夷吗？身材高大肥胖、营养过剩；也许还有点体味（毕竟吃了那么多奶制品）。我们生活放纵、颓废懒散、不讲道德：有个中国学生告诉我，大家都说"熊猫楼"就是滥交的温床。另一方面，我们又很有钱，而且自由。你看，我们居然能在中国玩乐整整一年，天天出去吃馆子，背包漫游全国，这就是富有和自由的标志了。

不过，就算中国人对我们的态度很矛盾模糊，有一件事是肯定的：我们的食物令他们无法忍受。一开始，我还带着传教士般的热忱，要让我的中国朋友们了解西方的佳肴。毕竟他们让我领略到中国食品的美妙，我也想投桃报李，文化的交流不应该是单向的啊。所以，余老师和朋友们那顿灾难性的晚餐并没有打击我的热情，带着英勇无畏的精神，我继续努力说服人们，"西餐"没他们想象中那么可怕糟糕。毕竟，要是我能爱上兔头，他们怎么不可能爱上奶酪呢？

每次"熊猫楼"里来了外国的访客，带来外国的好食材，我都会和最亲密的朋友们分享：托斯卡纳的松露酱、上等的橄榄油、黑巧克力、帕玛森干酪。我不时做点东西给他们吃，但努力半天却总是事与愿违。我会犯一些意想不到的禁忌，或者让晚餐的客人觉得厌烦，要么让他们愤而反驳，反正就是很不满意。

有一次，我做了一道漂亮的意大利调味饭，用了意大利米、干牛肝菌和帕玛森干酪。我确信给朋友们吃调味饭总是没错的，反正就是饭啊，还有干蘑菇，和他们自己的也很像。高汤是我自己用老母鸡熬的，还加了点白葡萄酒增添风味。我花了四十分钟一勺一勺地往锅里加高汤，直到米饭吸饱了水分和油分，香浓爽滑，散发着蘑菇的香味。大家都吃了一些，但没觉得有多好：没人明白我为什么花了这么长时间，只煮了这么一道简单的汤饭。

就算少数时候朋友们喜欢我做的东西，我想要让他们尝到地道西餐的计划也总是遭到破坏。比如有一次，老朋友周钰和陶萍召集了一伙人到家里吃晚餐，我带了一个家常的苹果派去。他们把这个派切成筷子能夹起来的小块，跟凉拌猪耳朵、樟茶鸭和香辣凉拌海带一起上桌。回头想想，我虽然是给他们吃了一些"西餐"，但他们吃的方式完全是中式的。

从我刚到成都至今，"西餐"以迅猛的势头入侵了中国。除了麦当劳和肯德基在全国范围内气势汹汹的"殖民"，咖啡厅和披萨店也层出不穷，新开的超市里也有了很多进口产品。但中国人吃的"西餐"，其实和欧美人心中正常的餐食还相去甚远。比如苏州的上岛咖啡店，有二

鱼翅与花椒　　051

十二种咖啡,却连一杯意式浓缩咖啡都做不好。菜单上还有些所谓的"西式"菜,什么"柠檬可乐熬姜"、肉丝华夫饼、水果披萨、"美极酱油鸭下巴"。我的中国朋友们很赶时髦地在晚餐桌上分享一瓶干红,喝的方式也完全中式,每次只倒一点,互相敬来敬去的。

几年前,我在上海买了本装帧精美的烹饪书,书名声称这是一本"英国菜谱"。我翻开来看了看,哈哈大笑,眼泪都出来了。书里重点讲的典型英国菜谱包括赤贝番茄沙拉,上面挤上格子状的蛋黄酱;虾仁意大利面;黑椒苹果鲜鱿鱼;菜花鹌鹑蛋。简而言之,英国本土人绝对不会把书里的任何一道菜看作英国菜。

不过嘛,后来的人们也多了一些跨文化的经验。二零零七年我到中国来,一位酒店的老板邀请我去西式晚宴上做贵宾。我们围坐在椭圆的长桌上,这还是我第一次在中国见到这种椭圆大长桌。桌上摆着大烛台、餐刀、餐叉和边盘,每人两个酒杯。酒店的厨师们都是受过西餐烹饪训练的,呈现的菜单上有芥末凉拌牛肉、烤生蚝配荷兰酱、玉米奶油浓汤、炸兔腿配土豆条、牛排配洋葱圈,以及某种布丁(当然啦,不会有加了奶酪的菜)。别的客人主要都是厨师和美食作家,他们无视备用的筷子,投入到这场充满异域风情的宴会中,姿态高贵地拿好不怎么熟悉的餐刀和餐叉。但我注意到他们在偷偷地瞥我,看看该怎么吃面包、怎么使用边盘。我也没发现有谁特别爱吃那些菜。

在成都的第一年,如果说我致力于加深大家对"西餐"理解的努力遭遇了痛苦的失败,那么在四川的饮食烹饪文化上,我可谓是全情投入。冯锐给我上了那难忘的一堂烹饪课之后,我非正式的饮食烹饪研究逐渐密集起来,笔记本上全是各种各样的菜谱。但我还想学更多的东西。于是德国朋友沃尔克和我制订了一个计划。沃尔克和我一样,也热爱烹饪,在加州的时候,他经常跑到农民集市采购食材。我们自然而然就成了一起下馆子的饭友,而且经常品评比较菜单。一天下午,他说我们应该去上点正式的烹饪课。于是我俩四处打听，得知了当地著名的四川烹饪高等专科学校的地址。我们骑上单车就去找。

学校在西北边一条偏僻的后街上，一栋毫无特色的水泥建筑，但我们在一扇敞开的窗户边听见切菜的声音，就晓得到地方了。上了楼，朴素的白色房间里，几十个身着白色厨衣的学徒厨师正全神贯注地学习调味的艺术。树干做成的大菜板上，他们用菜刀剁碎泡椒，把花椒研磨成细细的棕色粉末，来来回回地混合各种油和调料，细致地调整着面前碗里那醇厚的深色液体。轻柔而充满韵律的捶打声、瓷勺与瓷碗的碰撞声在空气中产生共鸣；长长的桌子两个两个拼在一起，一碗碗食材与调料相对而置；大盆的酱油与红油、一堆堆白糖和精盐；鲜红的辣椒与散落的花椒之中，放着一本本写满汉字的笔记本。敞开的窗户中透出明亮的灯光。我们满含着急切与兴奋地冲进房间里，光是这两副"洋鬼子"的面孔，就够学生们一阵骚乱的了。这也是常事。

校长矮胖结实、活泼开朗、脸色绯红。他穿着一件卡其色的毛式中山装，说四川话，我们不太听得懂，于是他叫来学校里的英语老师冯全新教授做翻译。后来又围过来几个老师。我们突然这么出现说想来学艺，他们好像都觉得挺好笑，可能还有点受宠若惊。之前学校里只有过两个外国学生，还是在八十年代末，那是一对美国的夫妻，上的是私教课。这要求显得这么奇怪，不止因为我们是外国人；我们可是大学生呢，怎么会不爱图书馆却偏爱厨房呢？

那是中国历史上比较尴尬的过渡转型时期，行政条例上没有任何能处理我们要求的流程。这学校是省级部门直属的，外国人在这里进行特殊学习合法吗？也许答案是否定的。但四川在这些方面一向都比较松，界限比较模糊，人心比较善良，倾向于满足别人的要求。我们经历了一个漫长的下午，进行各种讨论和善意的讨价还价。烟抽了一包又一包，烟灰缸都装满了；茶杯里一次又一次地续上热水，又不断地被喝光。经

鱼翅与花椒　　053

过办公室的老师和学生都要专门进来看我们一眼，很快大大的办公室就挤满了人。傍晚的时候我们终于定下来了：一周两次私教课，上课时间周二和周四。他们这边会提供厨师、翻译和各种原材料，我们用人民币付学费。学费很合理，但也是我们艰难地讲价谈下来的。

沃尔克和我骑着单车回家，洋洋得意于计划的成功。我们这一趟算是穿城了，从西北边儿的烹饪学校到东南边儿的川大校园。我们经过了明清时期的古街区宽窄巷子，那里有一排排杂乱的房子，深色原木结构的建筑，深浅斑驳的痕迹，粉白的墙壁。这些老街老巷里本来就没有街灯，那天晚上还停电了。我们经过的店铺、人家和小餐馆都点起了蜡烛。一对老夫妇坐在房子门口桌边的竹椅子上，捧着饭碗，一起吃着几道简单的家常菜。商贩站在满柜子的烟和茶叶背后，玻璃柜台上的蜡烛用几滴蜡油固定好，跳跃的烛光照亮了他们的脸。前门敞开的餐馆里飘散出诱人的香味。一排煤气炉子上放着高高的砂锅，炖菜那醇香的味道光是闻一闻就让人胃口大开；小小的竹编蒸笼堆得高高的，小份的粉蒸牛肉正在等待安抚大家的肠胃；"嘶嘶"作响的炒锅里，切成细丝的土豆正和辣椒、花椒发生着奇妙的反应。

接下来的一个月，沃尔克和我学习了十六道经典川菜的做法。我们的老师叫甘国建，三十多岁，有些喜怒无常，偏爱讽刺挖苦，和詹姆斯·迪恩[①]有那么点儿神似，嘴上永远叼着一根烟。每次上课，我们先要看甘老师为那天的课备菜，然后试着模仿和重现整个过程。我们学了怎么拿菜刀、怎么切菜、怎么调味、怎么控制火候。

学习新的菜系，就像学习新的语言。一开始，你对最最基础的语法规则都一无所知。各种各样的词汇一股脑儿向你涌来，不成体系，没有结构章法，正如这些五花八门的菜。我刚到中国的时候，对基础法国菜

---

① James Dean，美国男演员，二十世纪四十年代美国影坛的青春偶像。——译者

这门"语言"挺"流利"的了。我会做奶油炒面糊、蛋黄酱、荷兰酱、油醋酱、甜酥挞和泡芙；我知道做杂烩之前先把食材略略煎一下会更好吃；我也总能吃一道做好的菜，分析出其中的调味和使用的烹饪手法。所以从某种程度上说，即使是没做过的法国菜，也不算什么难事，只不过是对基本的手法和烹饪流程进行新的排列组合。不管这排列组合有多么陌生，各种因素本身却少有新花样。就算没有菜谱，我手里拿着某种食材，也能想出好几种烹饪方法。但是中国菜呢，我可是一点头绪都没有了。

在甘老师的私教课上，我开始学习这些"基础语法"，不仅是川菜的，还有整个中国烹饪。各种步骤一开始看似随意杂乱，不断重复之后，就可以将其联系起来，进而理解结构和流程。几个星期过去了，我发现在中国朋友们家里旁观做菜也能对那锅里春秋略知一二。而且，能复制出我每天在"竹园"以及"意大利餐厅"大快朵颐的那些"大菜"，真是太激动人心了。很快我就沉迷其中无法自拔。

每次上完课后，沃尔克和我都骑车回到川大，顺便带着个铁饭盒，里面装满烹饪课上努力挥勺颠锅得来的果实，拿回去给垂涎三尺的留学生朋友们品评鉴赏。每周两节课成为我生活中的亮点，我真是如鱼得水、游刃有余。

但是余下的时间不多了。烹饪课上完了，我的奖学金也到期了。我决定晚一点回家，过个长长的暑假，和三个意大利朋友去西藏和甘肃走一圈。我们从成都出发，北上进入西藏东部的非开放藏族地区，还有川西、青海和甘肃。几乎在每一个小镇我们都会被警察盘问，好说歹说才能免于罚款。我们一路搭便车，坐过运原木的卡车，在后车厢里靠着一堆结构很不稳定的木头，同行的乘客还有藏族喇嘛和汉族农民。（有一次我们搭车走了一段非常危险的路，车就从万丈悬崖边开过去，之后我们发现，司机居然是个"独眼龙"。）

鱼翅与花椒　　055

那真是难忘的魔幻之旅。我们穿越开阔的郊野乡村，探访最偏远静谧的喇嘛寺，一路遇见了农民、走私犯、尼姑和便衣警察。而且，湛蓝高远的天空下，经常会突然传来骏马的嘶鸣：几个西藏人出现，穿着镶金边与皮毛装饰的红色藏服，腰间系着腰带，一边的袖子不羁地放下来。他们策马而过，马蹄扬起一阵黄沙。我们一路都满含敬畏与惊奇。

然而，感官与心灵被西藏的景色和声音震撼的同时，味觉却因为此地食物的无趣而疯狂。有时候我们在山顶的寺庙和喇嘛们一起吃藏族的主食糌粑：将大麦粉和酥油和在一起，用手指团成球，扔进嘴里。别的时候呢，我们几乎每天每顿都在回族清真饭店度过。菜单上几乎没有别的菜，只有各种各样的面，加点羊肉、葱花和辣椒。最常见的就是方形的面片，吃个十五次二十次的，还觉得味道不错，但最后实在吃得太多，我们一想到就觉得烦，于是给面片取了个绰号叫"名片"。

在路上的日子过了两个星期。一天，我们来到草原上一个简陋的村庄，那里也照样只有一个回族餐厅，主要接待途经的朝圣者、游牧人和商人。我们又累又饿，而且刚刚又坐卡车经过一场惊心动魄的旅程，心理上也是筋疲力尽，于是走进破破烂烂的餐馆，结果被厨房旁边黑板上写的好些法国菜给震惊了。

菜单

鹅肝

清炖肉汤

烤大龙虾

雪芭

（剩下的被擦掉了）

一切就像是幻觉；仿佛沙漠中的流浪者，眼睛被黄沙蒙蔽，出现了海市蜃楼。这也是我遇到过的最令人哭笑不得的玩笑,一直想知道写下这些的到底是个怎样的冷幽默天才。我们看了看菜单,满怀渴望,接着又悲叹呜咽,然后坐下来,吃着一碗碗加了羊肉、葱花和辣椒的"名片"。

在西藏东部充分感受了两个月的美与灵性之后,我的眼睛和心灵很满足,但肚子却真的好饿。然后我独自乘着从兰州草原往南的慢车回成都(意大利朋友们回到威尼斯继续大学学业)。九月初,我到了若尔盖。这个边疆小镇充满了野性的风情。镇上的西藏人穿戴着有珍稀毛皮装饰的鲜艳服饰和帽子,腰上别着匕首,在木质平房的铺子外面闲逛。街上处处都拴着马。我离开长途汽车站,扛着重重的背包往唯一接待外国人的客栈走去,结果鼻腔内猛地钻进烧热的四川豆瓣酱与花椒的味道:绝对没错。一颗心顿时雀跃起来:我知道我在回家的路上了。那天的晚餐我在一家川菜小馆度过,那里没有加羊肉和葱花的"名片",却有鱼香茄子和回锅肉。

回到成都,我还没什么明确的打算。有个英国朋友要转租工人聚居区的公寓,我答应续租,隐隐觉得应该再多学学川菜烹饪。居留证也成功续了六个月,只是不再在川大上学了。那时候,一个外国人,没什么组织关系地独居在中国,还真不太寻常,而且严格来说是非法的,再早几年根本不可能。但当时,当地的公安只是给我做了登记,一副并不关心细节的样子。

回成都不久,我就骑着自行车去烹饪学校跟老师们打招呼,还想问问我能不能时不时地来观摩一下烹饪示范。校长对我的态度就像个老朋友,还告诉我刚刚开办了一个为期三个月的厨师培训班。"你来参加嘛。"他对我说。这是意义重大的邀请。以前还没有任何一个外国人成为他们的常规学员,而且我也不确定技术上来说这是不是合法。但中国正在发生巨大变化,充满了各种各样的可能性,而且我觉得老师们都被

鱼翅与花椒　　057

这个老外对当地菜品莫名其妙的热情给感动了。我当场就答应了。学校真是太好了，允许我和中国同学们一样交很低的学费。我入了学以后，马上就得到一把菜刀、一套印有学校名字的白色厨师行头和两本中文教材：一本讲烹饪理论，一本是川菜菜谱汇总。

我的学徒生涯就此开始了。

中式英国菜：
黑椒苹果鲜鱿鱼

材料：

鲜鱿鱼	1 条
猪肉末	100 克
圆葱碎	5 克
西芹碎	5 克
胡萝卜碎	5 克
盐和胡椒	适量
橄榄油	15 克
牛肉高汤	适量
香叶	2 片
西红柿	20 克
酸腌小黄瓜	2 个
煮胡萝卜丁	10 克
黄油	15 克
苹果碎	40 克
红酒	5 克

做法：

1. 把鱿鱼处理干净。

2. 猪肉末、圆葱碎、西芹碎、胡萝卜碎混合,加盐和胡椒粉调味,用做鱿鱼填馅。收口封紧,用牙签固定。

3. 用橄榄油双面煎鱿鱼,倒入牛肉高汤,加入更多圆葱碎、香叶,并且调味。大火烧开,小火焖煮透。

4. 鱿鱼盛盘,用西红柿、酸腌小黄瓜和煮胡萝卜丁装饰。

5. 黄油、高汤、苹果碎、胡椒和红酒熬酱,洒在鱿鱼上。

第五章　刃上神功

烹饪学校的一间教室里,还没到早上九点,龙老师正在传授"火爆腰花"的技艺。她拿粉笔在黑板上画了长长的流程图,一边为我们讲解菜谱上的各个步骤,一边潦草地用汉字写下烹饪术语。一切都特别系统化。烹饪方法叫做"火爆",是"炒"的一种,要用旺火迅速翻炒细细切过的食材。调味属于"咸鲜味"。而主要的食材猪腰子(猪肾),生的时候有种独特的"异味",说得更准确点,是有种"臊味",所以一定要用料酒来腌制,达到去腥提味的作用,这是很关键的一步。

这么一大早的,要消化这么多内容可真不容易,特别我的母语还不是中文,而且这个班有将近五十个学生,再加上我可能是第一个在中国接受厨师培训的西方人。大多数同学都是二十出头或将近二十岁的四川男生,只有两个女生。我不仅仅是这个班唯一的外国人,也是大多数同学人生中头一遭见到的外国人。我坐在教室中中间间的一张木桌子边,笔记本和笔随时伺候着。桌面上有师兄师姐们随意刻下的纹路和字迹,他们用学校小卖部买来的锋利菜刀,把自己的名字深深地刻进木头的纹理中。有几个同学在抽烟,吞云吐雾、好不惬意。我旁边的年轻小伙手上拿一小团面,不断地包起、摊开、包起、摊开,梦幻般地反复捏着一个褶边饺子,一边又半认真地听着老师讲课。

龙老师把这道菜的特点列了出来。"这个菜嘛,"她说,"首先腰子花形必须要美观,然后要做到质嫩脆、味鲜美。"讲特点是课程中最重要的部分之一。除了面点课,我们从来不会用到秤和量勺这些东西。我们必须在备菜的每一步去感觉,确保这道菜色香味俱全,让人觉得舒服适宜。虽然那时候全中国都在强调说要坚定地走社会主义道路,但学校里学的每道菜都被分了严格的"阶级":有的菜可能比较适合做"一般筵席"的热菜,有的可以做"高级筵席"的头菜。不过呢,火爆腰花是相对比较平常的菜,"是大众便餐,"龙老师说。

一开始,身边有个老外同学,大家不免显得惊愕慌张。不过,大多数人都逐渐习惯了我的存在,虽然很多人仍然害怕跟我讲话。他们总会像躲怪物一样地避开我;我叫他们名字的时候,总会引起阵阵窃笑;他们还不敢看我的眼睛。我花了好几个星期,半开玩笑地劝说他们,不要再当面叫我老外,而是叫我的中文名字:扶霞,或者至少用个更友好亲切的称呼:同学。

当然也有例外,比如王女士,班上另外两名女同学中的一位。她成为我的"特别盟友"。她老公争取到奖学金到国外读博士,她想学点厨艺,这样去美国陪读以后就能在餐馆做做兼职。也许因为心里有着奔国外去的盼头,她面对外国人显得很开朗,而且也很高兴能有这个机会跟我扯上点关系。从一开始,她就不像别人把我看作"天外来客",而是像个正常人那样对待我。但只有她还算稍微有点"文化"背景。另外一位女同学来自农民家庭,只要和我面对面,就露出尴尬的笑容,羞得满脸通红。

大多数男生都来自工人或者农民家庭。我和其中的一两个成了朋友,包括一个十七岁的曾姓男孩,他两颊绯红、精力旺盛。我们俩是他破的冰——邀请我去参加奶奶的寿宴。他是个坚定的共产主义者,期盼着有一天能像父亲和爷爷那样加入中国共产党,而他对食物的热爱则更为炽热。说起自己最爱吃的那些菜,他那满月一样的圆脸就放着光,丰满的红嘴唇不断嘟囔着溢美之词。我发现,这小伙子跟我是志趣相投啊。

我说被烹饪学校录取开始我的"学徒"生涯，这说法其实不太符合时代，因为学徒制度（至少从官方的说法）早就消亡了。在旧时代，所有专业人士的烹饪智慧都是由大师们口头上传给学徒的，很少有烹饪书或文字菜谱出现。烹饪大师，也就是师父，需要人帮厨的时候，就收个学徒，也叫徒弟。他们都是十几岁的男孩子，为师父服务多年，换来膳宿和烹饪技艺的传授。他们每天要很早起床揉面切菜，晚上熬夜洗盘子。要是不幸遇上天性严酷的师父，那很可能演变成某种形式的奴役：很多学徒都逃不过挨打和受虐的命运。比较幸运的呢，会融入师父的家庭，受到儿子一般的待遇。师父的厨房中，徒弟们会开枝散叶，形成一个职业网络。厨师们在余生，都会把与自己在一个师父门下学习技艺的人称为同门师兄或师弟。

师父总会害怕徒弟技艺和经验渐长，学走所有的秘诀秘方，成为自己专业上的对手，所以就有了"留一手"这个传统。才华横溢的大厨会故意误导徒弟，传授不完整的菜谱，给出错误的示范，或者私下里往自己的汤汁中添加至关重要的调料食材。因此，传说中国烹饪史上很多最为伟大美味的菜谱，都在那些发明菜谱的大师们手上就失传了。现代大厨和美食家们一想起这历史的长河中失传的珍宝，总会叹息连连，并且指责这些老师父真是自私又善妒，忘了自己对中华美食的责任。

师徒体制在"文化大革命"中逐渐走向消亡，那时根本不允许做什么高级的菜，就连街上那些小贩也不许经商，因为这样就是"搞资本主义"。很多老师父遭受迫害，"平等主义"的新思潮打破了具有从属意味的师徒关系。有的老师父一辈子备受尊重，现在居然被徒弟骑到头上凌辱，于是对这一行心灰意冷，即使在这政治风波减弱、罪名平反之后也不愿意再传授技艺了。

七十年代末、八十年代初，"十年浩劫"之后的政府开始拨乱反正，随之发生了一场将中国烹饪编纂成文并推动其现代化的运动。中国烹饪协会成立了，全国都有分会，专门研究和弘扬饮食文化，各大菜系的烹饪书纷纷出版。成都的四川烹饪高等专科学校是一九八五年成立的，宗旨是要进行系统化和专业的川菜烹饪教学，不会像封建时代那样"留一手"，更不会把徒弟当作奴隶对待。学生们学到各种烹饪技术，能够自创新菜，而不是重复某一个老师一连串的保留菜谱。我的老师们自己就是学校最早的毕业生，他们向我和同学保证，一定会毫无保留地把毕生所学全部教授给我们。

各个专业烹饪学院的创建，是勇敢的现代化尝试，但旧时代的学徒制度阴影仍在。餐馆的厨师们仍然谈论着他们师从谁谁谁、师兄弟又是谁谁谁，很多人都觉得旧时的制度比较优越。"旧社会的学徒和现在的学生，差别就像放养的土鸡蛋和饲养场的洋鸡蛋。"一位年长的美食家告诉我，"烹饪学校出来的厨师更多、时间更短，但是味道不好啊！"

按照官方规定，全中国的学校授课都应该使用规范的普通话。但实际上龙老师和烹饪学校别的老师，上课时全都用特别"规范"的四川话。反正，偌大的成都，除了我这样的少数人，大家都是说四川话的啊。而且，像四川这种偏居一隅的地方，"天高皇帝远"，谁管得着啊。快速的四川话像枪林弹雨般射向我，把我搞得高度紧张、精疲力尽。不过我已经在成都生活了一年，倒也掌握了一些字词句段。之前大多数人跟我说话的时候都会用普通话，所以这是我第一次完全融入四川方言。龙老师拿粉笔在黑板上写板书，我努力去理解那些不太熟悉的词语。她的字迹也不算清晰工整，黑板上常常是一阵"狂草"。我只能请求同学们帮忙，把那些字词一个个工整地誊写到我的笔记本上，课下我再翻字典弄懂。有时候王女士会把笔记寄给我，我就拿去复印，空闲时间再跟上进度。

四川话有点像蹩脚的普通话。普通话里的"sh"变成了"s"，声母就像加热的软糖，拖得长长的。词句的结尾总会带上点儿化音，听着流里流气的。还有很多人"n""l"不分、"f""h"不分（比如，四川人说"湖南省"会说成"福兰省"）。另外，普通话的声调就更难学了，阴阳上去、一二三四声之外，竟然还有轻声。说普通话的时候不加声调，人们很难明白你的意思。你对别人说"请问"，别人可能误会你要"亲吻"。但是在四川话里，这些标准的声调都乱了套。

还有普通话中完全没有的方言词汇，理解了之后还挺生动的，但一开始可完全听不懂。"没有"变成"没得"、"什么"变成"啥子"、"我不知道"变成"不晓得"，更别说五花八门的俚语和粗话了。幸好，对川菜火一般燃烧的热情鞭策着我不断调动自己的耳朵和舌头，迅速地学习着方言。很快，我就刹了车，不再单纯学习普通话。我在北京和上海遇到的人也开始问："你为什么说四川话？"

我还带着初生牛犊的勇气，一头冲进了专业烹饪词汇的大漩涡。专业的中餐烹饪是非常严肃、复杂和成熟的。就像法国人，各种酱汁的做法特别正规，而且有很大的差别。厨房里的烹饪艺术也自有一套需要严格遵守的章法。中国人对于切菜的形状有详细的分类、各种味道的结合也都不同、烧和炒也有不同的程度和做法。比如，"炒"好像听上去很简单，但要追求准确，必须说清楚你是滑炒、爆炒、小炒、生炒、熟炒、炒香、盐炒还是沙炒，这些只是我一时能想起来的。

有本《川菜百科全书》列出了目前四川使用的五十六种不同的烹饪手法。如果你再去北京、广州或上海，还能发现另外的无数种技法，有些特别具有地方特色，非常具体。早在公元前二世纪，我那些铁器时代的英国祖先还住着茅草棚，吃着原始的面包、肉和稀饭的时候，根据湖南马王堆贵族墓葬出土的资料来看，中国就已经有十种烹饪和保存食物的方法；更别提各种各样的切肉法、不同的烧菜与调味方式。中国人会吃啊，从古至今都是如此。

龙老师和别的老师们写在黑板上的字，有的特别专业和生僻，大众的字典上也找不到。我在大学里那些专注学术的"学霸"朋友都帮不了面对烹饪学校教科书抓耳挠腮的我。他们不认识"火"字旁一个"督"，这个字就念"督"，意思是"将酱汁文火慢炖，发出'咕嘟咕嘟'的声音"。形容羊肉味的"膻"，当时也算是生僻字了。我带着极大的兴趣，狼吞虎咽地学习着这些生涩难解的术语，当作佛经来研究。（因此，在中国做了很长一段时间烹饪"学徒"之后，我的词汇量可能是中国所有留学生中最奇异的。我写得出某种很奇怪的菌类的名字，或者猪肉的古语；认得出某种元宝饺或者富有弹性的鱿鱼丸子的专用名。这让中国的专业厨师们都很吃惊。但是有些特别常用的词我却不会写，比如"银行账户"、"害羞"、"网球"。）

上午课间休息之后，我们都聚集在展示厅。最前面的中间是个料理台，台阶一级级升高，上面摆着弧形的长凳。这里像个圆形竞技场，仿佛就要开始精彩的体育比赛。从某种程度上说，的确是这样。大家总会抢前面的位子，因为我们已经知道，坐前面就能第一个去试吃，免得这些贪婪的同学把盘子都舔光。空气中充满了热切的期待。龙老师已经在准备辅料了：葱、姜、蒜、长长的泡椒，还有脆脆的莴笋。

大家都安静下来以后，她开始详细地解释该怎么切菜。姜削皮、蒜剥好，然后一定要切成"指甲片"。龙老师挥舞着自己那把大菜刀，却像拿着把手术刀那般细致精妙。转瞬间，小小的蒜瓣和削了皮的老姜就变成一堆均匀的薄片。葱和海椒切成菱形长条，称为"马耳朵"；莴笋则变成"筷子条"。不过，这道菜真正的"技术噩梦"不是要用一把大菜刀切小蒜瓣还保证不切到手，而是要切腰子。菜名里的"腰花"听起来多美、多诗意啊，说的恰恰是特别细致和复杂的腰子切法。切好了的腰子放到热油中爆炒，会卷曲成漂亮的小花朵，看着一点都不像它原本的模样。

龙老师把腰子薄如蝉翼的外膜割掉，再放在菜板上，锋利的菜刀和菜板平行，把腰子一切两半。腰子上白色尿管的三角部分也切下来，只留下深色部分，细说起来，这颜色大概应该叫"铁锈粉"。接下来的一切就相当复杂了。她斜握菜刀，两片腰子上都留下手术一般的切口，每个相隔几毫米，大概切到三分之二深，但是又不切断，直到整个表面布满了完美准确的刀口。接着把两片腰子转了一转，确保角度正确，然后又密密地切了几排。接着，刀工的精确度就变得更高了：每一刀垂直切下去，都要完全切断……最后得到三角锯齿状的小块腰花，尾部都连在一起。"这些就叫'凤尾'，"她告诉我们，"哦，对的，你们还可以切成'眉毛'。"她继续教我们更多的刀工，比刚才还要复杂。

　　刀工是中国厨房里的基本功之一，与火候和味道一样重要。中国古代就把烹饪称为"割烹"，意即割切烹调。所有正式的中国烹饪课仍然会教你各种各样准确的食材切割方法，部分原因是由于快炒这种烹饪方法的流行。要炒菜，所有的食材都应该切得小小的，只需要一点热气就能做熟。要是切得太粗，那下锅一炒，里面还是生的呢，外面就又干又老了；要是切得大小不均，那熟的时间就不一样，最后的成品就比较粗糙，不尽如人意。像爆炒这种需要快速操作的方法，细细切菜就更为关键。细致的刀工并不只是为了好看的门面，而是一道菜最后能成功的重要因素之一。

　　在中国使用了两千年乃至三千年的筷子也有自己的要求。中国人的餐桌上几乎不可能出现餐刀，所以菜品一定要足够软嫩，可以用筷子分开，不然就应该切成可以入口的大小。盛大宴席上，你可能会看到烤全鸭、烤全鸡和大块的猪肘子，都是烤炖得软烂软烂的，筷子一碰就分开了。但日常的饭桌上，一切都是切成小块小片的。

　　这些只是刀工的实用性，更让人着迷的还是其美学方面的意义。高超的刀工能够把你带入享受美食的另一个维度。你就想想时蔬炒鳝鱼：

盘子里面的食材颜色、味道和口感都有所不同，但全部切成长长的细丝；还有宫保鸡丁：为了配合小颗的花生、鸡肉和葱白也被切成方形的小丁。中国灿烂雅致的烹饪文明已经延续数千年，而细致的刀工是重要的一部分。公元前五世纪，孔子本人就拒绝吃切得不好的食物，所谓"割不正不食"。及至今日，对任何立志成为厨师的人来说，"刀工"都是学习的起点。

中餐这种精细到极致的刀工，生发出了非常复杂庞大的词汇。大厨们常挂在嘴边的有三种基本刀法，切、片、斩（或称"砍"）。考虑到菜刀的角度和切菜的方向，这三种基本方法至少可以有十五般变化，每种都有独特的称呼。还有另外十几种刀法，包括搥、刮和剜，等等。

形容食材经过刀法加工后的形状，也有丰富多彩的词汇，有些很是诗意，比如片、条、块、丁、丝。这几种又各有细分，要看具体的形状和大小。比如片就分指甲片、骨牌片或者牛舌片。小葱可以被切成葱花、鱼眼葱或者葱丝。所有这些都为中餐那令人震惊兴奋的多样性做出了贡献。就算是平日里最常见的猪肉，也能呈现不同的个性，关键就是要看这肉是切条、切丁、剁碎还是切薄片了。

刀法的艺术如此复杂，你可能以为中国的大厨们肯定有一兵器库令人眼花缭乱的刀具任其调遣。这种想法实在是大错特错了。所有这些巧夺天工的刃上功夫，靠的几乎就是一把简简单单的菜刀：不锈钢搥打而成的刀片，木质的刀把，磨得光鲜锋利的刀刃。

课间休息的时候，烹饪学校的走廊上全是年轻小伙子们，都带着能杀人的锋利菜刀，满不在乎地悬在手上。我花了好长一段时间才适应这样的场景。一开始，我还是欧洲人的思维，觉得菜刀能制造血腥的杀人案，是神经病和黑社会的职业杀手喝醉了会拿着到处发疯的凶器。后来我才开始真正去欣赏它：原来笨重的菜刀也能用出很多花样、做非常细致的活。很快，我也随身带着一把菜刀了。课间休息的时候，我就和同

鱼翅与花椒　　067

学们一样，在学校院子里巨大的磨刀石上磨我的菜刀，保持其锋利光鲜。

中国厨房里的菜刀倒也不是屠夫用的那种刀。的确，也有很重的斩骨刀，用来砍猪骨、宰鸡鸭。可是中国人日常用的"菜刀"竟然出乎意料地轻盈机巧，既能切碎小小的葱头，也能处理大块的肉。从肌肉强壮的大厨到羸弱的老太太，人人都用这种菜刀。一把轻巧的菜刀，几乎能完成厨房里的一切任务，从切藕丁到给很小的一块姜削皮，而且常常是中国厨房里唯一的刀具。

菜刀不仅是用来切菜的。翻个面，比较钝的刀背就可以用来捶肉，捶得松松的，好做成肉圆子。这是很花时间的，但做出来的肉酱相当爽口又诱人。木把手的头可以作为槌杵，把花椒放在小盅里研磨成粉。刀的两面和菜板配合，可以用来拍没削皮的姜，让姜汁渗出，为汤或卤汁增添风味。最棒的是，刀面可以当铲子，菜板上有什么东西都可以铲起来，丢到锅里。

二十一岁生日的时候，父母送了我一整套赛巴迪精致锻造刀具。但那段日子，回到伦敦的家，我很少用到这生日礼物。而那把四川手工菜刀变成我在厨房里必不可少的工具，像个护身法宝。我是在成都一个街市上买到它的，价格也就相当于两三英镑，而我已经用了很多年。我了解这把菜刀的宽度和重量，知晓把手的形状，熟悉碳钢刀片青灰的色调。我喜欢握刀在手，感觉那种踏实的轻盈；把手掌放在刀面上，贴近胸口。这把刀让我感觉自己无所不能。这是手艺人的工具，用途广泛、无比迷人。这把刀是专属于我的啊，需要我悉心的照料，要时时拿去磨刀石上打磨，要细细地涂油，免得生锈。

进行烹饪展示或者在别人家做饭时，我也喜欢带上这把菜刀：用布包裹起来，塞在我的手提袋里。我带着这把菜刀，在伦敦地铁中来往多次，还经常走过这座城市治安比较差的地段，而且是深夜。站在空旷无人的地铁站台等车,或者在迷宫般的隧道里摸索前进时,这刀都给我一种私密而甜美的愉悦。我心想着,要是有人真的蠢到要打劫,会发生什么呢?"我们是先切牛舌片还是先切骨牌片?"我可能会这样问面前的强盗,刀片在夜色中闪着寒光。

当然啦,去招惹菜刀加身的大厨很危险,大厨自己用菜刀的时候也要小心。这么锋利的刀,使用时需要全神贯注。要是不集中精神地切,你的手可能要残。我见过一个没有食指上段的厨师,是才受的伤,上面还缠着新的绷带。在成都的头几个月,我自己也差点遭到这样的命运。当时我正在切一堆蜜饯,准备做圣诞布丁。蜜饯很黏,刀只能在其中拖行。切累了,我就有点无精打采,精神开始涣散,结果把指尖切了好大一块下来,反正指甲是全切掉了。那真是个重大事故,到现在都还留着疤。但这个疤每每提醒我要尊重手里的刀。现在我已经明白,切菜可以算是一种冥想,也明白为何中国道家圣人庄子会用一个厨子和一把刀的故事来比喻生活的艺术:

庖丁为文惠君解牛,手之所触,肩之所倚,足之所履,膝之所踦,砉然向然,奏刀騞然,莫不中音。合于《桑林》之舞,乃中《经首》之会。

文惠君曰:"嘻,善哉!技盖至此乎?"

庖丁释刀对曰:"臣之所好者,道也,进乎技矣。始臣之解牛之时,所见无非牛者。三年之后,未尝见全牛也。方今之时,臣以神遇而不以目视,官知止而神欲行。依乎天理,批大郤,导大窾,因其固然,技经肯綮之未尝,而况大軱乎!良庖岁更刀,割也;族庖月更刀,折也。今臣之刀十九年矣,所解数千牛矣,而刀刃若新发于硎。彼节者有间,而刀刃者无厚;以无厚入有间,恢恢乎其于游刃必有余地矣,是以十九年而刀刃若新发于硎。虽然,每至于族,吾见其难为,怵然为戒,视为

鱼翅与花椒　069

止,行为迟。动刀甚微,謋然已解,如土委地。提刀而立,为之四顾,为之踌躇满志,善刀而藏之。"

文惠君曰:"善哉!吾闻庖丁之言,得养生焉。"

(白话译文:有一个名叫丁的厨师替文惠君宰牛,手的每一个动作、肩膀的每一次抖动、双脚每踏出的一步、膝盖每一次顶出去、皮与骨每次分离发出的声音与刀子刺进去的"咻咻"之声,全都如音律般完美配合……

"哦,太棒啦!"文惠君说,"你的技艺怎么能高明到这种程度呢?"

庖丁放下刀子回答说:"臣最喜好的,便是道,是胜于任何艺术的自然规律。我刚开始宰牛的时候,看到的只是整头的牛。三年之后,我看到的再也不是整头的牛了。现在我宰牛,用的是精神,而不用眼睛。我不再依靠感官,而是跟随灵性。我看到的是牛自然的肌理结构,劈开大的空隙,利用其本来的结构。所以,我的刀从未碰到过经络和肌肉,更别说大骨头了。好的厨工每年都会换一把刀,因为他们用刀子割肉。普通的厨工每月换一把刀,因为他们用刀子砍骨头。而我这把刀已经用了十九年,宰牛数千头,但刀刃还是像刚磨过一样锋利。牛身上的关节之间是有空隙的,而刀刃是非常薄的。把薄薄的刀刃刺入那些空隙中,就有很多空间,肯定足够自如运刀了。不过,遇到比较棘手的地方,我一看那里难以下刀,就会很谨慎小心,仔细观察、专心运刀。接着,我轻轻动着刀子,直到骨肉如一堆泥土散落在地。我提刀而立,环顾四周,然后悠然自得、心满意足地擦了牛刀放好。"

"太好了!"文惠君说,"听了丁厨师的话,我学到了养生之道啊。")[1]

---

[1] 白话译文由作者引用的英文翻译而来。——译者

看着老师们在小小的展示厅做示范，总会让我想起庖丁。龙老师向我们展示如何给鸭子拆骨去内脏，之后要填入八宝饭馅。她拿绳子把鸭子腰部绑紧，把肉挤向两边，像个葫芦。接着拿菜刀在颈部和脊椎上拉个小口，然后给这还算生鲜的鸟类剥皮。她整个人云淡风轻，一边保持着皮肉的完整，一边口头传授着要诀：腿骨和翅骨被巧妙地剥离，巨大的菜刀闪着光，"爱抚"着鸭胸。还有一次，龙老师的老公吕老师切着肉丝，脸上露出谨慎的愉悦，手臂和肩膀都柔软灵活；面对乱哄哄的教室、一片狼藉的操作台，他完全沉浸其中，镇定自若。

随着时间的推移，中式刀工也成为我自认的"招牌"，开始影响我对冰箱里食材的看法，也影响我做欧式沙拉或炖菜的方式。现在，这已经成为我的本能。我帮某位西方朋友备菜的时候，总会有点摸不着头脑。"你切点胡萝卜吧。"他们会说。"切成什么样呢？"我问。"哦，切就是了啊。"他们说。但我脑子里却会出现一千种可能。没有"切就是了"这回事。要是和中国厨师共事，那就很容易了，他会说"切成象牙条"或者"二粗丝"，我能接收很明确的指令。

我的很多同学都住在烹饪学校楼上的宿舍里。有时候比较大胆的几个在午饭时间会邀请我上去喝喝茶、打个扑克、搓搓麻将。宿舍里挨挨挤挤地放着上下铺，晾满了衣服。一天上午，我发现他们有时候好像还蛮放纵的。因为校长发表了很严厉的讲话，告诫学生们不要因为赌博输掉了生活费，晚上不要偷偷带女朋友进宿舍。"搓麻将搓得钱都没得了，饭都吃不起了。"他对我们说，说教中还表达了非常具有儒家意味的观点："好厨师就要好好生活。比如说我的熟人刘师傅，八十岁的厨师了，不抽烟、不喝酒，一辈子老实得很。他做的菜，不摆了[①]！"

我住在城区的另一边，川大附近，所以从未见过这些朋友喝醉酒与

[①] 四川话，即"很棒"、"无人可比"。——译者

女朋友纵欲狂欢或者不顾一切地赌博。午饭之后昏昏欲睡的辰光，气氛是很柔和平淡的。一天下午，我跟一个同学一起喝着茉莉花茶。他带我看了他用蔬菜雕刻布置出来的一个"迷你花园"。他的室友有的鼾声大作，有的看着烹饪书。他带我来到一个画得漂漂亮亮的地方，上面装饰着南瓜雕刻的宝塔，十分华丽；白萝卜雕刻出来的优雅天鹅用牙签固定着；还有"心里美"萝卜做出来的美丽玫瑰。

中国的瓜果雕刻把刀工艺术带入另一个境界。雕刻的成果不是供人食用，而是欣赏。真正的中餐大厨，不仅是个厨师，还是个雕刻家，就像法国的甜品师，能用焦糖造型、用糖做花。瓜果雕刻像漂浮在中国烹饪文化长河之上的轻盈泡沫，其招摇卖弄、无聊和轻佻，不输给十九世纪法国厨神安托南·卡雷姆设计的糖霜城堡；他觉得这是建筑业的重要分支，而技艺本身也应当跻身五种人文艺术之列。瓜果雕刻这种东西只可能存在于一个年轻人工资不够、闲暇又太多的社会，他们能心甘情愿地花上几个小时，在西瓜上雕出古典小说中的场景；或者把一个橙色的葫芦变成一尊花瓶：美丽而脆弱的睡莲之下，金鱼摆着漂亮的尾巴在嬉戏。有时候我觉得这也太没必要了，而且很荒唐，但同时又有种迷人的魅力。

当代中国的烹饪比赛中，年轻的厨师们除了展现炒菜技艺和面点基本功之外，还需要上一道"工艺菜"。工艺菜要能吃，还要能看，造型复杂，跟烹饪或进食的实际要求没有任何关系。我参加的一场比赛中，每个参赛者都要做个"冷拼盘"，用五颜六色的小块食材做成很夸张的拼贴画。有一道菜是一对燕子，翅膀用的是皮蛋，身体和长长的尾羽用数百片黄瓜皮拼成；它们正飞过一片景色斑驳的土地，地面都是用细切的肉食品组成的，有紫不拉几的肝、玫瑰红的火腿和粉白色的大虾。

这些偏向于造型艺术的食物在中国有着庄严悠久的历史，据说创始人是公元十世纪的一名尼姑，梵正。她用二十一道冷盘重现了公元八世纪诗人王维《辋川图》中的画和诗。她用细切的蔬菜瓜果、肉类鱼干向带给她灵感的伟大作品致敬，所谓"菜上有山水，盘中溢诗歌"，令食客惊艳不已。

不在课桌上刻名字的时候，我的同学们总是把玩着大大小小的萝卜，练习着自己的雕刻技艺。他们知道，未来做了厨师，可能在某些场合会被要求用南瓜雕刻一条龙，或者做一座能吃的万里长城。在常规的烹饪课上，我们必须学会四十种基本的刀工形状，光小葱的切法就有九种。但比起瓜果雕刻这种秘传之术，常规的刀工还是显得太小儿科了。

所以，从大方面上说，把猪腰子雕成"凤尾"或者"眉毛"，都还是毫末技艺。在四川烹饪高等专科学校的展示厅，老师的示范接近尾声。之后，吃完午饭的休息时间，我们可以自由地向一系列猪腰子"开刀"。我们会乱切一气，弄得七零八落、参差不齐，之后才掌握到凤尾的诀窍。但现在，极其精细的准备之后，龙老师的火爆腰花仿佛在几秒之内就做好了。姜蒜与辣椒的香味弥漫在教室里，腰子在锅里迅速卷曲。转瞬之间，我就欣赏到盛盘的样子，惊叹本来肮脏难看的猪下水，就这样变成了令人垂涎三尺的佳肴。接着龙老师就把盘子递给了乌泱泱的学生们。他们从座位上冲上来，争先恐后地伸出自己的筷子，挤掉别人的手。几声"哎呀！"与吧唧嘴之后，腰花就没了。

刀工形状名称小览

骨牌片　牛舌片　筷子条　指甲片　马耳朵　米粒　眉毛花形　鱼眼葱　丁　开花葱
凤尾形　银针丝

第六章 味 之 本

该轮到我上锅操作了。同学们斜眼看着我，准备大笑一番。每天下午，我们都按照固定的十人组一起做饭，围着一张桌子、两只煤气炉、几口锅、一块菜板和几个碗盘。和我同组的都不算朋友，九个小伙子，特别努力地躲着我、不跟我说话，而且对一个外国女人能成为川菜厨师这件事表示了公开质疑。但我被分到了这个组，只能硬着头皮跟他们合作，真的很烦。分工的时候我必须尽力争取积极参与，否则还没回过神来，他们就抛下我逃到碗柜和水槽边去了。我还得调动自己身上所有霸气与亲切并存的"大姐大"气质，尽量跟他们聊聊闲天儿。不过，和往常一样，下厨本身让我内心洋溢着甜蜜的幸福，所以这些不便都只是小事。

我扭了下煤气灶的旋钮，开了火，拿长柄勺舀了些油，倒进那口黑乎乎的锅里。我的队友们傻笑起来，有人压着声音用四川话说了句什么俏皮话儿，我没听懂，也不理他，就全心全意地做菜。食材我已经提前准备好了：猪肉切丝，用盐、酱油、料酒和水豆粉腌制；配料有木耳、莴笋、泡椒末、葱、姜、蒜。这就是鱼香肉丝这道川系名菜的材料了。

油烧热了，我把猪肉入锅，迅速翻炒，炒到肉丝相互分离变白。接着我把锅倾斜，肉丝拨到一边。泡椒末加入锅底的油里炒，整个锅里呈现出深浓的橙色。继续倒入姜蒜翻炒，浓郁的香味扑鼻而来。再加入配菜，所有东西翻炒均匀。最后，把提前准备好的糖、酱油、醋、水豆粉调和的酱料倒进去,勾芡收汁。数秒以后,菜炒好了。我手脚利落地把锅中物盛入一只椭圆盘中,样子看着很不错:肉丝慵懒地与黑木耳和绿莴笋缠绕在一起,发出柔软的光泽;菜的周围溢出诱人的红油,味道闻着那叫个香啊!围观的同学好像对我的成功相当失望,我却得意得很。哈!

我们这一群你争我夺的"危险分子"轮流上锅操作。男生互相批评起来真是毫不留情,对我也是一样。只要出了一点儿差错,他们就傻笑着起哄。一个小错儿都能引起他们欢天喜地的嘲笑。"油放多了!""都烧干了!""汁收得太稠了!""你个傻儿①!"都完成了,我们就排队走到教室的一边,吕老师正等着评判我们的作品。他坐在那儿,脸上一如既往地挂着和蔼的微笑,但开口批评却一针见血。粗心或者参差不齐的刀工逃不过他的眼睛:"不好看!你这些细丝、粗丝、筷子条都混起来了!"拿起一盘菜闻一闻,观察一下猪肉的质地,他就知道油温是高了还是低了;再尝一尝,就能知道我们平衡各种味道的技巧到哪一步了。今天,他很认可我的鱼香肉丝。"不错不错。"他说。

可惜了,我们炒出来的菜,尝尝可以,但是不准多吃。做好的菜要包起来,摆在校门口一张桌子上,卖给住在附近的人。这些"小白鼠"可真是勇敢,因为这就跟买彩票一模一样的:今天可能晚餐桌上摆了道美味佳肴,明天可能就咸得难以下咽,或者调味一塌糊涂。我不情不愿地上交了我那道香喷喷的菜,回去继续观摩同学们瓢盆铲勺中的刀光剑影。

我们在四川烹饪高等专科学校做的每一道菜,都是从最原始的形态开始。下厨装备也都很初级、很简陋:没什么绞肉机或者食物处理机帮我们节省时间。想做猪肉圆子的话,就拿刀背把猪肉剁成泥,拿手指尖

---

① 傻儿,四川方言,即"傻瓜",音为"哈(三声)儿"。——译者

鱼翅与花椒

把每一根肉筋细细地挑出来。蛋清就放在一个盘子里，拿筷子搅匀至起白沫。菜里要用到核桃仁，就得自己把核桃砸开，浸泡之后艰难地剥掉薄薄的核桃皮。（"川菜简直麻烦。"一个同学一边抱怨，一边把核桃仁外皮给一点点弄下来。想到有可能一辈子都要做这样的苦活，他一脸的灰心丧气。）有些食材到我们手里还是活的。我们争先恐后去抢着挑的，可能是三十条闪着鳞光的鲫鱼，必须要去阳台上把鳞片刮下来，掏出鱼鳃和内脏，把鱼肚挖出来，而它们就一直在我们手里乱跳狂扭。

小时候，我梦想着有一天能住在乡下的农庄，什么都亲手来做。我想自己种菜、自己养鸡、自己烤面包、自己做果酱。长大的过程中，我被生鲜的美深深打动：手中闪着银光的鱼、切开的甜菜根流下的粉色汁水。厨房与水槽里，别人看着无聊的琐碎活路，我却特别喜欢做。比如拣米①择菜什么的。十几岁的时候，我学会了给野鸡拔毛、处理肉皮；点心面皮和蛋黄酱也是亲手制作。家人都爱开我玩笑："长大了，你就会买各种机器来做所有的事情了，真是想想就美啊。"（我想我笑到了最后：多年以后，我仍然没有电视、洗碗机、微波炉。我还是会给野鸡拔毛、处理肉皮，亲手做点心面皮和蛋黄酱。）

九十年代中期的成都生活接近我多年的夙愿：回归到烹饪的基本，没有捷径，无法偷懒。很多人家都还在使用有几百年历史的方法来储存食物。响晴的天气，小街小巷的住家挂满了青菜叶，要晒得半干才能取下来，揉进盐和香料，放进密封好的罐子里发酵。家家户户的窗棂上都摆着陈皮。临近春节的时候，人们开始腌腊肉、做香肠，挂在屋檐下风干。

在烹饪学校，菜谱里用的泡菜是用传统方法制作的。学校有个储藏室，总是光线幽暗，其中"潜伏"着很多齐腰高的陶坛。抬起倒盖着坛

---

① 作者小时候从印度商店买米，有时候米中还会掺些小石子，所以人们把米放在托盘里，看到有小石子就挑出来。拣米是一种独特的时代现象。——译者

口的大碗，把筷子伸进盐水中那层鲜红发光的泡椒，把泡菜挑出来。烧菜的时候想要增添醇厚的棕色，我们会用油炒糖，变成焦焦的样子。除了慢慢发酵腌制的豆瓣酱之外，再没什么现成的酱料了。我们用最本原的调味料自己来混搭：糖、醋、酱油和芝麻酱，很多种排列组合。我热爱这其中的魔力，仿佛把最基础的元素炼成了闪闪发光的黄金，而手头的工具只有一把菜刀、一把大勺、一个菜板和一口炒锅。

在这个原始纯粹的烹饪世界，只有一件事让我震动和惶恐，就是使用味精。我和大多数西方人一样，觉得味精是糟糕的人造添加剂，只有垃圾食品和毫无营养的外卖中才会使用。英国人家的厨房里是不可能有味精的；要是某家还算像样的餐厅橱柜里发现了味精，那就是厨界丑闻了。然而，中国的每家厨房里都有一罐味精，和酱油、醋放在一起。顶级大厨会在自己的拿手菜中放味精。在四川烹饪高等专科学校，全国最棒的厨师学校，味精也被当作最平常不过的调味料。听听这中文名字，"味精"，味道的精华（而且"精"还可以解释为精美、精细、精明、精湛、精神、精液……你看看，这是个多好的字）。在中国，用味精完全不需要脸红心跳。

味精并非中厨里的传统调味料，其发明者是日本科学家池田菊苗。他从一碗海带汤异常鲜美的味道中得到灵感，在实验室提纯了海带里的呈味物质，并把这独特的味道称为"旨味"（相当于中文的"鲜味"）。他的发现直接引发了日本对味精的工业化制造生产，接着又扩展到全世界。

一开始，科学家们认为味精只是"增味剂"，本身没什么味道，但是可以和很多菜肴中的味道发生反应，产生感官上的愉悦。然而近年来，生物学家发现，人的舌头有专门的神经末梢，对味精和别的"旨味"合成物特别敏感，还有些脑细胞也会对"旨味"有特别的反应。这样的发现使得大家越来越普遍地认为，"旨味"不仅是增味剂，而且本

鱼翅与花椒　077

身也是独立于传统"酸甜苦咸"之外的"第五味"。

"旨味"虽然和人工制造的味精联系在一起，但大自然中很多动物与蔬菜也含有这种味道，比如番茄、香菇和金枪鱼。它们的"旨味"来自组成蛋白质的氨基酸和核苷酸模块，这里头不止含有味精的组成部分谷氨酸，还有肌苷酸和鸟苷酸。动物与蔬菜的蛋白质分解开来，这些美味的分子就出现了，所以烹饪、熟成和发酵这些过程能够更烘托出食材中的"旨味"。欧美人很喜欢的味道，比如帕尔马火腿与帕玛森干酪中的香醇浓郁，都多亏了"旨味"化合物。

两千多年来，中国人一直都在使用富含"旨味"的产品，比如豆豉和相关的酱料。传统中厨的主要调味技巧中，就有往浓汤里加火腿和干海味提鲜。第一次去香港时让我受到巨大惊吓的皮蛋，以及后来遇到的腐乳，都是中国人民喜闻乐见的食物，因为其中的"旨味"强烈又繁复。从某种程度来说，味精不过是这种传统的延续。

然而，为何西方人这么排斥人工制造的味精，中国人却欢天喜地地敞开了用呢？我猜部分原因是，中国人普遍对科学技术抱着积极的态度。欧洲的厨师和"吃货"通常都觉得科学是天敌：享乐主义必须和"回归自然"的哲学并行。我这样的人觉得，食品技术的进步是强加在人类头上的，都是贪婪的跨国公司付钱让堕落腐败的科学家一手制造的。我们认为转基因会带来生态灾难，我们肯定农药会让人罹患癌症。味精，作为一种相对年轻的人造调味料，天生就是非常可疑的。

中国就不一样了。人们欢迎科学、倡导科学。在这个国家，饥荒的记忆还未远去，旱涝灾害也时时威胁着农业的收成，所以人们对转基因的可能性抱着更开放的态度也就不奇怪了。在这里，食品科技的进步和洗衣机等新的家用电器才刚刚开始把妇女从繁重的家务劳动中解放出来。中国人对"一切靠双手"的时代的怀念还早得很。大家普遍相信科学技术会带来好处，这其中还有历史原因。

十九世纪末二十世纪初，西方列强显而易见的霸权引发了中国人的身份危机。一些思想家和政治运动家认为中国传统文化十分落后，如同扼住国家咽喉的沉重磨石，应该遭到蔑视和摒弃。他们认为，中国的未来要靠西方的科学与理性。受过高等教育的阶级在哲学上的骚动成为革命的导火索之一。一个世纪后，对国家往昔历史和西方杰出科学的焦虑仍然有增无减。讽刺的是，西方的中产阶级已经逐渐丧失对科学的信念，沉浸在东方的全套传统中陶醉不已；而中国人似乎马上就要全盘摒弃自家硕果仅存的哲学和技术遗产了。

刚在中国安定下来的时候，传统烹饪、太极和中药都很常见，至少在老一辈中还是备受推崇。现在我遇到的年轻人都跟我说，不爱武术爱运动、不爱草药爱西药、不爱中餐爱汉堡，因为他们是"现代人"。厨师圈子里，近几年的热门话题都是"西方的营养"，大家觉得这"非常科学"。我费尽口舌地对那些"西方营养"的中国倡导者们解释，西方人对自己的饮食完全没有清楚的认识和节制，肥胖人群、癌症人群和糖尿病患者越来越多。我很激动地告诉他们，我们这些西方人快要被淹没在科学研究结论之中了！上个月还说每天喝一杯红酒对心脏有益，这个月就说喝红酒容易得心脏病；昨天还说只能摄入蛋白质拒绝碳水化合物，今天又说这样会导致口气不佳，甚至引起肾衰。我们的食品包装上的确写着十分复杂的盐、糖、卡路里含量和血糖指数，但真的有人知道怎么吃吗？很多人回家就是把垃圾食品塞进微波炉了事。

与之形成鲜明对比的，是中国对待食物的传统方法，简单、全面而且益处多多（至少在我看来是这样）。老一辈也许不能对数字和证据什么的张口就来，但他们才是真正的食物平衡艺术大师。

他们知道得了各种病或者不舒服的时候，该吃些什么来调节舒缓。他们根据季节的变化和年龄的增长调整饮食。几乎人人都知道怎么吃得好、吃得健康，这是中国最让我叹服的地方之一。"你们传统的饮食和

鱼翅与花椒　　079

医药文化是中国文明中最灿烂的明珠！你们应该当我们的老师！"我告诉中国朋友们。他们震惊而困惑地看着我，好像从来没往这上头想过。

当然，味精是现代与科学在烹饪界的代名词，这可能就是其吸引力之一。不过，占据了这么大的地盘，肯定也跟它在中国开始大量供应的时代有关：二十世纪七十年代。那时候的中国生活非常艰难，肉类很少，连粮食也要定量。突然，味精横空出世，不用肉，传统的高汤也能有那种醇厚浓郁的鲜美。当时这一定恍若奇迹。一勺味精加进一碗热水，撒点葱花，一碗汤就出来了。炒菜加点味精，那味道立刻变得妙不可言，好像加了鸡油或云腿（云南火腿）这种奢侈的食材。

我的朋友周钰就成长在二十世纪七十年代的重庆。他还记得"文革"期间听见红卫兵的不同派别之间在街上争斗开枪。十几岁的他已经在拉二胡上显现了罕见的天赋，后来也成为终身的事业。天才二胡少年周钰渴望着往最简陋的汤里加点那美味的粉末。他发誓说，等自己能挣钱了，一定天天吃味精。所以，终于被四川音乐学院录取之后，他的庆祝方式就是买了四公斤味精。

在烹饪学校，我和同学们学习如何在菜收尾的时候加少许味精来提鲜。老师教我们把味精加进凉拌菜的调味料，还可以调成小菜的蘸水。老师说，几乎每样菜都要加味精。餐馆里过去和现在都一如既往，味精是和盐几乎同等重要的调料。可能有些高级厨师会鄙视那些用味精代替精熬高汤和高级食材的人，我听过他们满含嘲讽地把这些非专业人士称为"味精厨师"。不过，他们也都会把味精用作增味剂，只有极少数的例外。

味精在中餐中的这种无处不在让我进退两难。我从本能上厌恶和排斥味精，在家做饭从来没加过。这是人造调味品，违背我的一切原则。而且我还怀疑中厨对味精过分的使用毁掉了人们的味觉，让他们感受不到自然之味带来的愉悦。（中国厨师们告诉我，他们不用味精都不行，因为要是任何一道菜不加味精，客人就会觉得不够味。）但其实精盐和精糖也是一样啊，让你心理上上瘾，一旦过量也会有害。难道味精就低它们一等？似乎还没有证据证明味精有害健康：所谓的"中餐厅综合征"①（西方过去众口相传的词）现在已经被普遍否认了。有的科学家提出，味精是一种"神经毒素"，对胰腺和神经系统都会产生过度刺激，引发自闭症、哮喘、糖尿病和肥胖等疾病。但我没什么资格去评估他们这些发现。在更广泛的对味精的辩论中，我也很少看到有人提出这样的理论。另外，我崇拜的大多数中厨英雄都会用味精，他们做的菜可好吃了。

坦白说，我对味精仍然感到困惑，但很久以前我就做出了选择，自己做菜时不加味精。我觉得没必要，因为我会买很好的食材，自己熬制高汤。而且老在中餐馆吃加了味精的菜，我会口渴，舌头也很累，实在承受不起。我更偏向于温和自然的味道。在我看来，味精就像厨师的毒品，白色粉末带来富有冲击力的愉悦美味。但有句话说得好啊："珍惜生命，远离毒品。"

我也很清楚，不管味精到底好还是坏，西方人对它的偏见已经无形中破坏了中餐的国际声誉。我作为一个中餐的"大使"，要是给西方人看的菜谱上写着味精，那真是搬起石头砸自己的脚。所以我继续着传统的烹饪之路，拒绝味精，就如同我拒绝不必要的厨房电器和有线电视。也许我还在努力向家人证明着什么。

好在拒绝味精完全不影响我成为川菜厨师。没有一道川菜是依赖味精的，也没有什么相关的特殊技巧，就是和别的调味料一起加进锅里。所以我就不加味精咯，就这么简单。川菜本来就有那么丰富浓郁的自然味道了，我一点也不想念味精。同学们觉得这样很奇怪，不过反正我做

---

① 这是过去存在于西方的一种说法，据认为是由中国菜中的味精所引起的头痛、呕吐等症状。——译者

鱼翅与花椒

什么事他们都觉得奇怪。反正，我这么个绿眼睛外星人，不用味精也是情理之中啊。

味精按下不表，我的川菜教育中，对味道的考量思虑是至关重要的一部分。我们每天最先上的是理论课，然后上午中途一次课间休息，再由龙老师和吕老师来进行操作示范，下午就是我们实践练习。无论什么课，调味都是贯穿其中的永恒线索。

老师们也会告诉我们肉、禽、鱼和海鲜那些不好的味道统称为"异味"，具体说来，又分为腥味、膻味和臊味。这是我在欧洲烹饪中从未接触过的概念。我和同学们这些菜鸟厨师必须学会调节或消除这些异味，提出这背后的鲜味。所以我们会把食材焯水，或者用盐、料酒、葱、姜来腌，并处理干净肉禽上渗出的血水。异味特别重的食材，比如牛羊肉、黄鳝和内脏，我们就用大量的料酒（偶尔用白酒）和调味料来处理，起锅的时候还要加一点香菜。这样的技艺在中国已经传承了数千年：公元前十六世纪的烹饪鼻祖伊尹就曾告诫过，有些食材里面有腥膻臊味，但如果处理得当，就能非常美味。①

这些也不是川菜独有，而是中国所有地方菜系共同的基本原理。四川厨师要学习的最基本技艺是调味，这也是川菜中最有乐趣的部分。不管是中国的外地人还是外国人，都会简单地把川菜的味道形容为"麻辣"，这实在是以偏概全了。真正让川菜独一无二的，就是调味的艺术。川菜大厨十分擅长组合多种基本味，创造出勾人魂魄的复合味。一场精心安排的川菜宴席可以用你能想象到的任何方法来挑逗你的口腹。先是用适量的红油唤醒你的味蕾，再用麻酥酥的花椒调动你的唇舌，辣辣的甜味是对味觉的爱抚亲吻，干炒的辣椒也在对你放电，酸甜味又使你得

---

① 《吕氏春秋·本味篇》中记载，伊尹以烹饪比喻治国时说过，"……夫三群之虫，水居者腥，肉攫者臊，草食者膻。丑恶犹美，皆有所以。凡味之本，水最为始，五味三材，九沸九变，火为之纪；时疾时徐，灭腥去臊除膻，必以其胜，无失其理。"——译者

到安抚，再来一口滋补的浓汤，整个精神都舒缓下来，真是过山车般惊险刺激的体验啊。川厨中的复合味实在是庞杂精深、变化多端，塞缪尔·约翰逊的话稍微改改，放在这里极恰："厌倦了川菜就等于厌倦了生活。"①

我和同学们这些还在培训的未来厨师，按照规范学习了大概二十三种"官方"复合味，大约相当于学习法国菜里"官方"的各种酱。川菜调味无关乎精准的称量和准确的调料，而是要培养一种对复合味的感觉，去感知味道的平衡、其中的力量与张力。比如炒肉丝的鱼香味，有这么一个令人好奇的名字，就是因为调味方法来自传统川菜中的鱼类料理（现在的"鱼香"菜中其实是没有鱼的）。

调制"鱼香"要加入泡椒，制造一点轻微的辣味；有时候只加泡椒，有时候还要加入著名的郫县豆瓣酱，但一定要用葱姜蒜这"重味三剑客"。另外还要调出酸甜味。这是很经典的复合味，多层次、全方位地调动和刺激味觉，称得上是世界上最不可抵抗的复合味之一了。作为一个厨师，你一旦了解了"鱼香味"的机制，便能将其应用于各种各样的食材：凉拌鸡、肉丝（鱼香肉丝是最著名的"鱼香"菜）、茄子（鱼香茄子是我长久以来的最爱）、炸鸡或者海鲜。

相比起来，著名的麻辣味就毁誉参半了。辣椒的辣，花椒的麻。要是吃不惯，这口味算是很重的了。但这麻辣味不是说要拿大锤子狠狠打击你的舌头，而是想略略挑逗你的味觉，唤醒它去感知菜的其他滋味。辣椒和花椒还可以产生其他的排列组合，比如煳辣味：两种香料加入热油中，翻炒到辣椒颜色变深，但不要烧糊变苦，这滋味甚是绝妙；调入点酸甜，就有了宫保味，酸甜煳辣的味道造就了宫保鸡丁等一系列名菜。

---

① 十八世纪英国作家塞缪尔·约翰逊曾经说过，"When a man is tired of London, he is tired of life"（厌倦了伦敦就等于厌倦了生活）。——译者

对调味的重视让川菜成为自信而生机勃勃的菜系。它不用特别依赖就地取材，这一点不像中国东部的菜系，十分需要当地的水产蔬菜与河鲜：做蟹粉豆腐就必须用大闸蟹，但鱼香味和煳辣味可以应用于任何食材。也许正是因为这个原因，和中国别的地方相比，四川人思想更开放、性格更直率：他们不用担心和外部世界的联系会剥夺自我的身份认同。面对外面的世界，浇上一勺鱼香酱汁，就变成四川的了。

我们把菜拿给吕老师评判赏鉴。比如锅巴肉片，他会告诉我们是否达到酸甜平衡，调出了恰到好处的"荔枝味"；或者说调得太甜，就越了界，变成了普通的糖醋味。凉拌鸡的时候，我们得混合芝麻酱、芝麻油、酱油、糖、醋、辣椒油和花椒，用看似纷繁复杂的调味料调出刚刚好的和谐"怪味"。任何一味调料放多或放少，味道就不对了。所以我们都跟化学家一样，拿着小小的瓷勺子在面前的碗里刮来擦去，边混合边品尝，想得到最完美的配方。

作为班里格格不入的老外，我发现自己不仅在学习烹饪的理论和实践，竟然还潜移默化地接受了一些中国式的"画味之道"（想象味道的方法）。阴湿的冬日，我知道应该比平常吃得温热些，所以早餐的饺子汤里就多舀一勺红油；而夏日闷热的酷暑中，则来点酸的能让人神清气爽。原来爱情里的嫉妒叫做"吃醋"，生而为人所经历的疼痛与艰难叫做"吃苦"。在中国学习烹饪的语言，原来也是在学习人生的语言。烹饪的学习越深入，我就越发现自己不仅是在做饭，而且也在思考，像中国人那样思考。

我记得有些时候，同学们和我做的菜虽然参照的都是同一个菜谱，成品却完全不同。一道鱼香肉丝，我们的油色从清亮到深红；有些人炒香的"葱姜蒜三剑客"闻起来很轻，带着生味儿；有些人的则特别成熟醇厚，竟能让你长叹；有些人的肉丝口感像奶冻一样柔软嫩滑；有的则略带嚼劲，皱得厉害。吕老师面前的工作台上摆着一盘盘的菜，我出神地盯着，问他："为啥子每道菜都这么不一样喃？"

"火候。"他为我的疑惑而发笑。火候是对烹饪用火的大小与持续时间的控制。中国烹饪艺术有三大柱石：一是刀工，二是调味，三就是火候，可能也是最难掌握的一门技艺。这不是可以手把手教得精准明确的，只能通过多年的经验，通过多次的出错与反复来调整和积累。所以也难怪，"火候"还用来形容别的艺术中高超技艺与熟能生巧的成就，比如书法。传统的道家文化也喜欢用"火候"来描述长生不老丹药的锤炼。

烹饪学校教了不同大小的火势：旺火（火苗蹿得老高，火焰炫目、热气袭人）、武火（顾名思义，武术一样的火，精壮强悍、气势逼人）、文火（温柔摇曳的火，文明、文学的火）以及微火（蓝白色的火苗，安静微弱的火）。没什么温度计给你精确衡量，但必须要熟悉这些火候之上川菜里的油温，从一成到八成。

不过，归根结底，看火候还是要看热油或者热水的状态，以及食材与油水发生反应的情况。九十年代中期，四川很多厨师连煤气炉都没有，使用温度计简直就是天方夜谭。他们得对付火势凶猛的煤炉子，这种厨具的设计两千年来都没怎么变过，根本不可能简单地把火开大关小。一切都要依靠他们那军事雷达一般高速运转的眼睛和鼻子，不放过锅里"微环境"中每一个蛛丝马迹的变化。

于是乎，同学们和我就必须学习把握油温，看几成热的时候才能炒出豆瓣酱那深红的亮色，为鱼香肉丝增光添彩，但又不能太热，免得烧糊了；还要观察几成热的时候能加入水豆粉，让肉丝挂上一层柔嫩的光泽，但又不能太热，免得肉丝炒干了太柴；蒜要先爆锅，炒出醇厚的香味，但又不能炒太久，不然就糊了、苦了；炒糖的时候，只要一看到冒出"鱼眼泡"，就得马上离锅。火候是色、香、味、形的关键，是中厨里一切关键的关键。

对于火候之美及其与调味的关系，表达得最好的还是公元前十六世纪的传奇厨师伊尹，还是他在对君王讲述烹饪之道的时候：

五味三材，九沸九变，火为之纪。时疾时徐，灭腥去臊除膻，必以其胜，无失其理。调合之事，必以甘、酸、苦、辛、咸。先后多少，其齐甚微，皆有自起。鼎中之变，精妙微纤，口弗能言，志不能喻。若射御之微，阴阳之化，四时之数。

（白话译文：五种味道、三种材料、九种沸腾和形态的变化，都需要依靠火来调整。有时候凶猛、有时候温柔，能够去除腥臊膻味。因此，对火的把控，是调和所有食材本性的基础。和谐的调味要依靠甜、酸、苦、辛和咸的融合。但要讲究加入的时间和多少，这是极致微妙的平衡，因为每种味道都自带特殊的效果。锅里的变化精妙至极，语言无法描述，思维无法理解。这就如同射箭的高精之道、阴阳的转化融合与四季的变迁流转。）[①]

伊尹广博的烹饪理论由一名叫吕不韦的商人记录在《吕氏春秋·本味篇》中，成书于公元前三世纪。这可能是全世界现存最古老的烹饪学论述。不过令人惊奇的是，其中的很多理论仍然适用于二十一世纪的中国厨房。

在烹饪学校的数月中，我的成都生活进入了美味的日常。住在川大附近职工公寓中的我每天早早起床，骑车穿城，路上喝碗稀饭或者吃碗红油水饺当早饭。熟悉的店主和小摊贩一路跟我打招呼；有的人会说："厨师你好！"（很多人都已经习惯了我在他们店里嗅来嗅去、尝这尝那，还不断抛出烹饪方面的"十万个为什么"。）到了学校，我穿上白色的厨

[①] 原文出自《吕氏春秋·本味》，白话译文由作者引用的英文翻译而来。——译者

师行头、扎好头发、拿出菜刀,然后一整天都在厨房这个"极乐世界"中度过。

临近黄昏的下午,我又骑车回到川大附近。这下速度就比较慢了,因为一路要享受小街小巷中的愉悦欢乐。我经常跟谁摆起个龙门阵,一直待到很晚才回家。有时候我会去留学生楼看看,有几个朋友还住在那儿,然后就一起出去吃个饭,要么去"老地方"喝喝酒。"老地方"是个比较前卫的新酒吧,就开在川大外面那排木房子之间。这是我在成都的第二年,我们不用再喝寡淡的啤酒或者长城干红了:酒吧老板们囤了进口的烈酒,甚至还有人能调鸡尾酒了。

偶尔过过外国人的日子还是不错的。在成都的第一年,我想尽量融入四川人的生活。而现在,我每天都沉浸在中国文化中,耳边轰鸣的是四川话,还有二十五种不同的"炒"法;这样的一天之后,和几个留学生朋友喝点小酒是最惬意、最放松不过的了,何况成都也冒出了些还挺西方味道的酒吧。

有时候我会在公寓里办晚宴,让"竹园"常客戴维德和帕莎测试下我最新学到的菜谱,或者和意大利人一起做他们的饺子。公寓并不舒适,冬天潮湿透风,夏天闷热且蚊蝇滋生。窗外的天空污染严重,飘着尘埃,洗好的衣服在阳台上挂几个小时就灰了。我的床垫和床单好像永远湿乎乎的。竹家具中住着奇怪的生物,晚上能听到它们窸窸窣窣的咀嚼声。但在中国住了一年多了,我对这个国家着迷不已,这些小烦恼完全抛诸脑后、不在话下。

一周在烹饪学校上六天课仍然满足不了我。空闲的时候我就到处去探询以前没去过的馆子和小吃店,求他们让我到后厨偷偷师。有时候要征得他们的同意,我还得证明自己。在成都附近,以一尊巨大佛像闻名的城市乐山,一家豆腐主题餐馆的店主说:"哦,你是预备厨师啊?那进去给我们做个菜噻。"

我二话不说就卷起袖子开干，借了某个厨师的衣服和菜刀，在厨房里翻找着"麻婆豆腐"的食材调料，然后做了这道菜。二十个年轻的厨师丢掉手上的工作，团团围观。他们发现我的麻婆豆腐做得还可以，于是老板立刻答应我，想在厨房待多久就待多久。

成都著名小吃"龙抄手"餐馆的经理透过眼镜片研究了我一番，同意我做个"特别学生"。"你运气好哦，"他说，"我女儿在加拿大上学，我比较懂得起你这种想了解别国文化的迫切心情。"我在中国遇到的很多人都有这种发自内心的慷慨和开朗。经理叫来首席面点师范先生，叫他带我去各个厨房自由地看一看、学一学。

范师①真是我见过最可爱讨喜的厨师之一，说起成都的街头小吃如数家珍，简直是个宝藏。我常在"龙抄手"泡着，不仅是烹饪学校学习期间，还有后面几年回到成都的每一次。我在"龙抄手"学到了"白案"的艺术，也就是中国面点的制作（别的烹饪称为"红案"）。店里那些负责包抄手的人都很健谈，我常常和他们一坐就是好几个小时。很多人在那儿干了几十年了，包成百上千只抄手是转瞬之间的事情。我学会了包黑芝麻馅的汤圆，还掌握了鸡冠蒸饺的造型。包子的褶子我弄不好，整个操作台搞得一团糟，但好像没人在意。他们只是看着我那摊烂糟糟的面和肉馅儿露出善意的微笑。范师用有趣的故事把我逗得哈哈大笑，还教我怎么用米粉和莲蓉做精美的蒸蒸糕，甚至把其他一些少见的传统小吃的手艺传授给我。"龙抄手"的员工们都戏谑地称我为范师的"洋徒弟"。

那时候我带进厨房的笔记本全都脏兮兮的，留下很多印子，有的是菜籽油，有的是面糊糊。每一页杂乱的字迹中混杂着英文和中文。写英文总是要容易些，但有时候记某种少见的蔬菜或者无数没法翻译的烹饪

---

① "师"是四川人对"师傅"或拥有特殊技能的职业的简称。——译者

术语，要想准确就得写中文原文。还有些草绘和图表，提醒我新学到的饺子包法、一道菜怎么装饰摆盘、怎么切泡发的鱿鱼干。偶尔中间还夹着被压得平平的花花草草、餐馆的名片、道教庙宇的参观券或者火车票。有时候能看得出来是别人写的：老太太回忆小时候吃过的美食、厨师写下某种奇怪食材的名字、面馆遇到的熟人给我介绍他最喜欢的餐馆（总觉得这些笔记本不是我一个人的，而是大家合力完成的作品）。有的笔记本用了一两个月，有的可能恰好遇到高强度学习的日子，天天都在不停地记记记，几天就写满了。也不全是关于吃的：在中国的岁月中，这些笔记本就是我的生活，里面写着列车的时刻、购物清单，还记录了焦虑与灵感、梦想和回忆；火车上看出去的风景在本子里面有所描述；风中传来竹叶的"龙吟细细"也都用文字记了下来。

最重要的是，笔记本上写满了菜谱。每天，我站在炒锅或者和面台旁边飞速地记录着，管它中文英文，当下最快就行。我的眼睛练尖了，光看也能看出一道菜该放多少调料。什么一小勺、一饭碗、一把：那时候我已经有了自己的一套称量标准。

而此时的成都，正以"超现实"的速度发生剧变。上周我去上学骑车经过的一个全是老木楼的片区，这周就变成一片瓦砾场，竖起高高的广告牌，宣传着特别美好的公寓街区。狭窄的岔路口突然就变成了开阔的交汇点。熟悉的地标就这么毫无预兆地消失了。仿佛是个梦，梦里这些熟悉的地方我肯定都去过，但却显得这么陌生。好在我从父亲那里继承了天生的"内在全球导航系统"，认起路来特别可靠，所以就算认不出到底是什么地方，也总能找到方向。

刚到成都的时候，城里只有两栋高楼：岷山饭店和蜀都大厦，而且就连这两栋楼也没那么高。现在，新的建筑都雨后春笋般地冒了出来。我经常坐在绿树浓荫的小巷子中安静的茶馆里，喝着茶、嗑着瓜子，沉浸在牌九与闲聊的舒适氛围中，结果一抬头发现，巨大的摩天大厦在木屋顶上投下影影绰绰。"这是怎么冒出来的？"我自问。在我周围，一个全新的城市正挥舞着闪闪发光的抱负往未来狂奔，似乎暗中计划了很久的厚积薄发，让我措手不及。

有条我特别喜欢的街，太平上街，就在锦江的南岸顺着河水延伸。拆迁队每天带着大锤来"蚕食"这条街。一开始，墙上、门上都用粉笔写上了中国字"拆"，仿佛无法治愈的传染病。茶馆和小店关门大吉。老房子被拆得只剩空架子，再变成地上的一堆废木头。家家户户的人们都被分流安置到郊区的公寓楼里。最后一座房子快要拆完的时候，我偷了一块写有街名的门牌留作纪念（现在挂在我伦敦的公寓里）。

一方面，这样的拆除实在是个悲剧，是我个人的悲剧：竟然爱上了一个正如此迅速地消失着的地方。我对饮食烹饪的研究，初衷是想记录一个生机勃勃的城市。后来我才明白，从很多角度来说，我都在书写老成都的"墓志铭"。我感觉这也是成都人的悲剧，虽然他们并没有意识到。这个城市是多么迷人、多么独特啊，现在要用一个中国任何地方都存在的城市取而代之，暴殄天物、可悲可叹。

另一方面，九十年代的中国似乎又洋溢着满满的生机与乐观。之前那种功利主义、禁欲主义、千篇一律的呆板与单调乏味消失不见。全国上下都在动起来，十二亿人团结一心、一致向前。在英国，哪怕拆除一栋破旧的老楼，我们都会烦恼苦闷。而在四川，他们一路挥舞大锤，把整座城市都拆平了！这无所顾忌的信心让人不得不佩服。他们坚信，未来会比过去更好。

所以，尽管经过那些被夷为平地的街道时我的心还是会痛，但同时又被这充满活力的乐观鼓动着、躁动着。我也处在一种不稳定的状态，我的人生也在改变。我在挖掘潜在的创造力、在交很棒的朋友，像一条蛇一样慢慢蜕皮。

四川"复合味"一窥

家常味
典型的家常烹饪调味，亲切舒服。家常味以咸香为主，微辣，用到的调味料包括豆瓣酱、盐和酱油，偶尔加一点泡椒、豆豉和甜酱。家常味名菜：回锅肉。

鱼香味
也是著名的川菜特有调味。之所以叫"鱼香味"，就是来自传统的鱼类料理调味法，味道咸、甜、酸、辣，葱姜蒜的香味也充分融合。最关键的调味料是泡椒。鱼香味名菜：鱼香肉丝、鱼香茄子。

怪　味
这个味道需要恰到好处地融合咸、甜、麻、辣、酸与鲜香，任何一个单独的味道都不能太突出，掩盖了别的味道。怪味名菜：怪味鸡丝。

麻辣味
麻辣味综合了辣椒和花椒，也是川菜蜚声在外的最显著特点。四川每个地方的麻辣程度都不同。麻辣味名菜：麻婆豆腐、毛肚火锅。

红油味
这是辣椒油、酱油与糖的美味融合，有时也加点芝麻油添香，主要用于冷盘。红油味名菜：红油鸡块。

蒜泥味
非常可口。蒜泥、红油、芝麻油，加上用酱油、红糖和香料一起熬制的特殊酱料，比较黏稠鲜香，用于冷盘。蒜泥味名菜：蒜泥白肉。

煳辣味
干辣椒放进炒锅油炸至微微变色，接着加入别的调料炒香，就形成煳辣味。通常会把花椒和辣椒一起使用。煳辣味名菜：炝黄瓜。

第七章　饿　　鬼

我应该从来没想过，做中国一间厨师学校第一个也是唯一一个正式的西方学生很困难或者很奇怪。那是个一时兴起的决定，来中国也是个一时兴起的决定。我想多了解、多学习川菜，因此要面对一群有可能不会接受我、欢迎我的吵吵闹闹的男生，还要学四川话，我甚至都没觉得这是个障碍。

当然啦，以前我在牛津的家里经常和外国人同住，每天都会处理和适应文化差异。早晨下楼吃早饭，看见一个西西里的工程师或者土耳其的瓷业巨头在跟我爸妈喝咖啡，这是司空见惯的事儿。假日的时候全家人去英国或者欧洲大陆某地露营，从来没达到过有条不紊的理想状态。爸爸负责计划路线，选择的时候主要是看地图上各条路的弯曲程度，越蜿蜒应该风景就越好。我们很少会看准一个要安定下来的地方，而总是开着开着就在路边停下，就地扎营。

我在中国旅行也有着类似的"开放式结局"。我可能想好去某个地方，然后说走就走，根本不去注意交通食宿这些杂事。也许在二十世纪九十年代中期的中国，这是唯一的旅行方式。因为你要是犹豫了那么短短一刻，考虑下危险的道路、颠簸不舒服的大巴、"找麻烦"的警察和随便去哪里都要花上很长的时间，你可能就一步都迈不出去了。

不仅是旅行，在中国的生活大体上也是这样子。这个国家还被逐渐僵化的计划经济体系把控着。国有机构和国营餐馆中，都是人员冗余的官僚集团说了算。中国在外国的背包客圈儿里是个传奇,一路上遇到的服务人员全都摆着臭脸、态度粗暴,而且无论问什么问题,他们总是令人沮丧地丢出永恒的答案:"没有。"要是你遵守各种条条框框,通过官方渠道办事,不管是报名烹饪课还是去中国的某个"禁地"旅行,那几乎每走一步都会遭遇挫败。一切都是不可能的,仿佛整个体制的设定就是对任何要求说"不"。然而,要是走别的渠道,中国又仿佛是个"无政府主义"的地方。这里的"无政府主义"是个褒义词:一切皆有可能,你只是需要一点临场发挥。

年轻而富有冒险精神的我,在中国的大多数假期都是在"非开放地区"旅行。那些地区有这个国家最美、最原始的处女地。我必须用各种托词和借口买车票,天不亮就出发赶路,在好些情况下还需要乔装打扮成中国农民。一到某个"禁地",就要对着某些小官和警察好说歹说,让他们行些不愿意行的方便。大多数时候,看着面前这个二十多岁、笑容友好的英国姑娘用中文跟他们愉快地交流,他们脸上都是一副困惑的表情。他们请我喝茶、给我递烟、看着我发动"魅力攻势",最终同意不罚款,让我多待几天,或者同意我拍当地佛寺的照片。偏远地区的通讯条件总是很差,这对我那些离谱的"谈判"很有利。警察不知道该怎么办的时候,一定会想给附近城镇的上级打电话,想问问如何处理眼前的"危机"。但线路一般都不通,于是就剩下我和他。

二十多岁的我相当享受这"十面埋伏"的旅行带来的挑战。旅行的本身就特别棒、特别令人兴奋。我在西藏的城镇里到处漫步:自二十世纪初的外国传教士之后,这些地方就没怎么来过外国人。我感觉自己太荣幸、太奢侈了,能够在商业旅游汹汹而来之前体验这些非凡离奇的化外之地。听起来可能很奇怪,我觉得和中国的"有关部门"起点小冲突、小争执也挺好玩的。我算是了解中国的政治敏感点,不会做什么真正的傻事。我不过就是想找找乐子、享受旅行而已,而且也没什么大危险：最糟糕的情况不过就是被罚个款，然后收拾收拾回成都。所以我在中国的脸皮真是厚得很，总是直愣愣地开口提出各种要求，满怀期待地觉得任何事都能以某种方式符合我的预期。（"公主殿下"，我的意大利朋友弗朗西斯卡给我取了个外号。）常常遇到这样的情况：一开始对方会说"不"，后来经不起软磨硬泡，成了"好"。要达成目的很难，也需要很多时间。但那时候我有时间啊、年轻啊、精力旺盛啊，根本不在乎。

在四川烹饪学校学习，对抗着同学们的"盲目爱国主义"，挣扎于中餐的专业术语，这也是我的另一项冒险。这冒险初看匪夷所思，但因为是日常遭遇，所以似乎也成了正常生活的一部分。那时候过这样的生活也不需要什么特别的勇气和决心。我反正就那么一天天地过着。从某种程度上来说，比这大得多的挑战，是我和朋友刘复兴一家人在一个偏僻的北方小山村过春节。

刘复兴和我认识在川大，我们被安排成练习双语对话的搭档。我的很多留学生朋友的对话搭档都是老师介绍的，特别无趣，进行几次关于文化差异的紧张对话之后就决定放弃了。但刘复兴与众不同。他来自中国最穷困的地区，父母都是大字不识的农民。他是家里的长子。就是这么一个农民的儿子，竟然完全凭智力和刻苦进了川大。我俩认识的时候，他已经在读博士学位了，准备追求学术事业。（在我眼里，他就像个真人广告，宣传着共产主义带来的中国社会流动性。）他是个特别棒的伙伴：有创意、有意思、有想法。我们经常中英文"乱炖"地聊天，一聊就是好几个小时，天南地北地说着历史、文化、政治、哲学、道德和宗教。我的中文技巧大部分都是他教的，他也觉得我对他的英语有很大帮助。

刘复兴是一九七一年出生的，当时正值"文革"。小时候，他和父母一起挤在农村单间的泥砖房里，地上只有土。后来又添了弟弟妹妹，就更窘迫了。父母耕种的土地干旱多尘，北方的冬天寒冷刺骨。他的小学也是个泥巴棚屋。饥荒的时候，每天只有政府送来救济的红薯干吃。但刘复兴脑子聪明又刻苦努力，在泥棚屋里认真地学汉字、算算术。父母也明白，良好的教育是他跃出农门的唯一机会，于是送他去附近的县城读了中学，借住在叔婶家。六年后，十八岁的他经高考被重点大学川大录取。

第一次来到刘复兴土生土长的乡村，对中国自以为已经非常熟悉的我还是受到了强烈的文化冲击。他邀请我跟他们一家人过春节的时候，我高兴得跳起来，换了好几趟火车、汽车，风雨无阻地到了目的地。这个乡村在中国西北部甘肃省一个偏远的角落，就在内蒙古和古中华帝国的国境之北附近。正值隆冬，这里简直是个冰窟窿。冬天白晃晃的冷太阳照在白晃晃的土地上，有种怪诞的冷清，说不出什么特点，没有别的色彩。北边绵延着单调、苍白、尘土飞扬的山丘；荒凉光秃的田野上也弥漫着沙尘；地上的土是苍白的，房子也是用同样苍白的土修起来的；就连冬天掉光了叶子的杨树，也覆盖着一层尘土。天空蓝得有气无力，看着也跟大地没什么区别。这黑白色调的空旷与单调，让我顿生无限的孤寂之感。

刘复兴的父母已经不住泥棚屋了，但仍然大字不识。几年前，他们用松树和杨树的树干、砖和土，自己盖了当地的传统民房：五间房，一个储粮仓，有围墙的前院。围墙外面有个小果园，外加一个茅房。大房挑高敞亮，木头横梁裸露在外。房间一头是炕：用土砌起来的高台，这是中国北方农村地区的社交中心，下面一直用动物粪便焖火保温。白天我们就坐在炕上，在柴炉子上煮着茶，铁烟囱以相当疯狂的姿势耸立在房顶的一个洞上；晚上我和刘复兴的妈妈、妹妹一起睡，每个人身上都裹了好几层被子。刘复兴与爸爸和弟弟这几个男人睡在院子对面一间房的另一张炕上。

鱼翅与花椒

他的父母都是四十多岁，但看着显老，一辈子辛辛苦苦做农活让他们饱经风霜。他们经历了土改、饥荒和"文革"等一系列变故（刘复兴的爸爸憨厚又难为情地笑着，回忆了那些年自己跳"忠字舞"向毛主席表忠心：要用舞姿在地上写个"忠"字）。他们不认字，说话也带着浓重的方言口音，所以很难去外面走走看看。他们离开村子去得最远的地方就是省城兰州。就连这在他们的很多邻居眼里也是了不起的冒险了。

冬天农活很少，村里的男人们每天就是聊聊天、喝喝茶、吃吃瓜子，无非打发时间。村里所有活着的人还是第一次见到外国人，于是我受到了贵宾级的待遇。人人都想见见我。有个略有点文化的村民还为我作了首诗。女人们给我送来精心绣制的鞋垫。

村里没人有相机。我脖子上挂着那台旧的奥林巴斯单反一进村，消息就像野火一样迅速传开。村民们的善良和热情真是让人毫无招架之力，我实在推托不过，答应了为所有人拍照。

在某个乡亲家的院子里，老太太坐在一把木头椅子上，是照片的中心。长孙站在她的右后方，次孙站在左后方。五岁的淘气小孙子被父母放在奶奶的双膝之间，不耐烦地扭动着。接着大家沉默下来，换上了十分严肃的表情，我按下快门。

一开始我就抱着随随便便的态度拍拍照片，但很快意识到，我这是在记录这个村庄历史上的时刻，记录这里的社会等级和紧密的家庭单位。老太太的三个孙子，按照中国传统，分别叫做老大、老二和老三。她还有几个孙女儿，但作为女性，不能进入家族的谱系。兄弟们在镜头前摆好姿势，姐妹们就一同站在院子边上围观。她们不在照片里，就如同不在家族所承认的血缘里。

奶奶坐在照片的中央，如同女王。她身后房子正门的门帘后面，挂着亡夫的黑白遗像，那是个小小的灵堂，总在提醒着小辈们尊重德高望重的长辈。按照规矩,老太太的儿子和孙子们进门就要对遗像磕头,每逢年节要给祖先上香烧纸钱。老太太百年之后,照片也要挂上去。我跟着刘复兴一家一家地串门、一个院子一个院子地进去,给他们照很正式的家庭照:年轻的女人和她父母之命、媒妁之言的未婚夫;尚在襁褓的男婴穿着开裆裤,骄傲地露着"小鸡鸡";老人们肃穆地站在我的镜头前,好似画肖像画——这也许是他们这辈子最后一张照片。他们之所以这么严肃,是因为这些照片要摆在家中的灵堂,供子孙后辈祭奠敬拜,自然需要正襟危坐。老人更喜欢拍黑白照片,也许他们觉得这样比较正经威严。

还有些我没能拍成的人。有个男人,死了老婆,终身的"铁饭碗"工作也丢了,结果精神失常。他蹲在路边,轻轻地摇晃着身体,沉浸在幻想当中;那个私生子,母亲受到村里人排挤,就抛下他独自去了城里;当然,还有小女孩们。

作为一个女性访客,我是有些尴尬的。刘复兴的妈妈和妹妹包揽了所有的家务活。男人和我在炕上懒洋洋地坐着,抽烟聊天;她们就忙着把我们扔在地上的残渣和瓜子壳扫走。厨房里,她们和面、擀面、蒸馒头、做面条或者拧麻花。她们砍柴,给炉灶和炕生火。她们总是等我们吃饱喝足才在厨房里吃点剩菜,接着把碗盘都洗干净。我坚持要帮忙,结果还是被一口回绝,只好满含愧疚地屈服了,接受我作为一个"男贵宾"的奇怪地位。

我们吃的饭都比较简单单调。这里可不是拥有丰富美味的四川,而是荒凉的西北,还是在冬天,除了小麦、猪肉、辣椒和大蒜也没什么别的食材。米饭偶尔能吃上一顿,已是奢侈。有时候饭桌上的主食是小米,比较古老的中国谷物,城里人都觉得是农村人吃的低等粗粮。但那里就连小米也很少见。我记得川大有个老师曾经用很嫌弃的语气跟我说:"北方人只吃面食。"我们坐在大房的方形木桌周围,吸溜吸溜地吃

鱼翅与花椒

着面或者啃着馒头，不时加点蒜粒或者辣椒油来提提味。早、午、晚饭没什么区别，几乎吃不到什么肉，唯一的新鲜食材是家里自己种的洋葱、芹菜、大蒜和苹果。

只有到了刘复兴这个村，你才会意识到把"中国菜"作为单一的概念是多么笼统浅薄。首先，中国南北分化严重：一方吃大米，一方吃小麦；甘肃的居民属于后者。从东海岸和北京往西，一直到中亚的边境甚至更远，这么大的一片区域的主食都是面和馒头，甘肃就是其中之一。中国北方的有些面食形状和意大利面有着惊人的相似：比如"猫耳朵"，和意大利的耳状通心粉在形状和制作方法上都完全一样。意大利人的解释是，马可·波罗在十三世纪末旅居中国时把意大利面介绍给了当地人；而中国人则觉得面食是他们送给全世界的礼物。二零零五年，中国考古学家宣布，纷争终结，因为他们在黄河沿岸一个考古现场挖掘出四千年前的一碗小米挂面。不过很多专家都认为，这种面片状的食物应该起源于更西部的波斯。

春节前的那几天，我目睹了刘复兴一家为年夜饭做准备。刘复兴负责写春联：他拿着毛笔，在带状的红纸上写下吉利话，贴在家里每道门的门口（有时候家里出了个认字的儿子，还是能派用场的）。喂肥的猪已经杀好用盐水腌了。刘复兴的父亲又把童子鸡抓出来，拿菜刀杀了，让血直接流到地上的尘土中。村里的主路上有当地人在练习击鼓；孩子们用木头搭架子，糊上五颜六色的纸，做了漂亮的灯笼；女孩们都穿得很鲜艳，红衣服、粉衣服、红粉相间的衣服，仿佛是要公然跟这单调苍白的景色对着干。

中国的敬老传统部分是因为老人以后就是祖先。百年之后，（他们希望）后代能把自己的画像和照片放在家中大房的灵堂上，献上祭品供奉他们的灵魂。刘复兴村里历史比较悠久的大家族还有自己的族谱，上面有去世先人的画像，一代又一代，传统上是挂在灵堂上方的。"文革"

期间，这些遗像和家谱可能都变成了毛主席像，但现在又慢慢挂回来了，就在毛主席旁边。中国的家庭里，不仅居住着活着的人，还有一代又一代的先人。

在中国，分享食物是家人联系感情的一种方式，当然在全世界都一样。但在这里，这还是一种仪式，连接着坟头内外的亲人。除夕那天，刘复兴这一大家子，从祖辈到最小的孩子，都会来到果园里邀请祖先共进年夜饭。他们跪在地上，敬香、烧纸钱、不停地磕头，把高度的高粱酒倒进土里。叔伯们放了一挂挂的鞭炮，仿佛要把空气都震碎。接着大家都来到长子，也就是刘复兴大伯家，男人在大房的小灵堂前磕头，女人则为先人们摆了一桌年夜饭：小碗的肉和菜，一碗面条配上一双筷子，还有茶和酒。

在一个外国人眼里，中国式灵魂和祖先概念的一个独特之处在于，和尘世非常相近。中国的神仙在天上也建立着官僚机构，考量凡人的请愿，接受礼物和贿赂，跟地上那些官员没什么两样（和之前死去的帝国时代官员也没什么两样）。死人需要的东西和活人也差不多：衣服、钱，到现在还有手机。这些东西都用纸做得惟妙惟肖，葬礼上死者亲属就把纸钱、纸衣烧了，化为一缕青烟飘向天上的死者。祭祀用品专门店里有车、洗衣机、手表和手机，都是用硬纸壳和彩纸做的。

过去，显赫人物的墓穴里都会充分配备往生后需要的陪葬品。最著名的是中国的第一位皇帝秦始皇，他伟大而暴虐，死后有一整队的兵马俑来保护他。然而我最喜欢的中国墓葬是湖南省会长沙附近的马王堆，那是公元前二世纪一位贵族和妻儿的合葬墓。马王堆出土于二十世纪七十年代，所有的陪葬品奇迹般地保存完好。这个贵族家庭的陪葬品中有很多木雕，有伺候他们的仆人和为玩乐助兴的乐师，有木头模型的象棋盘和梳妆盒、乐器与华服，有写在丝绸上的高深的药理与哲文，还有很多食物，因为亡者仍然以食为天。

鱼翅与花椒

贵族夫人的陪葬品中有很多真正的食物，摆在一个漆盘上，仿佛最后的晚餐：五道想必能让人胃口大开的佳肴，加上一串串肉串、一碗主食、几碗汤、几杯酒，还有一双筷子。漆器的酒碗上有铭文"君幸酒"（请君饮下这杯酒）及非常精奢的菜盘及一系列生的食材：很多不同的谷物、兽、禽、瓜果、蛋、小米饼和桂皮花椒等药用香料。一卷竹简上的遣策①记载了各种调味料，比如饧（同糖）、盐、醋、豉、酱和蜜；还有各种各样的菜肴、十几种烹调方法，包括羹、炙、濯（菜汤里煮肉）、熬、蒸、炮、腊等。

在古中国幅员辽阔的版图上，人们都很注重满足亡者的胃口。在塔克拉玛干沙漠边缘的吐鲁番阿斯塔纳唐朝古墓，考古学家挖出了饺子：可能是有点干了，一掰就碎，但看形态之类的，完全是在今天同一个地区中午会吃的东西。这中间已经隔了一千二百年了啊！二十世纪早期的欧洲探险家奥莱尔·斯坦因从这个区域回国的时候，不仅带了敦煌文书这样的无价之宝，还有阿斯塔纳古墓中的"果酱馅饼"和别的点心。这些食物如今还安放在大英博物馆的某个展厅中。明朝的山西一带陪葬品中有迷你瓷桌，上面摆满了用陶土仿制的菜肴模型：羊头、整鸡、整鱼、柿饼、桃子和石榴。

对于去世不久的亲人，当代中国人献祭的方式也有意无意地强调了亡者与生者之间紧密的联系。他们会把小碗小盘的菜肴放在亲人的坟头，什么腊肉啊、四季豆啊，还配一碗米饭，反正活着的人吃什么死人就吃什么，这样就好像亡者还在和家人一起吃饭一样。而对于去世已久的先人，灵堂上献祭的食物可能就更"抽象"一些：整只的熏猪头、没剥皮的柚子，都不是马上能入口的东西。在中国，对死者最大的不敬就是肢解尸体：鬼魂也需要腿来走，眼睛来看；对了，肚子是一定要填

---

① 古人在丧葬活动中记录随葬物品的清单，以简牍为主要书写材料。——译者

饱的。

大年初一，刘复兴和我继续一趟趟地串门子，到村里每家每户去问好闲聊，从早串到晚。和平日里比起来，乡亲们招待我们的吃食可谓奢侈，不过每家都差不多，基本都要嗑瓜子、吃核桃，还有柿饼、花生、陈皮和用五颜六色的玻璃纸包着的糖果。主菜也很隆重：肺片、猪耳冻子、烧排骨、芹菜肉丝、肉臊蛋卷、珍珠肉丸，当然还少不了整条的河鱼（春节的菜单上必须有鱼，谐音"年年有余"）。主食是粉条、面条、馒头，配上咸菜、辣椒和大蒜。每桌都要摆上九大碗，形成一个正方形。

无论去到哪一家，只要这一家的老人进了屋，刘复兴和别的男丁就要站起来，朝着家里的灵堂磕头。一遍遍地跪了又跪，刘复兴的膝头全是尘土。有家的大胡子爷爷在毛式中山装外面披了件粗犷的大羊皮袄，手里还拎了根木头杖子。他跟刘复兴说，自己发现了一种神药。"用炕下面的煤做的，"他说，"包治百病，艾滋病也能治。"他递给刘复兴一个纸包，里面就是几块煤炭。"你可是大学生，拿去做点科学研究呗？"刘复兴后来跟我说："我的专业是中世纪欧洲史，跟这个一点儿关系都扯不上。"但在讲究尊老的家乡，他很认真恭敬地听着老爷爷的话，不时严肃地点点头。

串了好多天的门子，我几乎把村里每个人都见了。有几个人祖上是村里的地主，二十世纪五十年代的土改让他们的命运发生了戏剧性的变化。但现在做面包车生意发了财，算是把失去的财富一点点找了回来。我们和当地的村支书寒暄客套打哈哈；还见了一位精神矍铄的小脚老太太，她穿着袖珍的黑色棉鞋，走起路来还挺快的（一九一一年，国民党已经宣布裹小脚是非法的，但在这些穷乡僻壤，这项传统仍然坚挺了多年）。

我们拜访的一家人有六个女儿和一个尚在襁褓的小儿子。这么多小

鱼翅与花椒　　101

孩当然是违法超生的。但他们在当地政府有个亲戚，帮这家的妈妈伪造了一份绝育证明。这么多张嘴要吃饭，父母穷得叮当响，不得已把五女儿过继给了别人。但他们需要一个儿子，非常需要。在传统的中国家庭规划中，女儿都是要嫁出去的，养的是别家的老、敬的是别家的祖先。（"我弟和我以后是要给我爸妈养老的，"刘复兴告诉我，"因为我妹以后就不是我们家的人了。"）生了这么多"运气不好"的女儿之后，他们家终于迎来了一个"小皇帝"：胖乎乎的手脚，戴着丝绸流苏帽子，怪好看的。全家人都明显放下了心里的一块大石头。

也许他们去过村里那个唯一允许女性进入的庙宇，虔诚地求过各色神明赐他们儿子。这间庙特别令人好奇：外墙上是大规模的浮雕，背景的绿色山丘连绵着，沟壑纵横；主体则是五颜六色的石膏塑像，都是男孩，摆着各式各样的姿势，裤子漆得五颜六色，每个人都"耀武扬威"地挥动着开裆裤中间陶土做成的"小鸡鸡"。刘复兴和我也去了那个庙，庙里看门的老大爷陪着我们参观了一圈。"女的把那些'小鸡鸡'砸碎了吃下去，"他说，"我再给她们一条红线缠脖子上，很灵验的。"

大年初三的晚上，我们吃了大大的猪肉饺子；按照当地的习俗，蘸水是酱油和醋。天黑以后，震耳欲聋的鼓声吸引我们来到街上，刚好赶上庆新春舞龙舞狮队的尾巴，一直舞到了附近一个小山丘上。这是当地古老的"封建"习俗，经历了"文革"被禁之后，又再次复兴。我们小跑着跟上。锣鼓喧天，铙钹响亮，人声鼎沸，热闹熙攘。村民们亲手扎了纸灯笼，点亮里面的蜡烛，拿小木棍吊着，烛影摇曳，照着挨挨挤挤的人群和起伏舞动的狮子，空气中流动着原始野性的鲜活。

在山顶村里的大庙门口，这场游行达到了高潮。一重重庙门敞开着，灯光亮如白昼。鞭炮随着耀眼的火光噼里啪啦地炸着，像闪光灯一样照亮了人群中的每一张脸。大家都忙着烧香、烧纸钱。鼓声更大、更连贯了。男孩子们玩着炮仗，点燃以后会往不可预测的方向发射，冲向闹成一团的小孩,其中一个就在我耳边炸开,我差点就聋了。

接着鼓声变慢了,年轻貌美的村花从人群中站了出来,身上套着祭祀用的"船",是用亮闪闪的纸做成的,腰上还有一圈圆形的花饰。假扮的"老头"戴着破旧的草帽,粘着马毛做的假胡子(其实是村里一个小伙子)踏着舞步,牵着纸船前进,引来一阵哄笑。接着提灯笼的小男孩们跑了进来,彩色的烛光在香烛升腾的青烟周围环绕着。家长大吼大叫着驱赶这些捣蛋鬼。天气刺骨地寒冷,大家都包裹得严严实实。接着游行队伍离开大庙,造访村里每一户人家。人群涌进每一个前院,变成流动的光影与色彩。烟花爆竹不断绽放炸响,驱赶妖魔鬼怪、邪神恶灵。人们在家里的灵堂前烧了供品,给前来道贺的舞狮人和打鼓汉子送上水果干货当谢礼。病弱的女人跪在地上,舞狮队绕着她跳了一圈,燃烧的纸钱也在她头上飘了一圈。一个纸灯笼着了火,瞬间就灰飞烟灭。头顶上的新月像一道银光,划破闪烁无垠的星空。

我每天都被一群人簇拥着,在村里转来转去,俨然地方名流。毕竟村民们之前只在模糊的黑白电视上见过"洋鬼子",如今竟然来了个有血有肉的大活人。("我刚和'洋鬼子'说话了。"有个人见了我之后偷偷跟刘复兴说。)大碗吃面、大口吃饺子、大块吃猪耳肉冻子成了我的义务。我彬彬有礼地和每个人聊天,直说得口干舌燥、声音嘶哑。

一天晚上,我们裹着羊皮袄挤在一辆拖拉机上,到附近一个比较富的村子围观他们的春节庆祝活动,那可是出了名的奢侈隆重。年轻男子穿着丝绸袍子,浓妆艳抹,跳着大型舞蹈;村里的空地上搭起露天戏台,表演地方戏曲。厌倦了被村民围观的我戴了个大墨镜,拿一条羊毛围巾把头包了个严严实实。但那天晚上看完热闹,和刘复兴一起上了拖拉机,我卸下厚厚的伪装,结果一群人突然就把我们围了起来。我们简直是被追逐着逃回去的,有人一边追着拖拉机一边喊道:"麻烦你啊!

我们乡下人没见过老外啊！让她回来！"

离开刘复兴他们村之前不久，有人邀请我们去喝喜酒。新娘高大丰满，新郎瘦弱矮小，两人是父母之命、媒妁之言，互相并不熟悉。我们看着一对新人敬了喜香，一拜天地、二拜高堂、夫妻对拜。

礼成之后我无处可逃，接下来发生的事情我只能形容为某种"新闻发布会"。人们邀请我到某个偏房的炕上，喜客们都挤进来要看看我。院子里还有人拼命要进来，在门边使劲探着脑袋，贴在窗户边上往里看。空气中，人们吞云吐雾，烟气弥漫升腾。

有人自封为主持人，邀请观众出点题来考考我。"你们英国有女王，为啥还叫民主国家啊？"其中一个问道。"你觉着直发好还是卷发好啊？"另一个接着发问。我告诉一个男人温斯顿·丘吉尔已经过世，他的双眼焦虑而震惊地瞪得老大。我感觉到沉重的责任感。这其中的大多数人都是第一次有机会拉着个外国人问点啥。很显然，在他们眼里，我不仅是伊丽莎白女王殿下的外交使节，还代表了欧洲各国、美利坚合众国、一切中国之外的地方。所以每个回答我都深思熟虑，听到特别荒谬的问题也尽量忍住笑。

这个问答环节真是把我整得筋疲力尽，但也有奖励，就是在婚宴上荣登上座。那真是一场盛宴啊，仔姜鸡、红烧肉、番茄炒蛋、葱炒肉片、炸土豆蘸蜂蜜、炸整鱼。这可是隆冬的甘肃农村，能操持这么多种菜实在太不可思议了。新郎新娘一桌桌地敬酒，都是喝的高度数白酒。每张桌子上都用瓷盘装了香烟，男人们都可了劲儿地抽，一边还往能揣的地方使劲揣，口袋里装满了就别在耳朵后面。

那天结束的时候，我已经被严寒的天气弄得彻底没了辙。和刘复兴一起走回家的路上，眼泪夺眶而出。我忍不住了：生了病，又累得够呛，我所有的耐心都耗光了。我讨厌做什么外国使节，厌倦了我随便说点什么人们都要热切地点头，仿佛我传递着孔子的智慧。问答环节有人提到了西方的个人主义，说我们看中"自己的空间"；是的，我现在迫切地需要隐私。在炕上度过了这么多个晚上，和家里的女人们睡在一起，偶尔还得和女性访客挤一挤。早上，我把水倒进脸盆架上的盆子里，洗漱、穿衣服、脱衣服的时候都有人新鲜好奇地来围观。就连去方便的时候，也是在果园旁边一块专门的空地上，家里养的驴子站在一边温柔地看着我。

看见我哭了，刘复兴有点生气。"小心人家看到了！"他说，"他们会以为我们家对你不好！那我们在村儿里可就丢脸了。"他居然这么不在乎我的感受，我也很生气。这是我们之间唯一一次真正起争执。

我流泪可能还因为感觉到肩上有被传统加诸的重担。在乡村居住两周，我被不由自主地卷进家长制的幻象中，我这样的人原本对此完全没有概念。我也才二十五六，但用当地的标准来看已经是"古董"了。我在村里只见到一个与我同龄却还未婚配的女孩：她叫红霞，几个月后就要遵循长辈之命嫁给一个根本不怎么了解的男人；这个人的村儿更穷。她对喜宴十分恐惧，但也知道，要是再等下去，她恐怕就嫁不掉了。如果这样村里就会流言四起，议论她不嫁人是不是有什么见不得人的理由。

想到那些饥饿的鬼魂，我也心烦意乱。中国人所谓"不孝有三，无后为大"，最糟糕的事情就是没有后代祭奠怀念自己。那些没有孩子、无人惦记、无人献祭的亡人都化为恶灵，在大地上四处游荡吓人，因为饥饿而心怀怨恨。农历的七月被称为"鬼月"，阴曹地府的门打开，亡人的灵魂纷纷飘上来。这是个不吉利的月份，忌入宅、忌嫁娶。人们用这时候来给祖先贡献新的祭品，为他们端上饭菜，把未来一年可能需要的所有东西都烧给他们。但他们也很细心地不去忘记那些没有亲人的"饿灵"，抓起稻米扔进祭祀的火堆来安抚他们。

一般来说，中国人遇到年轻女孩，第一句问候就是问她结婚没有、年纪多大。要是回答没结婚，年纪在二十三岁以上（在这样一个村庄），对方的反应通常是倒抽一口凉气，露出难以置信的表情。在这个偏远的山区，每一天都有人提醒我，要是不赶快结婚生子，我这一辈子就白过了。饿灵们仿佛就在背后盘旋游荡着，赤裸裸地威胁着我。我扪心自问，是否百年之后也会成为他们中的一员，飘荡在牛津的大街小巷，渴望有谁给我点食物，希望我的侄儿侄女们能记得喂我点东西吃？

也许就是这所有的一切，让我在春节结束之后兴高采烈地回到四川。在刘复兴故乡的经历无疑是美妙的，我也永远忘不了那里的人们给予的热情与慷慨。但我绝不愿意在那里生活。成都这里有泼辣自强的美女、温柔和暖的天气、美味无比的食物，家的感觉要强烈多了。假期结束的时候，我和刘复兴一起回去，在兰州站上了一列长长的慢车。列车在山间蜿蜒穿行，而我们一路像哲学家似的讨论各种大道理，喝着杯子里的绿茶。

四川烹饪高等专科学校的课程行将结束，我开始认真地考虑写一本川菜食谱。我知道，要是想写这本书，就必须回英国，至少要待上一段时间。钱快花完了，所以烹饪课结束以后，我告别了老师和厨师同学们，也不知道何时何地可以再见。我收拾好一切家当，打包了好多箱子寄回家，里面装的都是当时看起来万分重要结果在英国毫无用处的东西，比如中国解放军的胶底军鞋、竹子做的装饰品和保暖内衣裤。我离开了成都，内心隐隐作痛。

但烹饪学校课程的结束，却标志着另一个项目的开始，它会占据我的人生。回到伦敦，我在伦敦大学亚非学院待了一年时间，攻读中国研究方向的硕士学位，并且撰写我关于川菜的毕业论文。我为那本想象中的川菜食谱写了份计划书，但遭到六家出版社的拒绝。硕士课程结束后，我找了份广播节目制作的工作。定居在伦敦的我为很多英国朋友烹制了最拿手的川菜，常常把他们吃得心醉神迷。没人吃过这样的中国菜，香辣爽口、令人兴奋。伦敦这么多元化的城市，竟然没有一家地道的川菜馆；英语如此运用广泛的语言，竟然找不到一本川菜食谱；这两者都让我震惊不已。

一年后，我想再为这本书做最后的努力，于是写了份好得多的计划，而且很愉快地得到了一份出版合同。接下来的三年里，我在成都度过了很多岁月，继续我的研究。无论何时，我从飞机或火车上下来，被四川潮湿的空气包裹，闻着辣椒与花椒的味道，耳边又飘来慵懒的四川方言，心里都有种回家的喜悦。

随着时间的推移，我认识了越来越多的川菜厨师和美食作家，被热情地吸纳进烹饪圈子。开始有人邀请我去那些作为拿奖学金的留学生与学徒厨师时只是有所耳闻的盛宴。我参加过一个研究食物历史的会议：每次开会，大家都还没什么时间分发各自的论文，就又出发去探索新的美味餐馆了。

当然，刘复兴和我仍然是一下午、一整晚地在茶馆聊天。但他从未像我一样对烹饪与食物着迷。在吃食上，刘复兴一直是朴素克己的。毕竟，他在艰难困苦的北方长大，吃的总是红薯、蒸馒头和面条这几样，对华南地区这些丰富而杂乱的饮食，他总是发出不赞同的"啧啧"声："他们吃得太奇怪了、太恶心了。我真觉得该克制一点的。"我们的友谊说来好笑，他发现跟我做朋友这些年，经常被邀请到成都最好的餐馆，赴各种各样的宴会。外国记者来成都进行美食之旅时，他担任了翻译，和城中很多顶级厨师与烹饪老师关系都很好。"我真的吃碗面就行了。"他有些谦虚、有些自嘲地咧嘴一笑，在又一场盛宴中落座。

鱼翅与花椒

甘肃过年水饺

（6—8人份）

材料：

圆形饺子皮	60—80 张

馅料：

亚洲青头萝卜或白萝卜	300 克
猪绞肉	250 克
鸡蛋	1 个
盐	
胡椒粉	

蘸水：

酱油

食醋

红油

蒜蓉

做法：

1. 萝卜削皮切片，切细丝。烧开水，萝卜丝焯水，然后滤干水分，放凉至合适温度；用手使劲挤，将水分排出。

2. 萝卜丝与猪绞肉、鸡蛋、盐和胡椒粉混合，按照个人口味调节咸淡。

3. 手掌平摊，放一张饺子皮，舀满满一勺馅料在中间。饺子皮的一边卷起来盖住肉馅，稍微捏出一两个褶皱，然后和另一边紧紧捏合，做出一个新月形状的小饺子。愿意的话，你可以在饺子边缘捏出好些细碎的褶皱。确保饺子皮紧紧捏合，不会露馅儿。托盘、盘子或工作台上微微撒点面粉，将每个饺子单独排好。

4. 酱油、食醋、红油、蒜蓉分装在不同的食器中上桌。每个食客分发一个蘸碟，请他们用这些调料自己调味。

5. 把一大锅水用大火煮到滚开，迅速搅动，扔几把饺子进去。搅动几次避免粘锅。再开锅时，倒入一咖啡杯的水。等水再次开锅，再加一咖啡杯的水。第三次开锅时，饺子皮已经光滑亮泽，略微起皱，肉馅也完全煮熟。可以切开一个饺子检查。用漏勺捞起饺子，沥干水，趁热上桌，蘸料享用。

6. 新年快乐！

第八章 嚼　　劲

　　周六晚上，成都市中心的一家餐厅，我感觉自己从未离开过。火锅在饭桌中央咕嘟作响，热气从锅底表面一片辣椒的海洋中升腾而上。在座的人都满面红光。我的老朋友周钰和陶萍正和往常一样，被我不怎么好笑的笑话逗得前仰后合。整个餐厅人声熙攘，充满滚滚红尘的活力（中文称之为"热闹"，如菜市场一样又热又闹）。距离我初入成都已经差不多五年，我又回来了，这次要连住三个月，继续写我的川菜食谱。我又回到那个脏兮兮的工人宿舍，几个欧洲的学生朋友跟我一起一直租着这里，轮流交低廉的租金、轮流做住客。我几乎是毫无障碍地再次融入成都生活的常规：在餐厅的后厨学习，在茶馆看食谱，和朋友们下馆子。所以，在我爸第二次来成都，还带着我妈的情况下，我自然是要像个四川本地人一样，请他们吃顿火锅啦。

　　在周钰和陶萍的鼓励下，我自己在菜单上的小格子里画了勾，服务员已经把点好的菜围摆在锅边了。我点了兔耳、鹅肠、黄辣丁、毛肚、黄喉、午餐肉、菌菇拼盘和空心菜。我向父母示范怎么在锅底里煮这些生食，然后在油碟里蘸一蘸。很快我们就都举起了筷子。我是个特别尽职尽责的东道主，总想让父母多吃些有趣的东西才好。

　　直到我发现爸爸正跟一根韧性极强的鹅肠作斗争，才隐约感到有什么不对劲。他坐在我对面，脸上保持着礼貌的表情，嘎吱嘎吱地咀嚼着。火锅店人声鼎沸，我却很清楚他的"口舌春秋"。想象中那声音清清楚楚：牙齿咬住那橡胶一样的东西，磨来磨去，发出短促尖利的声音，非常刺耳、非常煞风景，他应该已经很不高兴了。我想他一定像五年前的我一样在想，吃这些什么味道都没有的烂东西，这些跟旧单车内胎一样的东西，到底有什么意义。他一定希望，这个不争气的女儿点了些起码能入口的菜。

毛肚、兔耳和黄喉也有同样的遭遇。兔腰子和耗儿鱼也好不到哪儿去。我瞟了眼妈妈，心更是一沉，因为我很确定她也吃得不开心，虽然她和爸爸一样在尽量高雅地咀嚼。我怎么就没能至少给我可怜的父母点一盘牛肉或者鸡丝呢？我是缺了哪根筋，要让他们遭受这么一顿饭的折磨呢？答案异常清楚：鹅肠和川菜中这一大批橡胶一样耐嚼的内脏下水，在我眼里已经十分平常了。或者说，早已超越了平常。这个场合和其他很多场合一样，我点鹅肠，是因为我很想吃。之前我还跟周钰（他算得上是鹅肠专家了）夸，说鹅肠多好吃、多脆。哎呀！

中国当然是学习烹饪的圣地，但对于欧洲人来说，学习如何吃也同样重要。你不可能就那样迈着欢快轻松的步子走进一家中国餐馆，期待着像在巴黎米其林星级餐厅一样品评其中的食物。如果真的用这种标准，你可能会觉得这些食物都非常恶心。中国和欧洲在烹饪学上有着天差地别的认知，对美食的欣赏标准也大相径庭。我也是花了很多年才完全明白这个道理的。一开始，虽然我吃起美食来兴趣盎然，却只能欣赏那些和我个人经历有共鸣的，至少要有微妙联系的食物。比如说，我固然自豪于自己很早就爱上了川菜中的香辛料，甚至习惯了当地稀饭配花生和辣泡菜的早餐；但这种食物对我来说不算什么挑战啊，因为我妈妈也经常做印度菜给我们吃，放了很多的哈里萨辣椒酱。

从某种意义上来说，在成都的头两年，我一直吃得像个欧洲人，因为完全没有突破中国美食的大片"禁忌之地"。很多个晚上，我礼貌地咀嚼鸭肠、肢解鸡爪，但不能说真的很爱吃。橡胶一样的口感、乏味的骨头和咬起来咯吱作响的软骨，这些东西非但激不起我下口的欲望，反而像一个障碍，让我毫无愉悦之感。有时嘴里吃出一只鳖爪，或者饭碗里发现一片毛肚，我的态度是无欲无求地放弃，而不是有滋有味地品尝。当然，我会吃下去，但只是照顾到朋友的面子，也为了锻炼自己的胆量；我自己是绝不会点的。从前，西方在中国建了不少通商口岸，到现在还有很多外国人居住。而对我来说，什么都吃就相当于公开宣称，要放弃味觉上的"通商口岸"，冒险深入到中国美食的腹地。但我内心的最深处仍然只是个旁观者，一个"人类学家"，走进一场匪夷所思的"部落仪式"，只为猎奇了解，而非融入其中。

主要问题是口感。口感是学习欣赏中国美食的西方人坚守的最后一条阵线。越过了，你就真正钻进去了。但越过去，也可能面对一场狂野的旅程，让你直面自己最严重的偏见、童年的噩梦阴影，甚至可能唤起某些弗洛伊德式的偏执幻想。这会让人恶心不已、仓皇失措，让同胞们经常带着不加掩饰的厌恶来看你。就花一点儿时间，想想英语里某些词汇："gristly, slithery, slimy, squelchy, crunchy, gloopy"[①]……而这些恰恰是中国美食中最受欢迎的口感。而西方人看到这些词会有很不愉悦的感觉：身体的排泄物、用过的手帕、屠宰场、压扁的爬虫、威灵顿长筒靴里湿乎乎的双脚或者摘生菜时手上沾了令人望而生畏的鼻涕虫。

典型的英国人要是第一次看中国人吃鸡爪一类的东西，可能会忍不住吐出来。你看那个老太太，坐在公园的长椅上，从纸袋里拿出个卤鸡爪。那鸡爪看着跟人手几乎一般无二：瘦瘦的手腕、突出的骨节，但是皮很紧，是鳞片状的，还有又尖又长的趾甲。老太太把这东西一点点塞进嘴里，啃咬起来。她那啮齿动物一般的牙齿把鸡皮扯了下来。她嚼着关节处的软骨，发出有点湿乎乎的嘎吱声。她一边嚼着，你就看着她下

[①] 这些词汇分别有软韧、滑溜、黏腻、耐嚼、爽脆、胶着等大意，在英语里面感情色彩都不太好。——译者

巴在动，不断发出小声的"嘎吱嘎吱"。嚼了一会儿，她很精妙地吐出小小的骨头和趾甲，精光得没有一点儿皮肉。

父亲对食物的分类，是根据他自己设定的"格斗等级"。只要母亲做了什么吃起来很复杂的东西，比如鹌鹑、海鱼之类的，不管做饭的人怎么震怒，他还是要抱怨说这些东西"很难格斗"。当然，并非每个人都不待见鹌鹑，但大多数西方人只有在某种东西特别美味的情况下才会心甘情愿与之"格斗"。可以肯定的是，任何精神正常的人都会同意，龙虾是值得"格斗"一番的；但是没有剥壳的对虾呢？就要看个人的观点了。

也有一些比较难搞、吃起来样子也不好看的食物，比如猪排和鸡翅，常年都是超市和连锁快餐店的最爱，也因此步入神坛。但大多数英美人民基本都比较偏爱胸肉或里脊肉，可以用刀叉干脆利落地切成小块小块的。西方人看着中国人拿着骨瘦如柴的飞禽脖子，费好一番功夫就为了扯下几丝纤细的肉；或者慢慢去嗑一堆小小的带壳瓜子，都会觉得真是疯了，这不是时间和精力的极大浪费吗？

有的西方人对食物特别感兴趣，所以他们的"格斗"门槛要高过大多数人。你可能会发现他们在伦敦史密斯菲尔德路上的圣约翰餐厅[①]，从牛骨头里捞出甘美的骨髓大快朵颐；晚餐吸溜吸溜地吞几个生蚝，或者陶醉地吮吸海螯虾的脑髓。克服更复杂的食材去品尝美味的意愿，成了一枚荣誉勋章，象征着对低幼化的快餐文化的抵制：拒绝那些极度简化的进食仪式、平淡无奇的味道和烂兮兮软塌塌的口感。这些人接受起地道的中国饮食文化来毫无困难，可能还会和中国人一样享受这提取与分离的艰难过程。但根据我的经验，还是需要在中国"精吃"个好几年，才能真正欣赏那些独特食材的口感。如果你想成为中餐美食家，这

---

① 伦敦的一家老牌餐厅，以菜单中囊括各种各样的杂碎和内脏而闻名。——译者

是必经之路，因为中国的山珍海味、珍馐佳肴，无论是庙堂之上的豪宴，还是日常饮食中最精妙的愉悦，从本质上说都和口感有关。

比如海参，看着像瘤子，又像鼻涕虫，一辈子都在海底迂回巡航，吸收腐烂的有机物为食。受到惊吓或被激怒的时候，它们就从肛门那里喷出黏糊糊的液体来迷惑潜藏的捕食者，或者把消化器官从身体内部发射出来像导弹一样进行攻击之后器官再生。干海参这种颇富东方情调的食物是中国宴会文化的明珠、豪宴上必有的大菜。常态下，干海参是深灰色的，干枯僵硬，看着有点像粪便化石。备菜也很辛苦：首先放进炒锅用盐干烧，让海参膨胀起皱，或者直接放在火上烤成焦黑；接着热水浸泡至软，方便刮除表面的脏东西；然后沿着腹部切开，去掉内脏。这么一番折腾之后，得到的是什么呢？软趴趴、滑溜溜、橡胶一样的东西，隐约有点不那么让人舒服的鱼腥味。所以还得加上大葱一块熬炖，去掉鱼腥味。如果你厨艺特别高超，那么做好了就是……一盘软趴趴、滑溜溜、橡胶一样的东西，什么味道也没有！

当然，等要端上桌的时候，肯定加了些特别奢侈的调味料了。我在北京吃到过北方最富传奇色彩的美味佳肴：葱烧海参。食材用的是刺参，用我的"欧洲眼"看去，这些东西的样子比那种光滑的还要更倒胃口。每只刺参大概两百元，都够一家四口吃顿好的了。它就那么躺在你面前盘中装的一摊深色酱汁里，亮闪闪的，让人不禁想起男性生殖器，上面还调皮地长满了小刺。当然，酱汁是非常美味的，但海参本身只有口感上的意义，咬起来"咯吱咯吱"的，很有嚼劲，竟然还有惊人的爽脆。

中国的大厨和美食家经常提"口感"。有些口感是备受推崇的，比如"脆"，是特指某些新鲜脆嫩的蔬菜、焯过的猪肝以及鸭肠、鹅肠，当然还有做得很不错的海参。脆的食物一开始会"抵抗"你的牙齿，但最终会缴械投降，咬下去干脆地断掉，令唇齿愉悦。它和"酥"是有区别的。"酥"是一种干干的、更为易碎的、碎片一样的脆，可以形容烤鸭皮或荔茸芋饺。有些食物，比如烤乳猪的皮，可以被形容为"酥脆"，因为能同时拥有两种脆的口感。

说到鱿鱼丸子这种食物，那就是"有弹性"了。海参的口感里面也有这种弹牙的拉伸感。（台湾将这种口感说成"Q"；特别有弹性的食物，就是"QQ"了，这竟然是从罗马字母中生发来的形容词。）"嫩"就是烧得恰到好处的鱼或肉，或者新鲜柔软的豆苗；"滑"就是上了浆、过了油的鸡丝；还有种很棒的口感是"爽"，指的是嘴里清新、鲜明、顺滑、清凉的感觉：比如说蘸了醋和红油的凉粉。有时候，口感游走在非常模糊的边缘，经常和味道结合在一起形容。比如"麻"，就是花椒让你的嘴巴微微发痛又麻木的感觉；或者"味厚"，就是缠绵悠长、很多层次，回味久久萦绕在舌尖。

英语是很美的语言，很有表现力，也有惊人的多样性，但也很难找到什么英文词来形容葱烧海参引人入胜的美味。不管你努力说出什么词，说不定都听起来很好笑，甚至还令人反胃。中国美食家就能够细细地形容和区分海参那种弹牙的果冻感，泡发鱿鱼更为粘牙、更为浓厚的凝胶感，以及蹄筋充满嚼劲的橡胶感。要是用英语形容，基本听起来都像给狗吃的。

西方有些评论家认为，中国人是因为饥饿才被迫在这些"化外之地"寻求口腹之欲的满足。他们引导着我们去想象，这些可怜的家伙啊，饿得不行啦，才觉得鸭舌头、虫子之类乱七八糟的东西都很好吃！但是，看看中国的美食家品尝鸭舌或虫草（这种食材一般出现在高档餐厅，而且价格不菲）的样子，你就会知道评论家们的解释多么无知可笑。

食不厌精、脍不厌细这似乎是中国文化一个永恒的特点。两千五百年前，孔子就特别重视不同的肉食要搭配合适的蘸酱。那之后不久，诗

人屈原又描述了异常美味的食物,希望能借此召回亡人的鬼魂:

魂兮归来!何远为些。
室家遂宗,食多方些。
稻粢穱麦,挐黄粱些。
大苦咸酸,辛甘行些。
肥牛之腱,臑若芳些。
和酸若苦,陈吴羹些。
胹鳖炮羔,有柘浆些。
鹄酸臇凫,煎鸿鸧些。
露鸡臛蠵,厉而不爽些。
粔籹蜜饵,有帐偟些。
瑶浆蜜勺,实羽觞些……

数个世纪以来,文人雅士们留下很多关于食之愉悦的诗篇。比如晋朝束皙写下的《饼赋》,是关于面团的狂想曲;唐朝诗人杜甫为四川的河鱼作了朗朗上口的诗篇。这些著名的"老饕"并不鲜见:在传统的文人君子圈里,对食物的热切欣赏是很受尊重的,甚至是不可或缺的品质。对食物的品位与品鉴力能够和对音乐、绘画、诗歌或者书法的品位相提并论。

中国人通常都很为他们历史悠久、讲究美感的烹饪文化骄傲,毕竟这在全世界都所向披靡,也是中华文明桂冠上毫无疑义的一颗明珠。但这骄傲中似乎也掺杂了一丝怯懦,因为在全民潜藏的意识中有点怀疑中国的享乐主义和普遍的自我放纵可能是中国比起现代西方国家有些"落后"的原因之一。二十世纪早期,中国的知识分子愤而抗争,批判传统文化目中无人的骄傲自满,引发了第一场针对旧帝国秩序的革命。后来,"文化大革命"期间又开展了近乎狂暴的"破四旧"运动:破除旧思想、旧文化、旧风俗、旧习惯。就连今天,也有中国人会满含轻蔑地说,他们的祖先是最早发明火药的,却只做成了烟花爆竹;而欧洲人却想到了用来做炮弹,指向毫无知觉的中国人。同样的,我参观完半坡博物馆出来以后,载我的西安司机朝我悲叹,早在石器时代中国人就意识到蒸汽的力量可以用于烹饪,却生生等到英国人来发明蒸汽机。

要是中国人看到活生生的大小动物,不是选择吃了它们,而是坐下来耐心地观察思考,他们会不会在生物学上有更大的进步呢?要是他们不那么醉心于炒锅里的化学反应,是不是就能产生更多杰出的化学家呢?也许正是英国人那些糟糕的"暗黑料理",再加上冷水澡与冷漠的感情,才让他们建立了一个"日不落"帝国。要是中国人不是这么忙着吃来吃去,也许就能更早开始工业化,赶在西方殖民者到来之前,先把这群西方蛮子给殖民了。

先不谈这种焦虑与不甘,反正中国人继续像祖先一样,热情而精细地享受着食物。欧洲人或者美国人,目睹中国美食家拿着鸭舌,耐心分解并咂摸软骨、筋脉和嚼劲十足的肉,可能产生两种态度。愿意的话,你尽可以用欧美人的骄傲自大,怜悯他这违背常理、十分可悲的愉悦。"这可怜的中国人啊!找遍自己简陋的农家,就想弄点什么吃,因为他搞不到一块像样的牛肉!"要么你就斜着眼,心里升起一丝嫉妒:"他真的吃得很香啊!想想,要是你也能觉得这些怪模怪样的东西好吃,生活该多么有趣儿啊……"

相信我,"口感"能够打开美食上的新维度、新世界。中国人深谙此道,并将其发挥到了极致。也许该被怜悯的,倒是我们这些西方人,因为我们没法体会那种乐趣。

我的川菜食谱出版后,我在中国的生活有了翻天覆地的变化。烹饪学校那些老师和后厨的专业导师们对我的信念得到了证明。多年以来,他们完全是怀着善良友好的心一直鼓励我追求烹饪事业。现在我能有所回报了。记者们写关于川菜的特稿时，会把我的书作为研究资料；从美国与韩国远道前来成都的旅行者会把这书当作指南。我自己也能更频繁地回中国，除了继续研究，还为国际刊物写很多文章。最棒的是，我发现很多技艺超群的四川厨师排着队想见我，要给我"露一手"。

傍晚时分，成都硕果仅存的老街之一。一家餐馆里，我在做"研究"，就是坐下来吃又一顿大餐。主厨喻波跟我面对面坐着，用深沉而兴奋的眼神看着我，一副即将让我惊为天人的样子。真不敢相信我能有这样的好运气。在"烹专"当学员的时候，我就梦想能参加真正的中国大宴。我在书上读到过总共四十道菜的铺张华丽宴席，也知道自己身边总有这样的豪宴在发生。我甚至能在风中嗅到那奢侈的气息。但一个年轻的留学生，哪有什么人脉和门道呢？现在，我出了书了，算个美食作家了，几乎每天都有晚宴的邀请。而在晚宴大厨中，提起喻波，少有人能出其右。

喻波是我最爱的厨艺天才。三十奔四的他说起话来粗声粗气，样子有点别扭。但一进厨房，他就能创造奇迹。他出生在一个家境不错的工人家庭，算是过去时代的"精英阶层"。十几岁的时候，由于一次大考失利，他只好在一家工厂的食堂度过了艰苦做工的五年。后来，他想方设法在成都的著名餐厅"蜀风园"找了份临时工，才从食堂脱身。他凭着自己的勤奋努力和坚持不懈，最终当上了大厨，后来还在全国的烹饪比赛上勇夺金牌、银牌，开了自己的餐馆。现在他被称为成都烹饪界的"老顽童"，被争相模仿。

喻波的风格很特别，既传统又激进。他致力于复兴"文革"中被破坏失传的大菜盛宴。他的餐厅有种革命前旧中国的复古味道，像"满大人"们住的四合院，有那么几个私人厨子。餐馆只有六个单独的包间，里面的陈设是传统的中国家具和瓷器，一共能容纳七十位客人。没有菜单，宾客直接预约宴席，由大厨安排菜品。吃饭之前，你可以在院子里木头搭的凉亭下喝喝茶、听听笼子里啼鸟的歌声、看看池塘里游弋的金鱼。

奇怪的是，喻波带着中国人特有的自我轻蔑，说自己是个"没文化"的人。然而，我却觉得他别具一格，是我在中国见过最有文化的人之一。尽管没接受过多少正式教育，他仍然醉心于研究中国的烹饪史，总是屏息凝神地钻研食谱、缠着那些年事已高的大厨们询问秘方。"日本人比我们更尊重中国传统文化，我觉得很悲剧。"他说。

他是如此悲伤而努力地怀旧，但在很多厨师眼里，可谓十分古怪的标新立异之人。他们诟病他太极端、太晦涩，说他的作品"美则美矣，毫不现实"，根本没有商业上的可行性。但喻波完全不在乎。他是为行家下厨的，大众市场入不了他的眼。

我和喻波的初见还是在食谱出版以前。那时他在成都一个毫无特色的酒店后厨承办宴席。在那时，他的菜已然让人连连惊叹。几年后，他实现了理想，和老婆兼商业合伙人戴双开了自己的餐馆，名为"喻家厨房"。这实在是家十分精彩、引人入胜的餐厅。

在今天这个特殊的夜晚，他给我们呈上了很有特色的"十六方碟"，看着跟象棋棋盘似的。每一个碟子里都有一道不同的凉菜，摆在一起色彩美丽缤纷，味道五花八门：有削成小块、撒上点花椒的吉庆土豆；有卤的青椒鹌鹑蛋；有红油茭白；还有细细打了结的苦瓜。这么多菜，竟然没有一道肉或鱼，实在很惊人，但又经过了深思熟虑。"任何人用龙虾、鲍鱼都能做出美味，"喻波说，"但我想让大家看看，最普通的食材也能做得好吃。"

这些万花筒一般色香味俱全的菜只是宴席的前奏，菜单上还有二十五道菜：有的装在巨大的浅盘上，比如凉粉鲍鱼和甜豆鱿鱼丝；有的，比如芙蓉兔丁（豆奶冻上放了一小块闪着光泽的兔肉），则是用小小的盘子呈上来的。长期在喻波手下干活的领班小黄站在一边,每上一道菜都会给我们详细解释。

喻波的厨房里没什么奇特昂贵的装备,没什么离心机、脱水机或者液氮机(这些都是国际先锋烹饪爱好者最喜欢的"玩具")。后厨的所有工作几乎都是用最简单的工具完成的:中国菜刀、木头菜板、蒸笼和炒锅。然而,由于菜品中融入的智慧与匠心,还有出色的美味与卖相,他的厨艺在很多方面都能与西方最高级的料理比肩。比如,这里的冰粉,也就是成都、重庆街头小吃的精致版本,用冰籽做成的透明果冻,看着像冰块,同时拥有软嫩和爽脆两种口感,专门用精致的冰裂纹小碗装好送上来,表面撒上碎山楂、葡萄干和坚果。

我坐在椅子上,把按照传统川菜料理方法用茶叶和樟树叶熏过的鸭胗放进口中,享受那富有嚼劲的口感,突然想起远在牛津的父母;又思考着研究了五年的中国美食之后,我竟然能够用曾经无法想象的方式来欣赏喻波这些菜品了。面前这些菜没有一样犯了我的忌讳:这风味蛇段、香辣蜗牛,在我眼里早就像煎蛋一样稀松平常。餐厅还送了我一道菜单上没有的猪脑花,我尽情享受着这嫩滑的美味。但我也意识到,还有超越食物本身的东西:在终于对美食背后的文化背景有所理解之后,我在喻波这家绝赞的餐厅享受他的厨艺时又多了一层乐趣。

无论在什么社会,一流的厨艺都远远不止味道这么简单。和所有的艺术一样,这都是一场关于文化的对话,可以在更广阔的背景下去探索更丰富的内涵。要是你不懂菜品中展现出来的主题与传统,那就无法完全欣赏其美妙。比如,英国赫斯顿·布鲁门索的"肥鸭子"餐厅。他有一道名菜叫沙丁鱼配烤面包冰淇淋,吃起来自然美味,但这道菜真正的精巧与匠心却在于,冰淇淋本来应该是甜品,而沙丁鱼配烤面包是很家常的菜,似乎不应该出现在这么高档的餐厅里。他的生蚝配辣根、百香果泥与薰衣草令人吃得激动不已,部分原因是各种食材惊人而出色的搭配。它们都是再熟悉不过的东西,经重新排列组合竟然有了全新的感受。

喻波的菜品也正有此意,他想要撩拨的不止味蕾,还有心弦。宴席菜一道道地上,出现了一道非常有趣的菜:新鲜的冰镇牛蹄筋配芥末风味的酸甜酱,上面点缀了些三文鱼籽。真是一场口感的盛宴。鱼籽在嘴里爆开,又和牛蹄筋的滑嫩筋道神奇地结合在一起。这是对中国烹饪传统的智慧演绎,因为牛蹄筋通常是干货,泡发之后加丰富的调味料炖煮;而三文鱼籽是种受日本影响的新奇食材。这些你都要知道,才能明白喻波的真正用心:这道菜不仅味道和口感令人愉悦,其中的吐故纳新也值得赞赏一番。

普通的外国游客可能认识不到这样的微妙之处。也许正因为如此,西方很少给予中国菜应有的认可。上海"黄浦会"的主厨梁子庚会说英语,也许可以为西方人解释自己菜品背后的巧思,并呼吁大家去理解中式高级料理的博大精深。但别的厨师,比如喻波,语言是个难题、文化是个障碍,很难做到。

喻波还改造了四川传统家常菜,将其变成宴席菜。小龙虾与家常的回锅肉组合;土猪肉加上大蒜和干龙眼,煮二十四小时直至肉软烂到快要化掉的地步,再配上迷你锅盔(这道菜让我想起赫斯顿·布鲁门索的兰开夏郡小砂锅)。用中餐中常用的形容词,这道菜可谓"肥而不腻,入口即化"。喻波还有道特别经典的点心,无论吃多少次都令我激动:毛笔酥,青花瓷的中式笔筒中插着几支毛笔。事实上,竹笔杆一头的笔刷是用精巧的千层酥做出毛发一样的层次,中间包着碎牛肉馅。你拿起"毛笔",蘸一蘸像墨汁一样的酱料,然后把"笔刷"送进嘴里,"竹笔杆"放回盘子上。

最精巧的中国菜充满了艺术性,那对色彩、气息、味道与口感的微妙把控至今还让我满怀欣赏与崇拜,无法用语言表达。有些是只有一个主题的"命题作文"。比如，想象一下"全鸭宴"：鸭翅、鸭掌、鸭肝、鸭胗、鸭肠、鸭舌、鸭心、鸭头、鸭皮和鸭肉，每一部分都根据不同的特色来烹饪！富有智慧的灵感与原始的、性感的、世俗的愉悦，这是多么激动人心的结合！那些光滑的、筋道的、浓稠的、耐嚼的、爽脆的、柔和的口感啊！冷与热的纠缠游戏！要是投入到对中国美食文化的研究中，特别是去了解其中各种口感的奥妙，将有全新的世界在你眼前展开。

西方比较有名的大厨中，唯一给予中国烹饪应有赞誉的，应该只有费兰·阿德里亚，西班牙北部"斗牛犬餐厅"的厨艺天才。阿德里亚告诉《金融时报》记者尼克·兰德尔，他觉得过去半个世纪以来，烹饪界最重要的政治人物是毛泽东："人人都想知道当今世界有最好吃食物的地方是哪里，"他说，"有些人说是西班牙，有些人说是法国、意大利或者加州。但这些地方之所以能来争夺这个桂冠，只是因为毛泽东把中国的厨子都送去田地和工厂里劳动了。要是他没这么做，所有的国家，以及包括我在内所有的厨子，现在都还跟在'中国龙'的尾巴后面拼命追呢。"

你要是运气好得能在"斗牛犬"吃顿饭，会发现阿德里亚在烹饪上的很多探索都是循着中餐的轨迹去的。他的菜品中有脆脆的海藻、爽滑的爆浆"橄榄"果冻、酥酥的海草芝麻饼以及在形式与口感上的万般创新变化。他和中国那些大厨一样，能用一种食材谱写精彩的诗篇，用无限创意发挥出南瓜、椰子或百香果的种种可能。在"斗牛犬"吃饭，就是欣赏一场味道、口感与火候的舞蹈；在那里用餐，要调动全身的感官，正如在一场真正上乘的中餐宴席上。

"文革"结束以后，中国餐饮界就一直在恢复往昔的活力。而随着喻波这样的厨师对烹饪传统进行了重新的发现与创造，也许我们会发现，到头来大家还是得跟在"中国龙"尾巴后面拼命追。

说回我自己。也不记得到底是从什么时候起，我在电光石火间发现了食物口感纯粹的意义。但在毫无考虑就让可怜的父母承受鹅肠火锅这么恶心的东西时，我在这条路上肯定已经走远了。我那些关于什么恶心、什么不恶心的英式价值观，就那么消失了：我不仅跨越中国美食的边界进入了腹地，甚至都不太记得边界在哪里了。在如今的我心里，吃软骨，大概和品尝多年波尔多陈酿一样，精妙而回味无穷。

不过，虽说我不是在某一刻突然"虔诚皈依"嚼劲带来的愉悦，一路上也有些"小顿悟"的时刻。一次是在香港，我临时为一个鲍鱼养殖场做市场调查。干鲍鱼当然是中餐宴会上最昂贵奢侈的食材之一，和鱼翅、海参齐名。这些大受追捧的海产，最好的都来自日本。日本人通过秘而不宣的方法将它们做成干货：在香港比较高级的餐厅，仅一头顶级的日本大鲍鱼，价钱可能就要超过五百英镑。

我的调查不可避免地把我带到香港毫无争议的"鲍鱼王"阿一门前。这位香港厨子是整个东南亚的"烹鲍名人"（从中国人的角度看，"烹鲍名人"这个概念并不奇怪）。同时他还享誉全球，大量的国际奖牌与名誉就是证明，其中还有一九九七年法国议会颁发的"最高荣誉奖"。我被一个特别开朗热情的美食作家带到阿一在铜锣湾的富临酒家。这位作家是我一位导师的老朋友，我们就叫他"美食先生"好了。

美食先生穿着三件套的西服，拿着一根手杖，妙语连珠，语带机锋。他是中国人，说起话来却带着老派英国人那股子欢快劲儿。他实在太有二十世纪早期的优雅范儿了，我瞥了瞥他的脚，觉得应该穿一双高筒靴。

我们在餐桌边坐定，"鲍鱼王"给我上了一头鲍鱼。食材在他的秘制高汤里炖了很久，通体深黑、触感柔软，性感的轮廓颇像生蚝或蛤蜊。

"我没给你配酱，这也不是成菜，"他告诉我，"我就想让你单独吃吃看，欣赏鲍鱼本身的美味。"

我屏息凝神，拿筷子夹起鲍鱼，送到嘴边……

鲍鱼的口感既柔软又筋道，同时在我唇齿之间屈服又抵抗，有种温柔的弹性。每一口咬下去，嚼到最后，都有点微妙的粘牙，十分和谐。刚来中国的时候，我对吃这样的东西提不起兴趣。换成是那时候，眼前不过就是另一次偶遇复杂难解的中国美食：我可能会很礼貌地小声称赞，内心却暗想到底为什么有人会花这么多钱来吃这么硬、这么难嚼的东西。而现在，我第一次领悟到鲍鱼这严肃而又强烈的吸引力，那既柔又刚的口感带来的奇异欢喜。我真是喜不自胜、飘飘欲仙。

美食先生在餐桌那头朝我斜着身子，脸上带着含沙射影的笑。"在座的都是成年人，那就恕我直言了。真是很难描述这种美好的感觉，我觉得唯一能类比的，（说到这儿他压低了声音，几乎是在讲悄悄话了）就是好像轻轻咬着爱人硬起来的乳头。只有大师级的爱人，才能真正欣赏其中的美妙。"

我红着脸，又咬了一口。

喻家厨房菜单

冷盘

十六素方碟

五香牛肉

樟茶鸭肫

蛋黄鸡卷

紫菜肉卷

卤花生

盐水毛豆

热菜

乡村三色果

功夫汤

如意上上签

凉粉鲍鱼

芙蓉兔丁

甜豆鱿鱼丝

风味烹蛇段

桂圆藏香猪

冰镇牛蹄筋

川炒小龙虾

报财回家（猪肉和金针菇做的丸子）

香辣蜗牛

包倒烫（甜糯米糊与磨碎烤香的坚果）

点心

翡翠青豆花

毛笔酥

冰粉

刺猬包

南瓜小鸡

金丝面

第九章　病从口入

《中国日报》头版一篇文章中，有一段吸引了我的注意。"经过四天的检测和调查后，世界卫生组织团队发现，广东的'非典'感染者中，除了当地的医疗工作者，大多受雇于该省的餐厅和食品工业。"啊，不要啊！

那是二零零三年二月，我刚刚到中国，开始为我的第二本书做研究。这本书主要是搜集湖南省的地方菜谱，结果我却陷入了一场健康大恐慌。广东是"非典"肆虐的中心，惊恐的农民工成群结队地逃散，很多人要回湖南，那儿正是我接下来四个月要待的地方。而且，我的大部分时间肯定是和厨师们在一起，但现在他们成了湖南感染率最高的人群。

现在回想起来，我决定写那本书本身就很幼稚。在中国那么多年，从没去过湖南，在那儿也没有认识的朋友。而且，我对湘菜可谓一无所知，研究的起步阶段就非常受挫，因为不管是英文书还是中文书，都找不到一本地道的湖南菜谱。从某种程度上来说，这就是我的写作目的：我想写写英文世界还没人深入探索过的地方菜系，自己去摸索、去发现。而且，我知道湘菜和川菜一样讲究香辣，在北京和上海的餐馆很受欢迎，人人都跟我说湘菜很好吃，这对我很有吸引力。另外，毛主席是湖南人，一辈子都爱吃湘菜，这个故事也让我好奇心大增。几年来，我一直打算写本书，把菜谱和中国革命史上的故事结合在一起，湖南正是不二之选。

但浏览了那个新闻报道之后，我开始觉得自己可能犯了个严重的错误。回想当天上午我待的那个餐馆后厨：拥挤不堪，到处都沾着厚厚的黑油；排风扇有气无力，根本抽不走爆炒辣椒那残暴勇猛的油烟，我们都被呛得喉咙发紧、眼泪直流。常有小厨子顺着楼梯上来，拿着几只从附近家禽市场现杀的鸡。在那个市场，禽鸟和其他动物被挨挨挤挤地关在笼子里，羽毛四处飘散。这可真是流行病毒滋生感染的温床啊。我不禁暗想，来做这个研究，真的好吗？

接下来的几个星期，我一直在扪心自问。挨挨挤挤的小巴上，周围的人在咳嗽，唾沫飞溅，我想起这个问题；新认识了个本地的餐厅店主，她邀请我去湖南省会长沙附近一家很时尚的餐厅参加了个宴会，吃完以后我也想起这个问题。我们坐在一座装饰成清朝风格的楼台上，外面大雨如注。宴会的主角是一位位女士，笑声爽朗、妙语如珠；男人们则安静地啜饮香茶，或者仰头喝下麻醉神经的高度酒。菜快上完的时候，服务员端进来一只砂锅，里面是瘦肉混合着姜片的汤菜。"果子狸！"邀请我来的人很骄傲地高声宣布。几天后，媒体专门强调，果子狸可能就是整个"非典"疫情的始作俑者。

我是个神经大条的"事后诸葛亮"，而且"非典"在几个月后就得到了控制，现在很难想起来当时自己有多害怕了。不过那段时间真的好像全中国，也可能是全世界，都在生病，而且死了很多很多人。先是香港有人离奇地死去，后追溯到广东被当地部门瞒报的疫情。接着病毒就在全国传播；北京迅速爆发疫情，病人被隔离在临时医院中。

当然，最后我还是决定留下来。一是因为我为书做研究的时间有限：要是没抓住这次机会，我也不知道什么时候才能再在中国待这么长时间。但也有宿命论的驱使。我在中国的旅程本身就是一场探险，遇到过很多危急情况。我曾经坐着快要散架的卡车行驶在深渊的边缘；在西藏的山路上被困深夜的暴风雪中；还吃了各种各样不卫生的可疑食物。

鱼翅与花椒

我的二十六岁生日是在一场凶险的聚会中度过的，是一群兰州的"黑帮分子"帮我办的；而一九九九年，北约炸毁中国在贝尔格莱德的大使馆时，中国爆发了"反外国人"的情绪，我也是万分幸运才免遭"私刑处死"的命运。举更普通一点的例子：我呆在后厨的日子数也数不清，而这些厨房很多都地上滑溜溜，厨子手里拿着锋利的菜刀到处跑，灶上的锅也摇摇晃晃不稳当，里面烧着滚烫的油。

刚到中国的时候，我真是个忧心忡忡的"事儿妈"。吃饭之前要用开水烫洗碗筷；大巴司机在青藏高原一片漆黑的晚上开车之前习惯喝半瓶白酒，我还要去询问阻止。后来，我逐渐意识到，如果你想在不同的文化中来一场真正的冒险，就得丢掉过去的桎梏。你要跟那里的人们"分享食物"，这话既是现实又是比喻；而危险正是这旅程的一部分。日子长了，我对危险也很迟钝了。

还记得某年冬天，在云南危险的虎跳峡远足之后，我搭大巴回丽江。车上还有三个英国人，他们提醒我，司机要睡着了。是真的：我看了看挡风玻璃上的镜子，他的上下眼皮都打架了，拉都拉不开。同时大巴正东倒西歪地行驶在九曲十八弯的山路上，一边是很陡峭的悬崖。有个英国人很紧张，恳求我过去用普通话提醒下司机。于是我就走过去，问司机是不是不舒服。他回答说，他很好，不会打瞌睡。我耸耸肩回到座位上，但司机的眼皮又沉重起来。而那英国人特别不放心，就走过去坐在他身边，接下来的两三个小时一直在唱歌给司机听，以免他睡着了。"这酒鬼水手啊我们该怎么办，这酒鬼水手啊我们该怎么办……"（这是一首英国民谣）一路唱到下山。司机偶尔瞟他一眼，眼神像看疯子似的。我也觉得这英国人反应有点夸张了：这想法说明，我已经成了个多么无动于衷、见怪不怪的人。

但我决定留在湖南，还有另一个原因：不知怎么，我觉得自己和中国之间有紧密的纽带，要风雨同舟。这既是出于职业道德，也是一种强烈的情感。我的中国朋友们不可能遇到什么突发状况就离开祖国,我为什么就要逃呢?这是我生命的一部分,就像一场婚姻。

初到湖南,那辆慢吞吞的火车在黎明前把我放在长沙火车站。火车站的建筑是苏联风格的,令人望而生畏。我在这城里一个朋友也没有,但包里有一叠电话号码,还有成都烹饪圈的人们写的介绍信以及帮我找了公寓租住的朋友的朋友的电话。但还没到凌晨五点,打给他或者别人都太早了。我无处可去,拖着行李走进火车站附近一个简陋的咖啡厅,点了一杯茶,坐了好几个小时,看晨光中来来去去的各色人物。之后,我打给了那个人,他骑着"小电驴"来接我。

接下来的几天,我都处在强烈的震惊当中。本来我想,湖南与四川相邻,应该很像吧。结果感觉跟到了另一个国家似的,方言完全听不懂。最初几个星期我什么也听不明白,除非对方换成标准普通话。湖南人的语气和声音也跟四川话的温柔顿挫天差地别。当地人说话不太连贯,有很多断音,比较火爆,常常劈头盖脸给你说一堆,完全没有我在成都遇到的温暖和好奇。我还以为自己很了解中国,但还是如往常一样,低估了这个国家的广大和多样。我很沮丧地意识到,我要从零开始,再学习和了解另一种文化了。

到长沙的时候,我也没什么具体计划。我研究和写作中国烹饪的方法很简单,又很混乱。我就去那些食物很有趣的地方,尽可能地了解相关的一切。通常我会跟当地的厨师、美食作家和烹饪协会会员联系,也会到书店和图书馆仔细搜寻书面资料。不过最主要的方法,还是顺其自然,跟每个我遇到的人聊美食,然后拿着笔记本跟他们走进自家的厨房。我的工作就像寻宝,因为永远不知道每天会发生什么。可能一连好几天空忙一场;或者恰好相反,遇到某个人,聊上半小时,对方就塞五本绝版菜谱到我手里。

在中国,聊美食是特别好的交友方式,因为人人都随时随地在说吃

鱼翅与花椒　129

的。我一提起自己研究的领域，对方的话匣子就打开了，兴致盎然、滔滔不绝。我以前很喜欢跟人讨论明确的社会或政治话题，结果通过对美食的探索，我对中国的整体发现和认识比以前多多了。然而，为川菜食谱做研究从头到尾都很愉快，但湖南食谱的研究经历就完全不同了，而且很多时候还非常困难。

我搬进的公寓是别人转租的水泥房，属于一家国有单位的一部分。我从这里开始探索眼前的城市。长沙，湖南省会，古时一定是很美的城市。这里有记载的历史就达到三千多年，而且两千多年来都一直是个文化中心。但在一九三八年，面对日军进攻，当局采取焦土政策，将整个长沙付之一炬。寺庙、庭院楼台和宏伟的老餐馆全都化为火焰和青烟。幸存下来的只有始建于明朝的天心阁城墙，以及成立于公元九六七年的私塾岳麓书院，现在是湖南大学老校区的中心。

和在中国的大多数外国人一样，我钟爱参观中国传统建筑；相比起现代化的大道，也更偏爱绿树成荫的小街。但二零零三年，我发现的"老长沙"只有河边的一两条街道，历史也只能追溯到抗战前的岁月；唯一历史更悠久的遗迹，是其中一条街道上铺的古代石板（那之后很多石板又被撬掉了，为步行购物街让道）。这城市的其他地方毫无特色，全是纵横交织的混凝土建筑和立交桥，而且二零零三年春天的长沙，几乎天天都下雨。

和湖南一比，我在四川的经历实在宛若天堂。在成都当个外国人，真的太安逸了。首先，我在一所大学里住了很长时间，社交圈早就形成了，我自然而然地加入进去，想都不用想就交了很多朋友。而且，那时候的我年轻、充满理想主义，愿意撕破人生既定的地图重新开始。而到湖南的时候，我年纪大了，头脑更清醒了，而且孤身一人，真不知道从哪里开始。

四川也一定是中国最热情的地方了。四川人本身的闲散和可爱就是出了名的，他们的一言一行里总有微妙的体贴，正如川菜中若隐若现的甜味。而相比之下，湖南的辛辣就莽撞而刚烈。湘菜的调味有鲜椒、干辣椒和泡椒，那辣味比川菜更猛更冲，还大量地放醋和泡菜，里面的豆豉也有种直白干脆的咸味。四川那带着秋之枫红的醇香豆瓣酱在湘菜里也会用，但用得很少：湖南人更喜欢鲜椒和泡椒那种夺人眼球的鲜红。

湖南人的举止给我留下的第一印象一如湘菜：莽撞直率。由旁人引荐的烹饪专业人士都很友好，但不清楚该怎么对待我或者我的工作；有几个直截了当地表达了对外国人写湘菜的怀疑。这也很合理：当时连湖南本地都不大有人去写湘菜的文化和历史背景，一个外人干吗做这个无用功？（有一天下午，我和两位湖南记者在茶馆聊天，他们对我就说普通话，互相之间就说湖南话，真是有趣。那时候我已经比较熟悉当地方言了，但他们不知道，所以我就那么听着其中一个对另一个说我这个可笑的行动一定会失败，然后又用普通话对我说了些鼓励的话，当我三岁小孩儿似的。）

湖南有丰富的文化遗产和壮阔的景色风物，那会儿却不怎么受西方旅行者的欢迎。很少有外国人会没由来地跑去湖南，一般都是出差啊、领养中国小孩这样的事情。大多数英国人都没听说过这个地方。但我很快发现，湖南人觉得自己的省就是毫无争议的宇宙中心。过去两百年来，这里走出了很多推动历史进步与改变历史进程的革命者，从清朝将军左宗棠（就是美国每家中餐馆菜单上都有的"左宗棠鸡"里那个左宗棠）到毛泽东等共产主义革命的伟大领袖。近期来说，湖南卫视也是全国最超前、最有创意的电视台。

在湖南人眼里，他们这个省就是中国跳动的心脏，从十九世纪开始就输送人才，像发动机一样推动着中国在现代化的道路上前进。他们自视聪慧、能干和干脆，理想地融合了北方的刚强与南方的温柔，又不缺少四川人那种可爱的圆滑。同样的，他们觉得湖南菜也达到了十分完美的平衡，不像东部那样过于甜腻，又不像川菜那样麻得你什么味道也尝不出来。多年来，我一直听四川人说湖南菜太辣了；现在再从另一边来观察这一场美食竞赛，真是好笑极了。

在长沙的最初几周，我遇到了一些特别好的人。有个餐馆老板娘对我就像亲姐姐一样。她允许我自由进出餐馆厨房，还经常叫她的私人司机开车带着我来个"一日游"，去吃大宴、逛市场，还到足浴中心去享受放松。老字号餐馆"古城阁"的经理也放我进了后厨，我在那里"偷师"，学了很多最喜欢的湖南菜。然而除此之外，日子还是挺难过的。长沙让我产生一种深深的陌生感，也没遇到一个真正一拍即合的人。第一个星期前后遇到的几个外国老师随着"非典"的蔓延都逃离了中国。我也没遇到什么游客。大多数晚上我都会跟成都、北京和上海的老朋友煲电话粥，但白天就又漫长又孤独了。按照我的原则，是绝不愿意为了工作牺牲个人生活的，所以差点就要中断整个中国美食写作生涯了。正当那时，我遇到了刘伟之和三三。

仍然是个晦暗潮湿的大风天，我坐了辆小巴出城去参观雷锋纪念馆。我一直对雷锋很有莫名的好感。他是共产党的模范好战士，有"永不生锈的螺丝钉"之称。一九四零年，他出生在长沙郊县一个贫穷家庭，小小年纪就成了孤儿。后来，他加入了中国人民解放军，做了很多好事，什么帮同志们补袜子啊、给领导沏茶啊，等等。一九六三年，为共产主义大唱赞歌的"雷锋日记"获得毛主席重视，从此成了官方宣传资料，成为好几代学生的榜样。还有人专门为他写了首节奏铿锵、情绪高昂的歌："学习雷锋，好榜样！忠于革命，忠于党！"

雷锋本人并没有善终：一九六二年，一根电线杆倒下将他砸死。但雷锋精神世代流传。雷锋不是唯一的共产主义榜样：二十世纪九十年代，共产党想要重振有些颓靡的社会道德风气，于是发起了学习另一个年轻士兵的活动。这位榜样叫做徐洪刚，据报道，他乘坐公共汽车时遇到歹徒勒索欺侮一个妇女，于是见义勇为、挺身而出保护这名乘客，结果被歹徒拿匕首刺伤。（中国官方媒体很生动地描述了徐洪刚的英雄事迹："徐洪刚用背心兜住往外流的肠子跳下车来，用全部的力气往前追出了五十多米。"）然而，就算社会主义的苍穹中闪烁着很多明星般的英雄，雷锋只是其中一颗，却一直是我心中最耀眼的一颗。

　　雷锋纪念馆让我颇为失望。雷锋小时候居住的泥砖小平房被一大片现代楼宇吞没其中，里面充斥着政治鼓吹的内容，除我之外也看不到几个参观者了。我想，现在长沙的孩子们都沉迷于电视或电脑屏幕了吧，他们的偶像是大卫·贝克汉姆和"小甜甜"布兰妮。纪念馆入口附近的雷锋塑像之下，我和一个陌生人攀谈起来。看了我笔记本上潦草的笔记与图画，他好像顿时和我亲近起来，给我留了电话，说想打就打。两天后，特别孤独的我拨通了这个电话，这位李锐就带我出去吃了晚饭。之后，他说想介绍我跟几个朋友认识。

　　那天晚上，我在湖南寂寞凄凉的生活发生了转折。我发现有了李锐，自己仿佛进入了一片友谊的绿洲，那里以刘伟之和三三这对夫妻为中心。李锐把我带到他们家，我立刻就有种回家的感觉。我们到的时候，他们小小的儿子徐璋在地上玩儿，客厅里装饰着雕花木板与各种古董。两人邀请我们到茶室坐下，里面摆着一座观音像，供奉着水果与香炉，墙上挂着上了年岁的挂毯。刘伟之用茶壶烧开水，开始表演功夫茶：这套仪式来自福建，十分讲究。三三还叫了几个朋友来，一位是书法家、一位是设计师，还有一位是喜欢收古董的生意人。我们倾谈到半夜，一边喝着上好的乌龙茶，一边吃着花生、瓜子、蜜饯，天南海北、谈笑风生。来长沙这么久了，我还是第一次发自内心地开心。

　　刘伟之和三三让我发现了湖南文化温柔的一面。他们结交的朋友大多是作家、艺术家和各行各业的"知识分子"，他们怀念已然失落的中国文人墨客之道。他们平时都是努力工作、紧跟科技进步的人，但晚上常常聚在一起喝茶习字、听中国古典音乐。在这个钢筋混凝土的石头森林里，他们努力寻找和创建了一个充满美好与静谧的乌托邦。周末，他们常常相约去短程探访佛寺与古村落。大家都充满好奇心，思想豁达开明。和他们在一起，我能够直抒胸臆，不用想着自己的外国人身份，跟个外交官员似的。

一天晚上，借着明亮的月光，我们全体开车出城，远离市中心的霓虹灯与高楼大厦，经过尘土飞扬的郊区街道，接着便看到若隐若现的远山与稀疏散落的农舍。我们找了块空地停车，顺着一条小道步行往前。周围漆黑一片，却有生机勃勃的蛙声蝉鸣。山脚下是一座低矮的泥砖房，两侧生长着移来的樟树和茂密的灌木。房子的住客是位隐居的画家，他走出门来，和我们一起坐在院子里的木板凳上。几分钟后，一位年轻的乐师抱着包在布里的古琴现身了。

我们从泉边取水烧开，三三沏茶，拿小小的陶壶泡开乌龙茶叶，把滚烫的茶水倒进小小的茶碗中。乐师拨动琴弦，我们坐下来安静地啜饮。古琴乐悠扬静美，竟带着奇异的风吹水动之声。乐师的双手在琴弦上优雅地移动。香茶水、明月光，古琴的韵律中有种说不清的忧伤，这真是个缥缈超凡的美好夜晚啊。

很多时候，我都在菜市场游来荡去，在烟气熏人的餐厅后厨观察记录，为我的书做研究。但空闲时，我总是跟刘伟之与三三在一起，到要睡觉了才回自己的小窝。夫妻俩毫无芥蒂地让我融入他们的大家庭，把我介绍给全国各地的亲朋好友，为我以后去其他地方铺路搭桥。三三和我一起做了好几次关于美食的探寻之旅，最难忘的就是去湘西爬了座佛教名山，在清澈的河水里游泳，还到了苗族与土家族的村寨买了野蜂蜜带回家。

这是我的"黄金朋友圈"，而圈子外的事情总让我怒气冲冲。比如有一次，我想去湖南的另一个城市看看那里的一间烹饪学校。学校的副校长来接待我，我俩从下午一直聊到晚上，因为对食物和烹饪都有着同样的痴迷，聊得很是投机。他把我介绍给各位厨师与美食史学家，这些人都愿意与我分享技艺、传授知识。但接着，学校校长出差回来了，气氛突然就变了。

第二天，副校长很紧张地告诉我，所有说好的会面都取消了。厨师和美食史学家们也想办法通知我，上面警告他们不许跟我聊。原来，校长认定我是想"盗窃商业机密"，全面禁止任何相关人员与我接触。于是，接下来那糟糕的几天，我们只好深夜约在茶馆秘密碰面，来人都穿着深色大衣、戴着帽子，递给我一些写烹饪美食历史文章的复印件；还有厨师们，一边偷偷摸摸地注意着周围，一边回答我关于烹饪技巧的问题。

我当然不是第一次被当成间谍之类的了。我的几个英国朋友一直都认定我是个什么密探。首先，我在剑桥大学的学院就以古怪和保守"闻名"。据说我的一位导师还是军情五处①的招募官。就算他们一开始只是怀疑我而没有证据，但我后来决定学中文，还在那些少有人知的中国偏远地区长居，声称"搜集菜谱"，这些行为算是坐实了他们的猜测。

在中国，我也是不止一次地被当成间谍。曾经有个便衣警察一路跟着我穿过四川北部的田野；在中国西部偏远山区的军事关卡，守军勒令我立刻返回；大多数时候，疑心重重的官员们显然怕我不是在偷红烧肉的秘方，而是为新闻机构探察什么秘密信息。多年来我搜集到的一些中国菜谱的确算是机密资料，上面写着"内部发行"的字眼。但到了湖南，我才首次被安上了"烹饪间谍"的罪名。

二十几岁的我肯定会觉得这种托词相当有趣好笑。但到湖南的时候，我已经没有那么好的耐心了。"你难道不明白吗？"我真想对管理这

---

① 军情五处即英国安全局，是英国反间谍、反恐怖主义的机构，自身也是世界上最具有神秘色彩的谍报机构之一。——译者

鱼翅与花椒

个烹饪学校的"老古董"大声说:"外面的世界根本没听说过湖南和湘菜!现在我来了,在这个国家历经千辛万苦,学了天书一样的中国字,听着成千种完全没法理解的方言,努力想告诉西方人,中国菜是人类文明的伟大宝库之一,不仅仅只有便宜的外卖和咕咾肉。结果你说我是个小偷、是个间谍!我记了你们的菜谱,你们还应该给我钱呢!"遇到这样的时候,我总是灰心地想放弃。我会打给北京的朋友罗伯,把我对中国的恼怒一股脑儿地发泄出来,电话那头的他总是说:"扶霞,你该写本托斯卡纳的菜谱了吧?"

然而,在那个难熬的春天,不管我对湖南和中国生厌到何种地步,只需要回到刘伟之和三三家的茶室,满腔痛苦和无奈都会在爱与欢笑中融化。那时的我感觉我的抗争都是值得的,能够通过中国菜向世界展示中国最好的一面。如果没有他们,我很怀疑自己还会不会写出那本《湘菜谱》。

刘伟之是个很成功的设计师,自己创业开工作室,但他看上去更像个和尚,光头、清瘦,是个风雅的谦谦君子,浑身流露着一种平和与悲悯,深深吸引着周围的人想从他身上寻觅到一些东西。一天下午,我刚跟某个中国官僚起了冲突,满怀怒气、身心俱疲、心情低落,于是去找他。和往常一样,刘伟之的出现就像镇痛良方。"不要在这些事上太过纠结,"他对我说,"把你的人生想成一幅画。世界上什么都有,但你想画什么就是自己决定的了。你要选美好漂亮的事物入画,丑陋的就别费笔墨了。"也许正是有了这种态度,刘伟之才能在喧嚷的长沙市中心过如此优雅安宁的生活。

他对世间万物怀着悲悯之心,也信奉佛教,所以不沾荤腥。他是很严格的素食主义者,连中国佛家不喜的葱姜蒜之类的重口味食物都不沾。(传统上,对于整日打坐参禅的和尚们来说,吃味道这么大的食物着实是大逆不道;不过有些人坚持不吃,是觉得这会激起肉体的邪念和淫欲。)

中国佛家的素食历史由来已久，不过早期佛教的训诫中并没明确规定不可吃荤。古印度的和尚可以吃任何放进化缘钵里的东西，肉也可以，只要别人不是专门杀生给他们吃的就行。大约两千年前，佛教刚刚传入中国时，教徒们服从来自印度的主流训诫，在特定情况下吃肉是被普遍接受的。到了公元六世纪，南北朝的梁武帝才大力在中国佛寺中推行吃素的戒律。梁武帝本人也信佛，终生吃素，以慈悲为怀、不杀生的理由来推广素食。

现在，中国的和尚仍然较为严格地吃素，而俗家弟子们则可以选择吃素的程度：有些会在特定的日子或者进庙里烧香拜佛的时候拒绝荤腥，而有的就是完全的素食主义者了。全中国的佛寺都有斋厨，很多规模较大的寺庙还有为游客与香客提供斋饭的餐厅。这些餐厅的宴席令人惊讶：利用素食食材创造出与大鱼大肉在外观、味道和口感上都相差无几的菜品。比如，你可能吃到用香菇蒂做的"炸牛肉丝"；硬脆的竹笋包裹上面筋做成的"肋排"；还有土豆泥经过调味，包上豆腐皮，炸制之后淋上酱汁做成的"鱼"。在做法上耍一些"手段"，各个佛寺就能迎合那些富有的赞助人，摆一桌体面的中式盛宴。但这些大菜跟和尚们自己每日的吃食没什么关系，日常的饮食都是简简单单的清粥小菜、粗茶淡饭。

和刘伟之交上了朋友，我在闲暇时间就经常接触到素食主义者。我们到长沙一座寺庙拜访了一位精神矍铄的老和尚，他给我讲了吃素对身体的种种好处，还言之凿凿地说狗肉会让身体中的恶欲燃烧，就算最虔诚的禅师吃了，也会打破禁欲的誓言。一个周末，我们来到一座山顶寺庙，听一位著名的佛家法师教导佛法，那里的午餐就是简单的米饭加蔬菜。

那时正是我个人"杂食"的高峰期。湖南人吃的东西之杂之广，几

鱼翅与花椒

乎可与广东人一较高下。我在调查研究的过程中自然也是入乡随俗：我没有多想便吃了狗肉火锅、炖牛蛙和炸昆虫。市场里残忍屠杀的景象并没让我怎么烦恼。

深切认识到我的口味已经多么中国化，是在离开湖南后不久，我到英国肯特郡一个小村庄去散心，路遇一大群鹅。去中国以前，这在我眼里不过就是乡村风景的一部分。现在，我下意识地就在想象，鹅肉放在豆瓣酱和花椒里一起炖，锅子在煤气炉上咕嘟咕嘟冒泡。我意识到自己在这么想，笑了。他们评价中国人的话很恰切：只要是能动的东西，地上跑的除了汽车、天上飞的除了飞机、海里游的除了轮船，都能拿来吃了。在湖南有一次我也把自己弄得很尴尬：和刘伟之一起出去一日游，他侄儿带了一袋活青蛙来，我想当然地以为是午饭的食材，其实他是用来放生的，是佛家的一种修行。

刘伟之从来没对我的贪吃与杂食表达过任何不满，但他本身简单而充满悲悯意味的饮食让我有点儿罪恶感。这种情绪播下了怀疑的种子，后来让我时时反思，挥之不去。

与此同时，"非典"继续肆虐，在中国很多地方都不断有人生病、死去。北京疫情严重，人人都怀疑上海也很快会步其后尘。湖南有六个人感染"非典"病毒，其中一个已经不幸离世，不过新闻上说他们都是在省外染的病。长沙的生活越来越艰难。一天我回到自己的公寓楼，在门口被保安拦下来。"健康证，"其中一个伸手说。"但我就住在这儿的啊，"我说，"我在这儿住了一个月了。"

"不行，你得出示健康证，"他说，"这次就放你进去，但是你要去医院做个体检，不然下次就不能进小区了。"

傻瓜都知道，在这种时候，对一个健康的人来说，最危险的地方就是医院的呼吸道疾病科。但我再一次和通常情况下一样，面临简单的选择：是要理智，还是要写这本书？于是我就去了呼吸道疾病科，站在一小群咳得唾沫飞溅、烧得满脸通红的人中间，尽量减小呼吸的频率和强度。戴着薄纱布手套的医生拿听诊器贴在我胸上检查了一下，显然对听到的情况很是满意，给了我一张盖满公章的健康证。所以我又能自由出入自己住的小区了。

"非典"的阴影开始笼罩在湖南生活的方方面面。商场酒店的门口总会突然跳出穿白大褂的男男女女，拿着个枪一样的东西给我测体温。全城像闹"文革"一样贴满了海报，但警告的不是小心"走资派"，而是要警惕咳嗽和发烧的症状。我多日以来一直作为学习场所的"古城阁"餐厅以及很多其他的餐厅都歇业了，因为大多数人都不下馆子了。有几家比较时尚的餐厅还开着，刘伟之、三三和我去其中一家吃饭，戴着绿色手术口罩的服务员来给我们点菜，口罩底下的声音十分沉闷。一天晚上，让刘伟之做设计的一个生意人客户觉得无聊了，带我们去了一家很奢侈的城郊会所，在灯火通明的网球场上，叫了原国家网球队一名运动员教我们打网球。之后我们在空旷无人的更衣室冲澡，去一间凉风习习的咖啡厅喝茶，地方很大，目之所及全是一排排空桌椅。

去城外就是个噩梦。在车站搭车时，像打"细菌战"一样从头到脚包裹着白大褂的人要测我的体温；上了车，我得写下自己的名字、护照号、地址、电话和座位号，这样我或者其他乘客觉得不舒服时好有个信息对应。一天，我和几个朋友开车去常德，路上遇到一群戴口罩的巡视员，围着我们的车喷了一圈消毒剂。还有，虽然"非典"是在中国滋生与传播，人们基本上还是特别警惕我这样的外国人，因为他们害怕我最近才从疫情肆虐的南方来。有时候我一天会被测四五次体温。

那真是诡异又烦人的日子，而且我觉得自己在兜圈子，越兜越大。首先，我没法去中国其他地方，后来连长沙都出不了了。第二，几乎所有餐厅都关门了，我没法在厨房里学习研究了。所有的网吧也关门了，这算是最后一根稻草了，因为这让我无法轻易与外部世界取得联系。但

鱼翅与花椒　　139

那时候我已经习惯了湖南的生活，不想离开。

疫病还影响到了餐桌礼仪。通常，中国人喜欢分享餐食：菜放在中间，拿自己的筷子夹。鼓励大众式朴素与粗野的"文革"开始以前，比较讲究的人们不会用自己的筷子尖去碰菜，而是用筷子头把菜夹到碗里，再转过来用筷子尖去吃；或者就在每盘菜的旁边放一双公筷，专门用来夹菜，不会放进任何人的嘴里。

"非典"恐慌最盛行的时候，湖南人又把公筷拿出来说事了。大家聚在一起吃晚餐时，每盘菜旁边都会放一双公筷，这样就没有被别人唾液感染的风险了。主人会夸张地渲染一番公筷的重要性，号召每个人注意使用，我们也就顺势开始谈论注意卫生清洁有多重要。但其实所有人都只是象征性地用一下公筷，之后就不怎么注意了。公筷的感觉实在太刻意、太做作了，很快就被孤独地遗忘在盘子旁边。我们都自顾自地和往常一样吃起来。

我和很多认识的人一样，也有了些叫人很是警醒的"非典"症状，比如严重的咳嗽。不过我没发烧，所以很肯定没有得这致命的肺炎。但我也很肯定，要是有人在公共场合看见我咳嗽了，就会让医院把我接走，隔离到他们确定我没得病（或者我从别的病人那里染上这致命的疾病）为止。流言纷纷，说某某某被禁闭在隔离病房里，手机也被没收了。于是我极力掩饰自己的症状，匆匆走过保安身边，努力摒住呼吸，飞快地经过院子，走进楼梯间，跑上十二层楼，锁上门，趴在床上尽情地咳嗽，让唾沫星子畅快地飞溅出来。

我周围的人对"非典"的态度要么若无其事，要么焦虑不安。有的继续像往常一样外出，在街上想抽烟就抽烟、想吐痰就吐痰、想咳嗽就咳嗽。很多保安按照规定戴的口罩都拉得低低的，这样才好抽烟。而有些人呢，整天待在家里，关门闭户，不邀请别人来做客，整天喝醋来预防感染，还用上了什么烟熏法和消毒液来洗衣洗物，想给周围的一切都杀杀菌。不过，不管焦不焦虑、有多焦虑，几乎所有人在吃喝上都比平时小心谨慎了许多，以此来提高自己的生存几率。

中国可以说是全世界最能体现"我吃故我在"这句话的国家了。吃对了，你能健康长寿；吃错了，你就等着病魔困扰，这就是老话儿说的"病从口入"。中国人常常羞于直接表达感情，于是常把情绪寄托在食物上。比如，同样是表达友爱，意大利的朋友会张开双臂拥抱我，问东问西；而中国朋友就会塞一碗汤到我手里，很坚决地催促我，"喝汤！喝汤！""以食为药，药在食中"的思想渗透到中国社交礼仪的方方面面，总是挂在大家的嘴边。我那个四川大学的私人中文老师要是觉得我精神萎靡不振，就会给我个蜜饯或者核桃说"补补脑"。在甘肃的时候，我生病，还哭，让刘复兴家没面子了。他家的亲朋好友为了表达关怀，专门拿出从十月开始就藏在屋檐下的冻瓜做来吃了。有时候，中国朋友们这么坚持不懈地过分关心我的饮食，也让我觉得有点儿烦恼，但时间长了我就明白，这是在表达关爱呢。

在很多方面，食物都可以用来疗愈与平衡身心。中国民间的膳食学和古希腊、古波斯和古印度的"体液论"有很多共通性。食物都是按照"热性"和"凉性"来分类，或者分得更细，"湿性"与"干性"。没人能确定这些传统的根源在哪里，但似乎在公元的第一个千年，佛教和各种外国理念传入中国时，就对这个国家有所影响。总之，"体液论"一定是与古中国的"阴阳"概念有强烈共鸣的。

如果用热性和凉性的学说来解释，像发烧皮疹这些症状，就说明体内火气太旺，要吃莴苣、黄瓜等凉性食物来降火；而腹泻等症状则说明体寒、摄入凉性食物过多，要吃肉、吃姜来暖胃、暖身。人体精力的平衡，不仅受到气候变化的影响，四季的流转也是重要的因素之一。所以，在湖南的隆冬，有些人会吃狗肉这种特别燥热的食物。食物的归类，不仅是通过观察、积累经验的结果，也有迷信的成分：比如，狗肉的卡路里很高，的确可以让冬日里手脚冰凉的人身体热乎起来；而核桃能补脑、腰果能补肾的说法，则是因为其本身的样子和相应人体器官形似，这就接近一种"交感巫术"了。

中国的食材与药材之间没有严格的界限。白萝卜是种常见的蔬菜，凉性，可以用来治疗肺部和胃部的小毛病。昂贵的人参从古时候起就是上好的补药，中医可能会在给你的药方里写上这味补药，而鹿肉汤里面也有可能加这个作食材。有的食物可以平衡体内的气血，有的则能加强某些部位的功能。备孕心切的女性可以在食物里加点枸杞子，可以加强生殖器官的机能。要是你看见一群生意人围坐吃着牛鞭火锅，嗯，很容易就猜得出他们肚子里打的什么如意算盘吧。

成都有家著名的餐厅叫"同仁堂"①，是专做药膳的，和历史悠久的"同仁堂"中药房同名，也是其分支。餐厅的菜单是按季节变化的，每道菜都会列出其滋补功效。例如，黄芪盐水鸡的作用就是"补肾壮阳"，而金银凉瓜可以"清热解毒"。大体上来说，做得比较严谨认真的中国药膳味道都比较清淡，比如：一碗肉汤没放盐，整只鸭子放里面，加上天价的西藏虫草炖煮；不调味的黑米粥，加薏仁、芡实、百合、莲子、红枣和枸杞子。然而，同仁堂是一家比较时尚的餐厅，人们在这里既能补身健体，也能满足口腹，每道菜都十分美味。讽刺的是，上次我在那里吃饭，调节身体平衡的菜吃得太多，觉得自己胀得快要爆炸了。

现在，中国的书店里摆了很多药膳菜谱，列出了不同食物的滋补功效和可以治疗的疾病。这些书都有着现代书籍精美的装帧，但根却是来自远古。《周礼》中就记载了周朝皇室的日常餐食有一百六十二名营养师把关，他们在朝廷的地位也相当崇高；明朝的《本草纲目》则列出了

---

① 准确的名字应该是"御膳宫"，在同仁堂药店的楼上。——译者

很多普通食材的疗效，里面还有四十四种养生粥的做法。在今天的中国，老辈人们通常不用参考药膳菜谱，他们本身就很清楚茄子与黄瓜不能同吃；大闸蟹肉虽美味，却是大寒，必须用绍兴酒或者热性的姜来中和；生病的时候，他们最先并不是去看医生，而是用食物来自我治疗。中国人有句老话说得好："药补不如食补。"

多年来，我发现自己也深受中国人用食物疗愈身心的影响。要是脸上爆痘，我会远离猪肉、荔枝等上火的食物；而炎热的夏天，我会喝点绿茶、吃点黄瓜，清爽降火。这算是熟悉中国人养生之道后比较不理智的反应吧，因为我也不知道这样到底有没有用啊。不过，这是一种很合理的结果：接受中国人所普遍认同的、要为自己身体健康负责的理念，所以不能想吃什么就敞开吃，然后指望医生能开个药就把我的病治好。在中国，人们讲究消除病根，我现在也在努力践行这一点。生急病的时候，我当然也会吃西药；但遇到像轻微头痛这种小毛病时，我已经很少吃药了，而是把这种症状解读为身体在告诉我要更好地对待自己，吃得健康点、多休息、多锻炼；当然，偶尔也可以喝上一碗虫草汤。

二零零三年疫情泛滥的日子里，长沙人为了增强对"非典"的免疫力，饮食上可谓做到了极致。餐厅服务员会在上菜前为顾客奉上预防"非典"的草药茶；历史悠久的白沙井前排起了长龙，大家都想去接几瓶泉水，笃定这是包治百病的神水。

一天，长沙饮食公司的经理刘先生邀请我去当地历史悠久的餐厅"火宫殿"，和一些老员工一起吃饭。我们吃了八宝鸭，是用荷叶和稻草紧紧裹缠、肚子里塞了很多料的整鸭；芦笋炒小龙虾肉；还有糖油果子。大家详细聊了聊这家餐厅的历史：一开始是供奉火神的庙宇，全盛时期前来朝拜的香客络绎不绝，庙里还有说书人、乐师和货郎供香客们娱乐。我和他们谈得很投机，菜也很好吃，但整顿宴席仿佛都笼罩着"非典"的阴影。"多喝点那个木瓜炖鸡汤，"刘经理说，"预防肺炎很好的。"

整个春天我们都因为这疫病而忧心忡忡。每天晚上我都听 BBC 的广播，关注疫情进展，还特别注意长沙城里的各种传言。我的咳嗽加重了，觉也睡不安稳。不过，尽管大量务工人员从疫情严重的地区回到湖南，大众在公共场合吐痰的坏习惯依旧不改。疫情在华北部分地区稳步扩散，湖南并没有真正大规模爆发感染。大多数人都坚信，这是因为他们爱吃辣。"你看看地图嘛，"他们会说，"四川、湖南、贵州、云南，有没有'非典'嘛？这些地方的人都爱吃辣。"

木瓜炖鸡
（治疗肺炎）

材料：

鸡（最好是上好的土鸡）	1 只（约 1.5 千克）
生姜	1 块（20 克）
大葱	2 根
绍兴酒	2 小勺
盐、胡椒	适量
成熟木瓜	2 个

做法：

1. 锅中烧开水，鸡焯水至颜色发白后用冷水冲洗。

2. 生姜用刀背或重物略微拍散；大葱洗净整理，切成长段。

3. 将鸡放进炖锅中，注入刚好淹没鸡身的水（约 2.5 到 3.5 升），大火烧开，撇去表面浮沫。加入葱姜和绍兴酒，关小火，锅盖半开，炖至鸡肉软烂，能轻易从骨头上剥落。

4. 鸡快炖好时给木瓜削皮去籽，切大块放入锅中。

5. 按照口味加入盐和胡椒。起锅上桌，每位客人碗里都舀点鸡肉、木瓜和汤。

第十章　革命不是请客吃饭

陈先生的办公桌上盖着玻璃板，上面飘扬着一面中国共产党党旗，旁边摆着一面锤子镰刀的装饰物。

"你看啊，"陈先生说，"韶山冲是中国风水最好的地方，所以出了个毛泽东。湖南人觉得毛泽东就像皇帝一样，真正的天子！他是政治家、军事家、作家、书法家、诗人和思想家，真正优秀的天才！"

陈先生过去在湖南北部当警察，但他告诉我，因为特别崇拜毛泽东，他决定来这位伟人的家乡定居。现在，他是位种玫瑰、卖玫瑰的企业家，投资的是一行又一行整齐的玫瑰田，就位于这个村主路的两侧。

我觉得所有人里面，企业家是最不应该这么崇拜毛泽东的：毕竟，他亲手消灭了中国的私营企业，让资本家们日子不好过。难道他崇拜的英雄不应该是邓小平吗？他是八九十年代改革开放的总设计师，揭开了中国经济腾飞的序幕啊。

"啊！"他回答，对我的质疑并不羞恼，"但是你看哈，邓小平搞改革开放就因为之前毛泽东时代发生的事情才有可能啊！"

在我看来，这就像是说地震是件好事，因为地震之后可以重建一座城市……但我也发现，跟他争论是无济于事的，所以就露出乖巧的笑容，说了晚安。

我来韶山，是为了研究"毛式菜"。韶山那些精明的餐厅老板把这叫做"毛家菜"，算是湘菜的一个分支。光是这个小菜系能够用一位共

鱼翅与花椒　　145

产党领袖的名字命名就够让我好奇的了,更别提中国人民和毛泽东充满复杂矛盾的关系。而且二十世纪政治的动荡剧变对中国菜的影响,也是我长久以来无比着迷,想要一探究竟的。我也希望自己这本湘菜谱不仅涉及这个地区的食物,还要提其社会和历史背景,所以韶山成为我心中的必往之地。结果,这变成了一个非常离奇的周末。

我从长沙搭车到了目的地,在毛泽东出生成长的乡村闲逛,惊讶地发现这里还挺美,群山如摇篮一般环绕着绿色的田野与果园。中心地带有很多摊位和商店,卖的都是跟毛泽东有关的纪念品:毛主席徽章、镀金相框的毛主席肖像、能播放"东方红"音乐的打火机。很多餐厅都在宣传他们的"特色毛家菜"。走了一会儿,我找到一家安静的客栈,就在一小片农田的边上,里面也做"毛家菜"。我跟老板娘攀谈起来,在客栈阳台上坐了有一个多小时。我们伴着树上的鸟鸣喝茶聊天。她抬手指向自家种的菜和果树,回忆起一九五九年幼小的自己对毛主席模糊的印象:一群充满着崇拜之情的人们行进着,大人把她抱起来,所有人都在喊:"毛主席万岁!"过了一会儿我俩就钻进厨房,她亲自为我演示毛主席最喜欢的菜——红烧肉。

原来这位刘女士是韶山冲党支部书记的妻子。在他们家的客厅里,毛支书和妻子摆放了一座毛泽东塑像,这是我在私人住宅里见过最大的:比真人还大的铜胸像,黑色大理石基座,就摆在电视机旁边,有种睥睨一切的霸气。这胸像比电视机还大,这就很不寻常了。那天晚上,我和这家人,还有那位种玫瑰的共产主义企业家(他在楼上寄宿)坐在一起吃了晚饭:有我目睹刘女士做的红烧肉,还有其他一些毛主席爱吃的菜——火焙鱼、萝卜干炒腊肉什么的。

"毛主席特别爱吃红烧肉,"毛支书说,"他的医生说红烧肉太肥了,应该少吃点,他还生气呢。其实,这菜很健康的,我每天都吃两大碗,能补脑。你也该多吃,因为女人吃了能美容。"

除了毛支书，我在韶山还遇到很多本身就姓毛的人。其实，我在这里遇到的每个本地人，几乎都是这个姓，因为在大多数中国的乡村，几乎每个人之间都算远房亲戚。（按照传统，女人嫁到村外，而男人会从别的地方娶了老婆带回来传宗接代、延续香火。）所以，你很容易就能察觉韶山冲的人们对村里出的这个著名人物毛泽东有种家人的感觉，这也不是什么稀奇事。

这个村子给人的印象是充满了对共产主义的怀念，仿佛能让你一瞬间回到那早已消逝的年代。这里的人们还在互称"同志"。

毛泽东故居是个带院子的泥砖房，现在已经作为博物馆对外开放。韶山冲人民满怀爱戴，维护着其中的每个细节，没有放过里面每个宣传共产主义的机会。厨房里老旧的柴灶上方是挂烟熏腊肉的架子，灶火的钩子上挂着一个烧得黑乎乎的水壶。墙上的一块牌子写着："1921年春，毛泽东在火塘旁召开家庭会议，教育亲人投身中国人民的解放事业。"来到厨房旁边的一间屋，导览告诉我们："毛泽东年幼时，就是在这里帮母亲干家务的。"这些信息的准确性令人怀疑，其宣传对象主要是学生和农民，他们一大群一大群地在故居里漫步参观，还在正门前留影作纪念。

当然，韶山冲的旅游业蒸蒸日上，本地人自然要感谢毛泽东；把他一直保持在国家英雄的神坛，于他们而言是有经济利益驱动的。但这不光是钱的事。对毛泽东一直心怀爱戴的，也不只韶山冲人民。整个湖南，除开一些知识分子和非常理性的人，民众普遍认为毛泽东是中国百年不遇的伟大领袖，让中国在经历了一个世纪的屈辱之后重获尊严、站了起来。说起他的"错误"，也就是"文化大革命"，他们会露出有些忧伤的笑容，但态度还是原谅和宽容的：毕竟，人非圣贤，孰能无过？

共产党对毛泽东的官方评价是"七分对，三分错"。但有个朋友告诉我，在湖南，大家都觉得他是"九分对，一分错"。

鱼翅与花椒

毛泽东的堂侄，当然也姓毛，他坐在我旁边，一边抽烟一边回忆一九五九年一次晚饭时见到自己那名扬海内外的叔叔的场景。"他很幽默，真是个智慧风趣的人，而且总有点韶山口音，特别好玩。他都那个地位了，抽的还不是什么好烟。他就喜欢武汉的'珞珈山'烟，嗯，两毛一包的。"

我们正在韶山宾馆吃午饭。这位毛先生是当地政府的一位官员，也是我的房东村支书的朋友。他同意跟我讲讲毛家菜。我们面前的桌上摆满了一盘盘菜肴：肯定是有盘红烧肉的，放了八角、姜和辣椒；还有干锅香辣虾、豆豉鱼和肚片药膳汤。不过其他大多数的菜都是毛泽东最爱吃的简单农家菜：家常豆腐、蕨菜肉丝、小炒苦瓜和南瓜羹。

大家都说，毛泽东一直到去世都维持着湖南农民的口味。他嗜辣成瘾，对苏联公使说过一句很著名的话："不吃辣椒不革命。"据说曾经有位医生建议他，上了年纪，为了身体健康，还是要少吃辣椒。结果他反驳说："连碗里的辣椒都怕，还敢打敌人？"

毛泽东在辣椒的问题上，的确是有点大丈夫气概的。同时，他也对中国高级烹饪中的清淡风格和外来食材颇为不屑。我在长沙的时候见到了石荫祥，他是毛泽东回湖南时专门负责其饮食的大厨。石师傅告诉我，第一次给毛主席做菜时，他紧张得手足无措，问遍了主席身边的每一个人，打听他的口味，只为了制订一份合理的膳食计划。幸运的是，毛主席很喜欢他做的朴素农家菜，有辣椒炒腊肉腊鱼、豆豉白菜、被一些人弃之如敝履的农家野菜、乡下贫农们但凡有点余钱也不会吃的杂粮。毛泽东对这些却喜欢得不得了，还让随行的一些厨师从石师傅那里学点手艺。

这样的情况很容易让人产生一种设想：毛泽东口味朴素，厌恶繁复精致的菜肴，这也许是他致力于消灭精英与中产文化的原因之一。高级餐饮一直是中国富人们最重要的标志之一。清朝末年，国运衰退，满洲贵族们的宅邸里仍然有私家大厨，晚宴依旧排场奢华。湖南省会长沙就曾经因为很多引人瞩目的大餐馆而闻名，其中有十大菜馆更是被称为餐饮业"十柱"。一九一一年推翻封建帝制后，国民党的精英阶层沿袭了帝国时代的烹饪传统，比如在国民政府担任主席的谭延闿就是个对饮食相当着迷的"老饕"。私厨曹敬臣在厨房里忙活时，他就站在人家背后，不时地发号施令，详细地给出批评建议。两人发展出一种极为奢侈美味的烹饪风格，人们将其归为一种新的菜系，"组庵湘菜"，用了谭延闿的字。

　　与此同时，中国的穷人正饥肠辘辘，共产主义运动蓬勃发展。美国作家格雷厄姆·派克写过，日军入侵的艰难时期，他亲眼见到一群国民党军官在餐馆里吃着山珍海味，而一家子难民沉默地站在旁边，"用饿得快睁不开的眼睛"盯着那些食物。共产党把粮食上升到政治的高度。一九二七年，毛泽东写了《湖南农民运动考察报告》，其中描述了穷困潦倒的农民如何向压迫他们的地主报仇：女人带着孩子们不请自来，结队拥入祠堂坐下吃席①；新成立的农民组织禁止了很多富人的"反动行为"，包括丰盛精致的酒席。就在韶山地区，农民们决议，"客来吃三牲，即只吃鸡、鱼、猪"。

　　一九四九年，内战打完了，中国大陆由共产党掌权，溃败的国民党逃往台湾岛。他们带走了家里的一些随从，包括全中国最优秀的厨师。四十年来，他们都以中国美食烹饪文化的保管人自居。而在海峡那头的大陆，共产党发起了社会经济改革。一九五六年，他们将私营企业公有化，其中包括餐厅，中国烹饪走上了一条漫长而忧伤的颓败之路。然而，虽说新政府实施这样"一碗水端平"的政策是为了让大众都有饭吃，但也是以灾难收场。一九五八年，毛泽东发动了"大跃进"的全民

---

① 原文中，这一举动是要打破"女子和穷人不能进祠堂吃酒的老例"。——译者

鱼翅与花椒

运动，意在拉开工业化序幕，对农业进行彻底改造，让中国经济赶上西方列强。农民按照公社来分配组织，还被鼓励在自己后院建造锅炉大炼钢铁。他们把炒锅熔化了投入锅炉，由于禁止私自做菜，只能到公社食堂吃大锅饭。疯狂的农业政策在全国扎了根。

那时候，到处都弥漫着集体性自欺欺人的气氛。地方官员争先恐后地向上级报告他们的粮食与钢铁产量，极尽夸张之能事。人们坚信，自己生活在一个前所未有的繁荣富裕的年代，于是狼吞虎咽、暴饮暴食。一九五八年到一九五九年的那个冬天，村庄的粮仓已经见了底。仅剩的一点粮食都被送到城市，还有些甚至供给了出口，而农民们就只能挨饿了。接下来的三年有很多人不幸丧生。田地之中尸横遍野，因为没人有力气让他们入土为安；乡亲们还吃皮鞋、吃树皮；到最最走投无路的时候，吃人的事情也有发生。

"大跃进"并未毁掉毛泽东的政治生涯。一九六六年，他又发起了"文化大革命"，意在消灭党内的反对之声。"文革"是对中产文化与中国传统的猛烈攻击，影响了中国人生活的方方面面，包括饮食。著名的老字号餐馆不再出品它们那些昂贵精致的名菜，而被鼓励要"面向大众、经济实惠"，以此来"为革命服务"。很多餐馆还被冠以富有革命色彩的新名字。长沙的老字号"和记粉馆"改名"今胜昔"，而湖南北部城市岳阳的"味腴酒家"改名为"爱群饮食店"。长沙火神庙改建而成的"火宫殿"被一个居委会捣毁，人们把里面最重要的木牌匾抢走做了桌板。

三十年来，中国一直在从"文革"的创伤中慢慢恢复。邓小平从八十年代开展改革以来，这个国家迎来了经济腾飞。经历多年的基本粮食定量分配之后，很多中国家庭的餐桌上终于有了肉食。也许"文革"中某些中国文化已经遭到了无法挽回和修复的破坏，但从很多方面来说，这个国家都重新找到了方向、站稳了脚跟。恢复的表现之一，就是中国美食烹饪和高级料理的复兴。体面讲究的富人们再次和一个世纪前一样，享受摆满异域菜肴的豪宴；文人（现在也包括女性文人）们的笔下出现了美食文学；天才厨师们极力表现高超的厨艺，让食客们如痴如醉。安放在天安门广场的那座棺椁里，不讲究餐桌礼仪、爱吃烤玉米棒子、农家炒肉和野菜的毛泽东一定睡得不太安稳。毛泽东坚信，政治讨论和交谈是改变不了世界了，革命斗争才是前进之道。一九二七年，他在著名的《湖南农民运动考察报告》中写下了一句响当当的名言："革命不是请客吃饭。"

住在湖南的日子，我常在细微之处观察到"大跃进"和"文革"带来的悲惨后果。我通过长沙的朋友认识了一对可爱的夫妻，和他们一起度过了一个难忘的春节。丈夫孙为民是教画画和书法的老师；妻子陶林在一所幼儿园工作。陶林是一个偏远乡村长大的，从学校毕业后就加入了农民工的大军，南下广州工作。几年后，长了见识的她来到湖南北部城市岳阳生活，经过婶婶的介绍，认识了孙老师，并谈婚论嫁。

那年一月，我们三人坐完大巴又上船，从岳阳来到陶林的家乡小村，她的父母还住在那里。村子很美，有平静的湖水和小小的瀑布，陡峭的山坡上种满了松竹。我们整天坐在农舍的客厅，打扑克、聊闲天，把脚伸到桌子下面火星幽微的火盆上烘烤。陶林的妈妈和嫂子在厨房里忙活，切菜做饭；父亲一般就在周围慢条斯理地闲逛。常常有邻居从没有遮挡的前院进来聊天，抽几支烟，喝一杯茶。

陶林的兄弟们在广州工作比较轻松，过年也都回家了；而她和丈夫是从附近的岳阳回来的；一家人团聚了，大家都喜气洋洋地准备过节。父母住的这栋房子是几年前修的，宽敞明亮，外面镶着白瓷砖，取代了原来那个摇摇欲坠、室内地面也是泥土的老房子。吃的东西管够：每顿饭都有肉和米酒，还有儿子们从南方带回来的好东西。

然而，这么个快乐团圆的大家庭背后，也有着中国常见的悲剧家史。陶林的母亲在大饥荒期间才十二岁，父母因为营养不良和筋疲力尽而撒手人寰，于是她成了孤儿。她是家里的大姐，还有十一个弟弟妹妹，有的过继给了别家，有两个饿死了。陶林的父亲还记得，那时候只能到处去找恶心的代食品来吃：树叶、草根……都是些几乎无法下口的东西。"今天的牲口都比我们那时候过得好。"他跟我说。这位父亲性格和善，举止温良，会说一点英语，以前在村里的学校当老师，"文革"期间自然成了批判对象。那些受到当地官员煽动而对他进行拷打折磨的文盲，都是他的邻里乡亲，而且大多数都是亲戚。现在他们还是邻里乡亲，很多人还成了他的好朋友。他原谅了所有人。

还不止这些。孙老师的父亲曾经是国民党治下的一位县长，所以解放战争后他的父母就上了黑名单，被送去劳改营。父亲不堪迫害羞辱，最终自杀身亡。母亲因为常年的辛苦劳动和营养不良而身体虚弱，在孙老师十二岁的时候得了不治之症也去世了，留下他和兄弟们干着辛苦的农活，照顾养活自己。令人不敢相信的是，他后来自学了画画，还上了学。也不知为什么，他没觉得有什么辛酸苦闷，而是觉得这样的过去就是他无法逃避的命运。其实，他是我认识的人中非常开朗乐观的一个了。我在岳阳跟他和陶林住在一起时，发现他每天早上都早早起床练书法，还唱歌。

我这样的人，父母成长在英格兰多姿多彩的"摇摆六十年代"，自己也从来没挨过饿，所以很难理解这些充满不幸与苦难的人生故事。但在中国，这仿佛是稀松平常的事：只要从表面上往下稍微深挖，你见到的有一定年纪的人几乎都会给你讲述类似的故事。然而，在陶林父母家里麻将桌上方的显眼位置，仍然贴着一张毛泽东像。"我们希望他保佑我们平安。"她的嫂子忙完厨房里的活，加入欢聚过年的一家人时，对我如是说。

我的那本《革命中餐食谱：湘菜》终于出版时，出版社和我商定封面要用"共产主义红",用中国国旗上的金色五星来装饰;内页反复出现毛泽东"红宝书"的封面,还有他微笑的脸,就和"文革"那些徽章上的一样。

这个设计遭到几位批评家的痛斥。其中一篇发表在《星期日电讯报》上,说这本书提到毛泽东,再加上其历史背景,让她胃口全无;还有一篇在质问,一个人究竟要迫害多少人才能有菜品以他命名;《纽约时报》一名记者对书中频繁使用毛泽东的形象进行了批判。听来也许奇怪,我是完全没想到他们会这么评论的。

在我伦敦的公寓里,有一尊毛泽东的塑像,在五花八门的烛台和请柬之间微笑挥手。我知道,有很多人因为他死去;我也亲眼目睹了他的政治运动带来的一些后果。但与此同时,毛泽东也通过一种奇怪的方式,成为我整体文化与感情经历的一部分。我乘坐过的大巴和出租车上,他的徽章在挡风玻璃前摇晃;我很多朋友的客厅墙上,也都挂着他的形象。他不再是个单纯的历史人物,而是中国二十世纪所有撕心裂肺的悲剧的象征,从共产党掌权初期幼稚的希望与鲁莽的乐观,到"文化大革命"的动荡混乱。无论好与坏,他的存在都笼罩着我所知的中国。我已经对他的存在司空见惯了。

这些想法让我清醒地意识到一个事实:沉浸到新的文化中,是要付出代价的。这其中风险很大,可能会破坏你内心深处的自我,甚至对你的身份认同产生深远的影响。到了湖南,我才算是真正将自我迷失在了中国。我决心要像个真正的中国人那样在那里生活,也正是这样做的。数月以来,我每天说着中文,见的都是中国人。每个人都叫我的中文名字"扶霞",而不是"Fuchsia"。外面的世界从我的视野中暂时淡出。我发现自己不仅是在跟刘伟之、三三以及他们的朋友对话,从某种程度上来说,思维方式也变得和他们相似。有那么一阵子,我觉得自己已经完完全全脱离了自己的家和过去的背景,也许就一辈子住在这儿不走了。

鱼翅与花椒 153

就是在那个时候，我心想：我可真是个变色龙，再也记不起自己原本的颜色了。

毛氏红烧肉

材料：

带皮五花肉	500 克
菜籽油	2 大勺
白糖	2 大勺
料酒	1 大勺
生姜（带皮切薄片）	20 克
八角	1 个
干辣椒	2 个
桂皮	1 小块
盐	适量

做法：

1. 五花肉就凉水下锅，大火烧开后煮到七分熟。捞起放凉，切成3厘米的小块。

2. 小火热油和白糖，直到糖融化。稍稍开大火，翻炒搅动，直到融化的糖变成浓稠的焦糖色。加入1大勺开水，起锅，放在一旁备用。

3. 锅中放猪油，开大火，加入猪肉块翻炒，炒至肉散发出香味并稍稍出油。将多余的油倒出，加入热水，没过肉块，加入炒好的糖色、料酒、姜、香料和适量盐。

4. 大火烧开后转小火，炖煮至少45分钟，至皮软肉烂。快起锅时开大火收汁，按照个人口味再加适量盐。

第十一章　香奈儿与鸡爪

最终我还是离开了湖南,然后去香港跟几个英国朋友住了几天,再飞回伦敦。我特别手足无措,完全不知道如何表达自己,也忘了正常的英国人该怎么表现。我从十几岁起就在牛津认识的朋友罗伯和他的妻子莱斯利帮我平稳地走出了中国生活。

往返于中西方世界的多年里,我逐渐把香港作为一个"减压舱"[①],作为家乡和中国半路上的一个落脚点和过渡。初次前往中国就是这样,我先去找了表哥塞巴斯蒂安,在他位于港岛湾仔的公寓里住了一阵。那时候我对未知的中国之旅充满了忐忑,怀疑自己能不能坚持下来。每天早上我睡醒起床,站在窗口朝内地的方向遥望时,都怕得浑身发冷。

香港帮我实现了"软着陆"。从某些方面来说,这里很"中国";从另一些方面来看,又不"中国"。我可以在文华东方酒店的船长吧见见英国朋友、来杯鸡尾酒,也可以在湾仔的老市场亲眼目睹现杀活鱼;我可以在中环炫目耀眼的设计师流行精品店流连忘返,也能在九龙偏僻的老街巷中不知今夕何夕。我还记得第一次到香港时,进入传统华人贸易区上环的文武庙,里面红墙金壁、闪闪发光,仿佛另一个天地的洞穴;老太太们在摇签问命,香烛摇曳、火光闪烁,奇特的镀金铜像与氤氲环绕的烟气让我浑身起了层鸡皮疙瘩。但接着我就能立刻叫辆出租车,回到一个更为熟悉的世界,和塞巴斯蒂安及其女友见面吃晚饭、用英语聊天。等到上了火车,和一群中国人一起奔向口岸时,我已经不那么害怕，准备好和内地的初见了。

三年后，我上完烹饪课从成都返回时，又到塞巴斯蒂安那里暂歇。我又一次陷入身份转变的危机，还是也许会造成心理创伤的那种。十八个月以来，我完全沉浸在中国的生活当中，很少和家乡联系，连家人都没怎么理。我原本流利的牛津英语退化了，因为长久以来对话的那些人英语都只是第二语言，而我已经习惯了。在川大的宿舍里，我们发明了"内部通用语"，中英文混杂，偶尔还夹杂点意大利语和法语。所以我习惯了一些并不地道的英语短语和词汇，我的语法也带上了点儿异域风情。我的穿衣品味也变得土里土气：脚蹬军绿解放靴，身穿廉价中国衣。我觉得自己就是个乡巴佬，与光鲜又摩登的香港完全格格不入。

塞巴斯蒂安让我坐定，把我离群索居时外面发生的事情一五一十地讲给我听：绿洲乐队、英伦摇滚运动[2]、英国国家彩票[3]。对了，还出了个新鲜玩意儿，他说，叫互联网，人人都在说。这东西会完全改变我们的生活。突然间的新闻爆炸，突然间的车水马龙，充斥着视觉与听觉的西方广告和香港疯狂的生活节奏叫我一时间适应不了，有点蒙，并没有真正理解他的意思。

那个星期，我的心情一直很沉重，离开四川的感觉是很痛苦的。一个阳光明媚的下午，我站在香港岛大潭水库岸边一处人迹罕至的僻静之地练气功，这还是我在成都那个寺庙院子里跟老师父学来的。我想由此创造一种当下、不远的将来和我已经告别的生活之间的接续之感。等我回到牛津的父母家中，心理准备已经做好，就像多年漂泊在海上的水

---

[1] 潜水员从深水上岸时，会因为压力急速降低而患上"减压病"；而减压舱的作用就是作为深水与陆地之间的过渡，慢慢减压，在安全范围内让人体慢慢适应。——译者
[2] 英伦摇滚运动（Britpop）是二十世纪九十年代中期从英国发起的音乐和文化运动，强调音乐风格上回归英国特色，绿洲乐队是其中的代表乐队。——译者
[3] 英国国家彩票是英国政府在一九九四年十一月推出的一种新型彩票制度，当时引起了英国的全民关注，很多人都因此做起了一夜暴富之梦。——译者

手，下定决心重新踏足陆地。

要是在"深潜"入中国腹地和上岸的往返旅程之间没有到香港（或者稍差一点意思的上海、北京）这个"减压舱"待一待，我就会得"减压病"。比如，要是直接从伦敦飞长沙，只是在北京短暂停留转机，那简直就是灾难。我每次都觉得自己像突然被连根拔起，异常困惑迷茫。英语、普通话和湖南方言像一锅乱炖，让我舌头打结，不知如何开口，而且至少有两三天很难去社交。香港给了我一个空间，去中国的路上能先稍微适应一下，做好心理建设；回家的路上能整理下思绪，找找做英国人的感觉。

香港能起到这种作用，是因为这里的每个人都和这座城市一样，位于交界之处。我香港的朋友早就习惯了每天在不同文化之间游刃有余。我们都能东西转化、来去自如，饮食习惯也是随遇而安。和他们聊天不用多解释什么，这实在让我轻松自在了许多。那时香港的文化多样性与国际化是中国大多数地方所不及的，就连出租车司机也能粤普英三语混杂着跟你聊上一段。

那些日子里，我有时会身处完全的英语环境，比如富勒姆区的晚宴①。这种时候我总感觉自己是个外国人，看问题的角度与众不同，脱口而出的也是旅途中的故事。而在中国呢，我大多数时候当然还是一个大鼻子"蛮夷"。但香港就不一样了，自从一八四二年第一次鸦片战争后，英国从中国手里抢走了这个看上去没什么发展前途却有着避风深港的弹丸小岛，这里就变成了个"混血儿"。香港人的早餐多种多样，可以毫无压力和偏见地随意选择牛角面包加意式咖啡，或者蒸鸡爪配乌龙茶。他们也能出去吃吃"酱油西餐"②，或者逛逛同时卖鲍鱼干与西班

---

① 富勒姆区是伦敦非常有英国味的区域。这个区举行的晚宴通常都是英国中上层阶级参加的，具有典型的英伦特色。——译者

② "酱油西餐"指的是用中餐的原材料和烹饪手法来料理的西餐，是具有广东及香港特色的西餐。——译者

牙甜橘酱的熟食店。所有人都习惯了炸虾点心蘸上沙拉酱、豆皮卷佐以伍斯特酱。游客可能会深感古怪不适，但香港让这一切都顺理成章。

有几个老朋友介绍我认识了"冷玫瑰"，觉得我俩能成为好朋友。乍看上去我俩好像没什么共同之处。冷玫瑰是位女商人，成熟老练、打扮光鲜，浑身上下一股国际范儿；而我是个作家，住在伦敦东部一个挺偏僻的地方。结果两个女人一见如故，聊起来没完没了。玫瑰看上去苗条精致，像只优雅的小鹿，而且穿着打扮总是无可挑剔；在这副好皮囊之外，她还是位出色的美食家，用舌头来探查各家餐馆。

计划去香港的时候，我就会给玫瑰发邮件，不久便能收到她连珠炮似的回复，每一封都列出各种我们要去的餐馆和食品店、要吃的美味佳肴、要见的美食界人士。玫瑰很会社交，是那种典型的魅力四射、荷包充足的中国香港人。玫瑰的双亲都是中国人，但从小在芝加哥长大，所以英语、粤语和上海话都很流利，普通话也还算过得去。不管在中国还是国际社会，吃中国菜还是西方菜，她都同样自在坦然。她可能这个周末会飞去巴塞罗那，在全世界最独特的斗牛犬餐厅吃晚餐；下个周末就挤在上环某间小楼上，直接上手肢解螃蟹，拿潮州卤鹅蘸着蒜蓉和醋，唇齿嚼得吧唧吧唧的。

自己在家的时候，她可能亲手茶熏生蚝、煎鹅肝、用盐和糖腌桂花。她总是满世界出差，所以每当在伦敦见面，她就会从优雅的设计师限量款手包里掏出一包专门带给我的美味中国土特产：可能是上海的干苔条、扁尖笋，或者是香港的秘制 XO 酱。

大概五年前我们第一次见面后不久，玫瑰就在香港的宁波同乡会餐厅为朋友们和我专门安排了周日午宴。光凭我自己是永远找不到这种藏在一座写字楼里、只对同乡会会员开放的餐厅的。玫瑰帮我们大家点菜，说着流利的上海话，点的菜也让人大饱口福、大开眼界。蛋黄像液体黄金的熏蛋；清淡可口的蛤蜊炖蛋；油面筋塞肉（肉馅混了竹笋和香菇）；香油拌马兰头和豆腐干；绝妙好味的蚕豆拌雪里蕻加豆瓣酥；最让人拍手叫好的，是一个冷盘，生黄泥螺浸在绍兴酒里，薄薄的螺壳脆生生的，可以整个放进嘴里。之后我们又大快朵颐地品尝了芝麻大饼和竹笋炒年糕。

经过十多年投入地研究与走访，我每次来到中国，甚至经常是身在这里的每一天，都能遇到新的食材与新的菜肴，这充分说明了中餐的博大精深与丰富多彩。就连我在中国最熟悉的成都，也总能让我连连吃惊；香港这个我每隔几年进行短暂造访的地方就更不用说了，各种新奇的东西总是迎面扑来。当然啦，有玫瑰这种鼻子贴在地面上、能把藏在深宅陋巷中如松露一样珍贵的各种佳肴都嗅到的朋友，我更是如有神助。现在我一想起香港，就觉得那里充满一次次小小的美食冒险，比如地下室的熟食店、热闹的老市场、出其不意的餐馆、上环与中环狭窄小街中的茶社。

玫瑰带我去的其中一个地方是威灵顿街的莲香楼，那里可以说是香港传统茶楼文化中硕果仅存的瑰宝之一。那天早上我去那里吃了早餐，立刻就产生了温暖的归属感。门外有位女士正把当天的早报摆放到架子上；而早上六点刚过，门里已经是一派忙碌，空气里闹嗡嗡的，全是粤语的闲聊之声。食客大多都是上了年纪或者中年的上班族，有的安静坐着，边饮茶吃早餐边埋头于报纸；有的跟朋友东家长西家短地说着闲话。我起得太早，还有点睡眼惺忪，在一块压了玻璃板的桌边坐定。一个服务员迅速给我上了碗筷、茶杯和勺子，还端来一壶普洱。很快就有其他服务员推着小餐车走过来，喊着虾饺之类小点心的名字。一位服务员抬起宝塔一般的竹制小蒸笼，递给我叉烧包和毛肚；另一位给我端上清香的荷叶糯米鸡。茶水员提着茶壶，忙忙碌碌地穿梭来往，往茶壶和茶碗里添茶。每隔几分钟就又有一拨食客进门，谈话之声越发喧嚷，混合着清脆的茶杯碰撞声，很是热闹。

莲香楼是个比较粗糙的地方，磨损的地砖、金属痰盂，眼角的余光还能看到天花板的吊扇在呼呼旋转。墙上杂乱无章地挂满了装裱过的书法作品，还有列出各种点心菜肴的红色塑料板。那天跟我同桌吃饭的有位王先生，五十岁，四年来几乎每天都在这里吃顿早餐振奋精神，再去上办公室清洁工的班。"茶好水好，老板也好叻①的，不骗我们，知道要让大家都高兴。"他一边跟我说，一边拨了拨茶杯里的龙井茶叶。他的朋友刘先生，八十三岁，说自己已经是光顾五十年的常客了。"我每天都来，"他说，"有些人也在这里做了几十年的啦。咩都冇变化，吃食是一样的正②，所以我才一直来嘛。"

莲香楼是二十世纪二十年代开办的，不过已经从最初的地址搬迁了好几次。这类茶楼最早出现在香港是十九世纪四十年代，但直到一八九七年英国当局取消了中国人的宵禁之后才兴旺起来。从二十世纪二十年代一直到四十年代，茶楼在香港遍地开花，在战后经济繁荣的背景下被赋予了重要的社交功能。那时候的香港，常有一大家子人挤在小小的住家里，共用厨房设施有限的公寓，有的甚至根本没有厨房。茶楼又便宜又方便，家宴、待客、谈生意都可以。有的茶楼因为某些行业的人常去而著名，比如襟江酒楼就总有很多手表与宝石商人光顾；还有的是棋类游戏或音乐表演聚集地。去茶楼变成香港生活的重中之重，熟人见面问候都会来一句"饮咗茶未吖"而不是比较传统的"食咗未"③。

上茶楼说是"饮茶"，更多是吃虾饺一类的小吃，统称为"点心"。点心这个词涵盖很广，很难直接翻译成英语，但中文字面意思也可以解释为"触动人心"。这种小吃的起源一直要追溯到唐朝，当时的一份文献将其作动词用，意思是"正餐之间吃点零食"；到了宋朝，"点心"成

---

① 叻，音"lei"，粤语里"聪明厉害"的意思。——译者
② 这句话翻译成普通话就是："什么都没变，吃食还是一样的好。"——译者
③ "饮咗茶未"意思是"喝茶了吗"，"食咗未"意思是"吃了吗"。——译者

了名词，意思是早餐吃的小零食。全中国都在吃"点心"，但香港与南粤的点心大概是最丰富、最让人垂涎三尺的。

点心中有很多热气腾腾的美味饺子，虾饺是其中名气最大的，做得好的话，也是最好吃的。点心师用菜刀的平面将洁白的澄粉面团压成完美的圆形，然后包上整只的虾和微微调味的脆竹笋；大火迅速蒸熟以后，澄粉皮闪烁着珍珠般的透明光泽，虾的淡粉色也透了出来，再加上压得整齐美观的饺子边，煞是好看。一口咬下去，虾既脆又嫩，澄粉皮柔韧软糯。还有肠粉，一张张滑溜溜的米浆面皮包裹着炸油条、叉烧或鲜虾，淋上甜酱油端上来：做的时候要把米浆薄薄地倒在细细的白棉布上，隔水蒸成粉皮，用小铲刀稍微脱模整形，包上选好的馅料即成。叉烧包柔软蓬松，咬开白白的包子皮，露出里面包裹着可口开胃酱汁的烧烤猪肉丁，如同一个美味的笑容。

早餐或午餐吃点心比较随意，而且经常是在忙碌嘈杂的环境中进食。但吃点心也有自己的一些专门礼仪。主人家往你杯里添茶，你想表示感谢，就用食指和中指并拢在桌上轻轻敲一敲。据说这个规矩要追溯到十八世纪末，乾隆皇帝和那时候的很多皇帝一样，为了了解国家真实的民情而微服私访。他带了一小队随从到一家茶楼喝茶。皇上亲自奉茶，跟班们慌乱不已，这要是在宫里，他们早就应该下跪磕头、千恩万谢了。可现在皇上在微服私访，可不能暴露了。于是他们伸出手指敲敲桌面，模仿下跪磕头的动作。这个传统流传下来，逐渐成为全世界粤人社区通用的习惯。

房地产价格节节攀升，再加上无数餐馆的激烈竞争，香港茶楼的全盛期宣告结束，逐渐走了下坡路。(有个香港朋友曾戏谑地跟我说："识郁，食佢；唔识郁，砌佢。①")各种侧翼蔓生的大规模茶楼被拆除，

---

① 粤语，大意是"能动的就拿去吃掉，不能动的就拿去盖房子"。——译者

被摩天大厦取而代之；有的茶楼搬迁到其他地方，但大多数茶楼都永久性地关门大吉了。现在，人们又趋之若鹜地来到莲香楼一窥过往遗风，也有的选择去附近中环那家更精巧些的陆羽茶室。陆羽是八世纪中国唐朝的学者，撰写了《茶经》。这间以他命名的茶楼是一九三三年开业的，到现在也保留着老旧的木板门，里头的气氛一如既往的有种独特的魔力，令人迷醉。二零零二年，这里还发生了一场黑社会凶杀案，当地一个地产巨擘在这里用早餐时被一枪爆头。早上进入陆羽茶室，一定能看到托盘挂在脖子上、用两只手托着走来走去的店小二，这是推车出现之前的跑堂传统了。

在莲香楼吃完早餐，我走出门，在中环街市闲逛。走进一个市场，有位老太太正在剥青橘的皮，空气里芳香四溢。附近有家小小的饼店，新鲜出炉的蛋挞厚重的香味也飘了出来。市场摊位上挂着腌肉香肠，屠夫们在木墩菜板上手起刀落。每家店门口都挂着红灯笼、供着保护神，一切都高效而有条不紊地运转着，让你觉得数百万人蜗居在中国南海这个小小的岛上还真不错。在这些世俗平民的街巷，远离高级设计师店铺与豪华酒店，你能感受到红尘滚滚与摩肩接踵的喧嚣，听到一个古老得多的中国那遥远的绝响赋予这城市持久的吸引力。

潮湿闷热的一天，玫瑰发短信给了我一家餐馆的地址。地方很难找，夹在那个休闲区满眼的咖啡馆与酒吧之间。门脸特别不起眼，也没有挂招牌，没人说的话根本就不知道还能进去吃东西。上面只有个门牌号，通向里面的水泥走廊也是阴湿的。但按照地址就是这里啊，我走了进去，按照指示上了又小又阴暗的电梯来到四楼。出去就是一家花店，一个中国女人在修剪玫瑰的枝叶。"你是来吃饭的？"她问。我点点头，她给我指了那边一间公寓，房门紧闭，还拉着一道钢条格子的推拉门。上面有个小招牌，写着一家日用品进口公司的名字。看着不对啊，但房号倒是没错，于是我按响了门铃。

几秒钟后，里面那道门开了，一个男人的脸出现在钢条后面，眼神空洞地望着我。"能在这儿吃午饭吗？"我满腹狐疑地问道。他马上拉开推拉门，邀请我进去。这间小小的破公寓脏兮兮的，一排排柜子里放满了文件和一箱箱的餐巾纸与桌布，还有高到接近天花板的架子上面放着更多的箱子，正是一家日用品进口公司的样子。要不是那小厨房里飘出诱人的香味与"滋滋"的声音，以及已经摆好午餐用具的三张圆桌，我差点就觉得自己是闯进人家办公室而不是餐厅了。

很快，玫瑰领着一群香港朋友来了，我们选了张桌子坐定。看嵌在墙上的柜子，这里可能做过谁的卧室。又来了几个客人，给我们开门那个男人开始从厨房端出一盘盘菜，有卤鸭、蚝饼、珍珠叶（白色艾蒿叶）炸虾、方鱼炒芥兰以及盐渍柠檬鸡汤。所有的菜都美味无比，再加上这种秘而不宣的探险气氛的烘托加持，味道就更上一层楼了。

这家餐厅（就算有名字我也不能告诉你）就是香港"私房菜"中的一家。这种规模极小的地下非法小饭馆最初是一九九七年亚洲经济危机催生的。有点手艺的人以此赚点小钱，又不用交税、不用应付政府官僚的繁文缛节。招揽顾客全靠口口相传。有些小饭馆炙手可热，要好几个月才能等来空桌。从这种趋势刚刚冒头准备蓬勃发展的时候，政府就试图进行约束，也有很多地下小馆变成了合法餐厅。但要是你认识玫瑰这样的"包打听"，还是能找到那些完全不为外人所知的私房菜，比如我们吃午饭的那一家，真的就是在一家进出口公司办公室里非法经营着。

玫瑰这样干练有为的女商人，怎么会愿意在这么个破破烂烂的廉价餐馆吃饭呢？大概部分是出于那种狩猎的欲望。找到这么一家只存在于市井传说中的餐厅，占个桌子，有种睥睨众生之感。当然，本地人来这里吃饭，肯定还有一种跟政府对着干、偷税漏税的小快感：可以用最低价格吃到一顿味道上佳的饭菜。不过，最重要的原因，大概是那种虽需要历经辛苦，却依然极其诱人的可能性：能够找到真正美妙、真正地道

鱼翅与花椒

的中国地方菜。

香港是美食之都，无论去哪儿都能看到大家吸溜吸溜地吃面、大口吞着饺子、在某个小摊前拿起一串烤麻雀。耳朵里充斥的是油炸的"滋滋"声，鼻息里全是四面八方美妙的香味。要是在香港跟一群中国朋友一起，你挑个关于食物的话头，可得注意了，大家就会滔滔不绝地回忆自己吃过什么、有哪些烹饪小技巧，还如数家珍地推荐火爆餐馆。这种对于吃的热情非常纯粹，不讲究室内装潢，不论去的地方是否高级，人们的势利之心消失得无影无踪。他们知道，香港最好的牛肉面很可能存在于某个简陋的大排档，美味惊人的穆斯林点心也许只能在九龙的某个棚屋里才找得到。在某条后街狭窄简陋的小店里，不难看到衣着光鲜的富人围坐破破烂烂的餐桌，打开价格不菲的红酒。在湾仔市集走一走，肯定能看到有司机守在奔驰之类的豪车里，不熄火，等着富家太太们买特别水灵的蔬菜和海鲜回去让家里的泰国或菲律宾用人做饭。所以，要是坊间传言某某地方开了家很好的"私房菜"，那电话都会被打爆。玫瑰那天也是勉强才搞到一桌。

私房菜馆有着自成一体的古怪与迷人。我去过的有一家，卖点就是自称香港的"斗牛犬"。我在那里吃的那顿晚餐可谓任性放肆，菜品中竟然出现了"糯米蒸鹅肝配焦糖绿萝卜泥"这样试验性的奇葩。还有一家的厨子白天是个生化工程师，下厨是他的爱好，所以晚上就摇身一变，系上围裙站在热腾腾的炉子旁，呈上改良的现代上海本帮菜，比如豆芽与新鲜黄花菜、金沙拉（金针银芽）和糖醋烧腩骨。最早也是最著名的私房菜里，有一家叫"大平伙"，开店的是一位四川艺术家和他的妻子，他们每周都会从成都进一些辣椒和花椒来。妻子本是位受过专业训练的川剧演员，所以每天晚上给二十来个食客做完饭以后，她也会来到餐厅开嗓献唱。

我上上一次去香港，是为了写一篇关于餐厅和小食店的报纸文章。

编辑希望我写篇"香港美食终极指南",尽职尽责的我只有五六天时间,所以基本上得从早吃到晚。我早上先去各个店吃些点心、喝点粥,或者来碗面;接着吃好几顿午饭;下午就去小食店探询;晚上至少要吃一顿。我探索的范围很广,无所不包:在半岛酒店豪华的"嘉麟楼"餐厅喝上好的茶、吃妙不可言的桂花烧乳鸽;再溜达到平易近人的"麦奀"云吞面世家,来碗鲜虾云吞面做午餐。

那个星期我吃了很多很多好吃的,但最棒的还是最后的那顿晚餐:吃得有点晚,地方是在创发潮州饭店,位于九龙区的九龙城。潮州是广东东北部的一个地方,有自己独特的美味菜系,亚洲之外少有人知。九十年代香港人钱多没处花的时候,潮州菜里高级(且高价)的鱼翅海螺等盛行一时。然而,我却觉得这个地区的平民饮食启发性要强得多。潮州人很擅长做冷肉与海鲜,还要配上种类丰富、味道诱人的蘸酱。他们的美味烧鹅也很出名;生螃蟹、生蛤蜊用大蒜、辣椒和香菜腌好了也能做一道菜;汤饭里混上贝壳,其鲜美无与伦比;还有好吃的果脯蜜饯;用中国橄榄与芥菜腌的橄榄菜更是一吃上瘾。总之,潮州菜算是我最钟爱的中国菜系之一了。

遗憾的是,我进了创发的门,才后知后觉地意识到这里将是此次美食之行的最高潮;而在那之前我已经在九龙海边另一家潮州菜馆吃了顿晚饭了。在那家餐馆我本来想少点些菜、只尝尝味道的,但真的太好吃了,结果我又没收住,吃了糖醋伊面、家乡酱焗鸽、菜脯煎蛋和榄菜肉碎四季豆。到创发的时候我已经很饱了,想着就看一眼便回酒店睡觉。但窗上挂着新鲜的螃蟹,周围的桌上摆的菜看着都好好吃,我知道自己之前的打算是不可能了。于是我努力向服务员强调,我和同行的那位香港"饭友"都不饿,请他们推荐几个不可错过的特色菜即可。

于是,我们面前摆上了十四盘菜。当然啦,每一道都是无法抗拒的美味佳肴。创发的门脸很小、很简陋,桌椅看着像食堂,旧冰箱"嗡嗡

鱼翅与花椒 165

嗡"吵得严重，塑料地垫磨损厉害，糊墙的纸上用汉字写满了菜名。然而，这里可能是香港最棒的平民潮州菜馆。

我们又开始大快朵颐，就着普宁豆酱吃了好几种冷盘鱼，加上花蟹蘸米醋、著名的烧鹅与墨鱼等卤味、梅酱琵琶虾、甜酱发菜虾饼、普宁炸豆腐，还有一道特别好吃的猪肉马蹄芋头糕，以及典型的潮州靓汤，里面加了苦瓜、黄豆、排骨和咸菜。开吃和吃完的时候，我们都喝了铁观音。你应该能想象，第二天我到台北开始为另一篇文章做密集的美食探访时，感觉自己快要得心脏病了，不过这是另一个故事，按下不表了。

那顿吃得筋疲力尽的晚饭后，我从破旧的九龙城打了辆车回到半岛酒店。我在那里住着一间四室的套房，大大的落地窗能俯瞰海港，还有专门的望远镜和大理石按摩浴缸。香港一如既往地充满了最为鲜明的对比。就我个人而言，中国的吸引力与回家的渴望，以及中国与英国的不同自我在互相拉锯冲突，跷跷板一般一上一下；而香港本身也充满各种截然不同的角力，贫富、东西、摩天大厦与街边小摊、古代的财神与现代的拜金。不知怎么的，躺在按摩浴缸里陷进满池的泡泡时，我心想，这真是很典型的香港一日啊。

豉汁蒸凤爪

（配点好茶和小笼包做早餐）

材料：

凤爪	500克
白糖	75克
油	用于油炸
花椒	1小勺
八角	1个
桂皮	1块

生姜	20克（带皮）
小葱	2根，只要葱白，切断
盐	3/4 小勺
菜籽油	2 大勺
蒜蓉	2 小勺
豆豉	1 大勺，洗净
蚝油	3 大勺
盐、糖	适量
芡粉	少量，加1大勺水冲开
豆豉	1 大勺，洗净
新鲜红椒	1个，切薄片

做法：

1. 锅里倒1升水，烧开。

2. 凤爪洗净，剪除脚尖部分，包括趾甲。

3. 往沸水里放75克糖，搅拌溶解。然后放入凤爪，等水再次烧开后再焯几分钟。捞出，待凤爪完全沥干水。

4. 锅里多放油，加热到大概七成熟（200℃）。把沥干水的凤爪倒进去，炸到表面呈现金棕色。捞起沥油待用。

5. 锅里再倒入1升水，加花椒、八角、桂皮、葱、姜和凤爪，大火烧开后转小火焖煮30分钟，直到凤爪软烂。之后捞出沥干。

6. 炒锅里热2大勺菜籽油，加蒜蓉迅速翻炒出香味。加入豆豉，再翻炒几秒钟。加入蚝油，翻炒几下，倒入100毫升水。

7. 加入凤爪，烧开，根据口味加盐和糖调味。大力翻搅几分钟收汁，并让凤爪沾满酱汁。

8. 起锅后可以趁热吃，或者像点心店那样把凤爪放在小碗里，再放进竹蒸屉，撒点红辣椒碎，一直小火蒸着，等想吃的时候再吃。

第十二章　御　　膳

"传膳!"年轻的皇帝溥仪专横地喊道。晚餐时间都是按照他是不是想吃来决定的,并不固定。"传膳!"随侍太监对其他站在大殿里的太监喊道。太监们就像玩传话游戏一样,把这命令一级级传下去,直到传到御膳房,也就是皇宫的厨房。御厨们立刻行动起来。不一会儿,太监们一个接一个地拿着好些红漆食盒以及专门布菜的桌子,朝皇上的所在地小跑而去。宫里没有专门的餐厅,所以皇上在哪儿,他们就在哪儿把桌子支起来,有六七张的样子:两张桌子上摆的是平日菜肴;一张是冬日专用,摆着各色汤菜与一直在火上烧着的砂锅;一张摆着点心;一张摆着米膳;一张上是粥品;一张上是咸菜。

中国皇帝吃饭用的瓷器是黄色的,上面有龙的图案,正是天家威严的象征。每道菜上都会放银牌,用的也是银筷子:这是试毒的,因为银遇到毒会变色。(这是最后一道防线,因为每道菜都已经被试毒太监事先尝过了,在皇上开吃之前,会有人严密注意这位太监,看他有没有中毒或生病的迹象。)末代皇帝溥仪每顿饭"只不过"三十道菜而已;在自己寝宫吃饭的隆裕太后,每顿饭有一百道菜。皇上是一个人吃饭,旁边有太监仔细观察。不管他真正吃了什么、吃了多少,他们给太妃的回话都是一样的,很具仪式性:"万岁爷进了一碗老米膳(或者百米膳)、一个馒头(或者一个烧饼)和一碗粥。进得香!"

现在,紫禁城不过是个博物馆。一九一二年,辛亥革命爆发,推翻了中国两千多年来的封建帝制,年仅五岁的溥仪被迫逊位。然而,和新政府达成匪夷所思的协议之后,他继续和原来的皇后与先帝的太妃们一起住在宫里,仍然有一大批太监。这一住又是十三年,直到一九二四年军阀冯玉祥的军队把他赶出紫禁城。那十三年间,他依然过着奢侈浮华、夜夜笙歌的生活,但一切的权力到紫禁城那深红的城墙脚便戛然而止。一九四九年,共产党掌权,紫禁城成为故宫博物院,有专人进行维护,一些工作人员就住在里面。但后来他们也被分流了,因为怕有火灾隐患。现在,故宫晚上关门时,整个大内空无一人。

我在中国算是畅游多年了,但从未在北方那座硕大的首都北京长时间待过。每隔几年我去别地的时候,会经过北京,见见记者朋友,吃吃富有特色的北京烤鸭。但我不能说自己真正了解这座城市。所以,某一年的圣诞节后,急于离开湖南、开开烹饪和美食眼界的我,在那里待了几个星期,研究中国的皇家烹饪。

一月的老北京城是相当宏伟的:宽阔的大道,庄严的建筑,象征天子威严的黄色琉璃瓦在冷冷的隆冬阳光下闪烁着。老北京城的心脏地带就是紫禁城,多年疏于维护之后,现在有人对其进行修复,重新上漆,翻修一些地方:有部分已经完成修复,金碧辉煌、光彩壮丽;但还没修复的那部分则墙漆斑驳、院落颓败、荒草丛生。一个晴朗的早上,我坐在通往内宫的台阶上,手上拿着末代皇帝的自传,试着去想象:炊烟从御膳房的烟囱袅袅升起;太监们列队小跑,无数双脚在柱廊之间引起一阵风;还有年轻的皇帝溥仪,像往常一样前呼后拥,被乌泱泱的仆人围绕着。

理论上,溥仪大概是最有口福的人。毕竟,天子所在的北京,六百年来基本上都是帝都,那必须是汇集天下美味的地方。从孔夫子家乡、北京东南方向的山东省传过来的奢华鲁菜成为宫廷菜的基石。鲁菜从风格上便是富丽堂皇的:悉心熬煮的高汤,浓郁的汤菜,穷奢极欲地肆意

鱼翅与花椒　　169

使用昂贵的食材。不过,宫廷菜也会利用其他地区的味道与烹饪技巧对鲁菜加以改良发展。一四零三年,明朝的永乐皇帝把都城北迁到北京,大批的官员跟随他北上,也带着他们自己的厨子,都是旧都南京厨界的精英。清朝的乾隆皇帝很喜欢长时间地微服出巡江南,那里浮华精致的生活与妙不可言的美食时时都在诱惑着他。他从苏州这类高级餐饮的中心带了些厨子回紫禁城,厨子们就把自己的菜谱写进了御膳。

清朝的皇帝都不是汉人,而是来自东北的满人。他们的祖先是游牧民族,吃馒头、啃羊肉,偏爱方便带在马背上穿越北边大草原的点心和果脯。他们和西藏人、蒙古人一样,爱喝酥油茶。一六四四年清朝建立以来,统治阶级还一直保留着对"蛮荒"食物的口味,把一些烤肉与甜味点心送上了宫廷菜的保留名单。他们还引进了满族进食的习俗,和汉族那种更为精巧讲究的进食习惯结合起来:满人的靴子上都有个小袋子,里面既装刀子又装筷子,这样大块的肉上来时,就可以拿刀割下一片,然后按照汉族人的样子用筷子夹着吃。汉族和满族饮食文化在宫廷里融合的高峰就是"满汉全席",这是非常传奇的三日豪宴,据说有两百多道不同的菜肴和小吃。

北京就像个大熔炉,融合了各个地区与各个民族的饮食文化与顶级特产。浙江与云南的茶山会在应时时供奉上好的茶叶,扬州送来美味的姜糖,四川西部清溪供上最香的花椒,还有四面八方远道而来、特别少见的干菇与干海鲜(所谓"山珍海味")。

出了宫,还有全中国轮职的公务官员。他们有时候在北京,有时候被派遣到地方,都拥有豪华宽大的宅邸。这些人通常都受过良好的教育,味蕾也是相当挑剔,轮职各地的过程中,他们的口味不断变化,并命令自己的私厨创新进步。于是乎,融合了各个地区味道与烹饪艺术的私家菜系应运而生:有些菜系名扬天下,一直传承延续到今天,比如北京饭店有家"谭家菜馆",做的就是"谭家菜"。

皇上本人一天主要吃两顿：大上午的早膳和下午一点左右所谓的"晚膳"。到傍晚六点左右，他会吃个"晚点"（晚上的点心）。上灶开火之前，每顿的菜单都必须通过内务府的审批，吃完后每顿的菜肴都要记录到宫廷档案当中。（嘉庆皇帝时期的档案中记录了一七九九年的一顿比较简单的早膳，是农历大年初一呈给太上皇的，上面列出了四十多道菜，包括燕窝汤、鸡、鸭、鹿尾、猪肉、蔬菜、小笼包、年糕以及"各样点心"。）御膳房负责皇上每日可观的吃食，底下还有分工明确的小厨房，比如御茶房提供非正餐时间的小吃点心，饽饽房则负责包子、馒头、糕点。

如果说皇上的日常饮食已经算铺张浪费，那国宴的规模就是常人难以想象的了，比如嘉庆皇帝的登基大宴上，御膳房端出了一千五百五十只火锅。一七九三年，英国政府初次与中国朝廷联系，乾隆皇帝为英国使臣马嘎尔尼伯爵及其代表安排了"豪宴"。每两位客人坐一张小桌，上面摆满了"盘子和碗，一层又一层地堆叠起来，装着各式各样的食物和水果"。不管上菜还是撤菜，气氛都威严肃穆，在场的英国人将其比作"神秘的宗教仪式"。

有时候，宫里穷奢极欲的饮食习惯也会扩展到平民生活中。比如一八六四年，宫外一些来自山东的厨师和一个叫杨全仁的人一起开了家烤鸭店。烤鸭作为一道菜已经存在了好几个世纪，但传统做法是把鸭子放进一只焖炉，下面烧着火来烤。而杨全仁把御膳房的烘烤技术介绍给了京城百姓：果木烧火、鸭子挂炉，这样烤出来的鸭皮更脆、更美味。他这家叫做"全聚德"的烤鸭店成为国家的标杆，今日扬名世界的"北京烤鸭"就出自这里。

那年一月在北京，我赋予了自己一项使命，就是去寻找紫禁城旧时的老厨房。我去了很多次。在午门外买了门票，走过某一重宫门：在高高的红墙之下，这门看着就像个老鼠洞。头几次去，我几乎都在探索宏

鱼翅与花椒　　171

伟的大殿，那无数的长街通衢、那寂寂无人的宽大院落，让我流连、让我迷失。

我地图上标出的御膳房就在外庭东边，但等终于找到那两排琉璃瓦屋顶的狭长建筑时，却发现这里是紫禁城的禁地，不对外开放。犹豫了一会儿，好奇心战胜了一切，我不管门口的标识，从一扇门溜了进去。保安要么是没看见我，要么是懒得管我。然而，我最终还是没能进入厨房，因为周围都是高墙，里面的门也紧锁着。相邻的一座房子门是打开的，里面烟尘缭绕，有很多不再运作的管道，原来是锅炉房，古老的中央供暖系统的神经中枢。我走进去，却也发现此路不通。我往故宫博物院私人办公区的深处走去，和一个工作人员攀谈起来。还没回过神来，我就和一位友好亲切、知识渊博的紫禁城研究专家喝上了茶。我叫他李老师吧。李老师的办公室在一个传统四合院里，里面有些凌乱，堆满了书和学术期刊。

我们聊了会儿皇家饮食习惯，接着李老师一时兴起，大发善心，领着我去看了博物院里的皇家古董。里面有商周时期典礼用的青铜器，上面有风格相当鲜明的鸟兽，重重的大坛子，里面曾经装满黍麦稻谷，密封起来做了帝王的陪葬；还有精致的隋朝白瓷。走廊里挂着解说，介绍了皇家婚宴的仪式。李老师还跟我讲了件最有趣的事情：宫里的一些仓库从未被清理过，里面还有二十世纪早期的干货和草药，都是末代皇帝还在宫里生活时留下来的。

一九零八年十二月二日，不足三岁的溥仪登基了。从一八九八年起便掌管宫廷、权倾天下的慈禧太后，在十一月的弥留之际突然决定让他继位做皇帝。于是这个小男孩就被强行从家里拉到了宫里，置身于紫禁城孤独的宏伟辉煌之中。

这不过是个开始，他的一生都注定离奇而动荡。溥仪继位，他父亲也做了摄政王；但皇位还没坐满三年，他就于一九一二年逊位了。那之后，根据逊位协议，他还是继续住在宫里，直到十八岁时被军阀蛮横地赶了出去。流离失所的溥仪来到天津的日本租界避难。一九三四年，他在满洲北部日本成立的"伪满洲国"做了傀儡皇帝：这是注定没有善终的勾结，导致二战结束时他被贴上了"战犯"的标签。战争结束了，他在西伯利亚一座监狱里坐了五年牢；然后在一九五零年坐火车回到中国，又坐了十年牢，接受劳动和意识形态教化的改造。一九五九年，共产党政府正式宣布溥仪刑满释放。他的后半生都是北京城里的一位普通市民，先是做园丁，后来当了皇家档案的研究员。

溥仪在自传中批判了旧时朝廷的奢侈浪费，说民国当局纵容以他为首的一伙人"照旧摆着排场，按原来标准过着寄生生活，大量地耗费着人民的血汗"。不过，他这本自传是被审查过的，新政府显然是想要突出清朝和后来国民政府的铺张浪费。

但是，真的有必要突出和夸张吗？溥仪书中引用了皇家记录上他在位期间仅仅一个月内食物上的花费，那时他才四岁。

记录白纸黑字地写明了这位"儿皇帝"、太后以及四位贵妃光是在那一个月就消耗了两吨肉和三百八十八只鸡鸭，而皇帝一个人的名下就有四百公斤的猪肉、两百四十只鸡鸭。也就是说，他每天大约要消耗十四公斤的肉食和九只鸡鸭。一个四岁的小孩啊！我在中国为了"研究"吃得最疯狂、最放肆的时候，和他比起来也是小巫见大巫啊。不用说，这么可观的食物消耗，这么大的一个宫廷，肯定也有其他皇室成员的嘴来吃；但肯定也有大部分是被浪费掉，或者被太监们瓜分了。这些侍奉在皇上、妃子身边的人，盗用、侵吞公众物资是臭名昭著的。

和李老师一起游了博物院，满脑子幻想着早餐喝鹿尾汤，我越来越饿了。但周围什么吃的都没有。旧时御茶房的烟囱是冷冰冰的，御膳房大门紧锁、空空如也，甚至都没有为游客专设的零食摊。饿到神志涣散的时候，我遇到一个小摊，窗口外摆了几张桌椅。我赶紧把沉重的背包

鱼翅与花椒　173

放下来。透过开在深红宫墙上的一扇门,能看到御膳房的一端。但在这个寒风刺骨的一月午后,这小摊卖的唯一热食就是方便面:热水瓶里倒出水来一泡了事。于是我拿着皇家菜单和记载宫廷生活的书坐下,在一个一次性的塑料碗里吃起了红烧牛肉方便面。

食物在中国文化里总是有着不可替代的重要性。除了前面提过的食为药补,食物还涉及宗教与祭祀、爱情与亲情、生意关系往来、行贿受贿,有时甚至还跟间谍活动有关(传说十四世纪的中国人把密信藏在月饼中,组织了一场针对蒙古统治者的起义)。"民以食为天"是从古时候就代代相传的谚语。

一次,在台北故宫博物院,我巧遇一件很特别的展品:光滑的玻璃展示柜里摆着镶有祥云的纯金底座,上面的展品仿佛是一块煮熟的肥嫩五花肉;肉皮是泛着油光的棕色,毛囊清晰可见;一层层不规则的肥肉中有个地方松松地垂下来,油脂满满的样子,看着实在太好吃了,像是一块猪腩肉放在砂锅里加了酱油、米酒和糖炖了好几个小时的样子。我满嘴的口水……但展示柜上的一块标签却用不容置疑的语气提醒我,这块肉是用一块冷冰冰、硬邦邦的玉石做成的。

这块"肉形石"算是最价值连城的皇家珍宝之一,在整个中国深陷战火时被偷偷带出紫禁城。国民党当局挑选了包括这块石头在内的一些宫中珍宝,放上一辆辆卡车,深入到中国腹地。战争如火如荼时,日军的轰炸不断,珍宝的保管人们避开了战斗最白热化的地区。最后,这些宝贝都跨越海峡,被送到台湾——逃离大陆的国民党在这里建立了政府。他们说,最令人难以置信的是,如此的长途颠簸,一路状况连连,而珍宝却每一件都毫发无损。

纯金底座上用玉石做成的一块猪肉,实在神奇。我开始想象黄金做的烤牛肉,镶着钻石、红宝石、绿宝石与珍珠,放在伦敦塔中那些珍贵华丽的王冠与权杖之中。但这太荒唐了,根本不可能。只有在中国,你才能找到能工巧匠用珍贵材料做成一块普普通通的肉,并将其作为国家至宝来展出。这仿佛是中国对待食物态度之严肃的一种隐喻,当然,严肃之中还有智慧、创意与欢乐。

在古代中国,食物不仅是享受,还是万分重大的事情,也是政府最关心的民生社稷之一。为神仙与祖先献上可以吃的祭品,是维持社会与政治秩序的必须,若忽略了这种礼仪,则一定会天下大乱。所以,根据史学家研究,公元前一千年的周朝,就有超过一半(多达两千人)朝廷官员的职责是饮食相关的,其中有食医和烹人、兽人(打猎)和庖人(屠夫)、腊人(做腊肉)和鳖人(抓鳖)、醯人(制醋酿酒)和凌人(看管冰窖);有些负责准备祭祀用品,还有的负责满足皇亲国戚们的口腹之欲。

皇权的象征是鼎,做献祭用肉食的大锅。那些遥远的中国历史上,贵族可以拥有的鼎的数量要看他的品阶有多高。要是在一场战事中谁的鼎被偷了,他就没有兵权了。作为祭祀用的鼎是青铜铸造的,上面装饰着几何图案,是仪式的重中之重。直到现在,这些独特的大锅也是中华文明最有力的象征:一九九六年,上海博物馆盛大揭幕,整个建筑的造型就是一个鼎。

先贤们总用调味烹煮来类比治国的艺术:要平衡各种味道,比如醋与腌肉、盐和酸梅,这样才能达到完美的和谐。"宰夫和之,"两千多年前,政治家晏子撰文道,"齐之以味,济其不及;以泄其过,君子食之,以平其心。君臣亦然……"①

其他圣贤也巧借烹饪饮食来提出严肃的建议。道家先贤、《道德经》的作者老子认为"治大国若烹小鲜";而公元前五世纪的孔子不仅生活

---

① 这段文字引用自《左传》中的《晏子对齐侯问》,引用文字的大意是:"厨工调配味道,使各种味道恰到好处;味道不够就增加调料,味道太重就减少调料。君子吃了这种肉羹,用来平和心性。国君和臣下的关系也是这样……"——译者

鱼翅与花椒　　175

上各个方面十分讲究，饮食习惯也是极尽繁琐："食不厌精，脍不厌细。食饐而餲，鱼馁而肉败，不食；色恶，不食；恶臭，不食；失饪，不食；不时，不食；割不正，不食；不得其酱，不食。"① 在中国，知不知道怎么吃得对、吃得好，往往代表了懂不懂生活。

帝王的皇权天赐，而其第一职责就是确保填饱子民们的肚子。如果发生干旱、欠收、饥荒等灾害，说明神厌倦了这个皇帝，委托给他的权力"过期"了。所以每年春天皇上都要在先农坛亲自耕种一亩三分地，每年冬至他会斋戒三日，然后举行祭天大典。这是一年中最庄严隆重的宗教仪式，在北京东南的天坛举行，每次大典会在那里的宰牲亭宰杀一头小公牛、一只羊、一头猪和一只鹿。接着皇帝登上神圣的圜丘坛，向上天献祭美酒与食物，并在冰冷的大理石地面上虔诚磕头。

后帝国时代，紫禁城能提供的最好食物好像就是方便面了。但我也听说了有家北京餐馆，是专门做宫廷菜的。一天晚上，我拉着也是住在帝都的四川朋友洵陪我去那儿吃晚饭。

温柔的风吹得树叶沙沙响，我们穿过大红门，走过石拱桥，进了北海公园。夜色中的北海荡起一圈圈涟漪，周围点着一圈红灯笼。我们走过一条弯曲的柱廊，抬头的屋顶上有色彩鲜艳的椽木，放眼望去就是静静摆荡的湖水。很快仿膳饭庄那宏伟的大门就在召唤我们了。我们与面相威严的石狮子擦肩而过，穿过一个铺了石板路、挂了红灯笼、冷飕飕的四合院，进入餐厅。一切都沉浸在模糊的黄金色微光中，像个幻梦。桌子上铺着黄色桌布，摆着黄色的盘子和碗，后面是黄色的窗帘。女服务员身穿黄色的刺绣袍子端着托盘，上面是黄色的茶碗。金色的柱子上金龙盘绕，颜色鲜艳的天花板上也是神龙腾飞。旧式的灯笼周围垂着黄

---

① 出自《论语》，引用文字的大意是，"食物不嫌做得精，鱼肉不嫌切得细。食物变质馊臭，鱼肉腐烂，不吃。颜色难看，不吃。气味难闻，不吃。火候不当，不吃。不是时候，不吃。切得不合刀法，不吃。没有合适的调味酱，不吃。"——译者

色的穗子。这金色的一切仿佛是在为远去的帝国招魂,实在太震撼了。("每当回想起自己的童年,"溥仪说,"我脑子里便浮起一层黄色。")

仿膳饭庄是专门做中国宫廷菜的,特别注重那些从满汉全席的代表菜品中衍生而来的菜。溥仪仓皇离开紫禁城后,有四五个过去的宫廷厨师合伙开了这家饭庄。当时是在北海的北端,出这个主意的是原来宫里的一个太监赵仁斋。"那时候根本没有菜谱这种东西,大多数厨师都是文盲,"经理汪涛告诉我们,"所以一切的记忆都是一代代口口相传下来的。'文化大革命'的时候,有大概十年的时间,这个地方都不对外开放,不过还是会接待政府内部人士的,后来就开始接待重要的国宾,一九八九年又重新对外开放了。所以,虽然原来那些创始人厨师都去世了,我们教学和传统的这个链条没断,还是能一直追溯到紫禁城的。"

上菜了,我和洵的面前摆上了一系列精致的宫廷开胃菜:有小块小块的豌豆黄,在舌尖上留下微妙而幽凉的甜味;有芸豆卷,糖渍芸豆里面塞了红豆沙和碾碎的芝麻;还有冷盘的肉与蔬菜。自然,接下来就是一道道相当华丽的美味佳肴了:罐焖鱼翅、葱扒驼掌、(鳖)裙边、海参和鲍鱼。有的风味小吃是特别受皇室成员喜爱的,比如肉末烧饼。据说慈禧太后一天晚上梦到这道小吃,结果第二天早膳就吃到了,"龙"颜大悦。小窝窝头也跟慈禧有关:一九零零年义和团起义后,她逃到西安,一个农民给了她些小窝窝头,她吃得香极了。回到北京以后,御厨们又以更精妙的手法对此民间小吃进行了再创作。

很遗憾,我和洵没有三天三夜的时间体验完整的满汉全席,所以只好细细品味眼前这仅有的十七道左右的菜肴和小吃。那天晚上饭吃完后,我们几乎要迷失在这一片黄色当中,甚至深深陶醉在这宫廷菜的用餐体验里。但我当然清楚,仿膳饭庄的菜和北京真正的大众饮食文化关系不大,正如一家米其林三星餐厅之于伦敦贫穷地区清洁工的饮食。反正我都在中国首都了,自然想要体验最接地气的当地饮食。中国烹饪协

鱼翅与花椒　　177

会会长告诉过我,要是真想尝尝北京的街头小吃,那一定要吃卤煮火烧:不全面地说,就是"烧饼泡在汤里"。他警告我说,胆子小是吃不成这东西的,我听了只是云淡风轻地一笑。

接下来的几天,我一直在寻觅卤煮火烧。一个严寒的早上,我在紫禁城东墙根儿的胡同里游荡,无意中碰到一家破旧的小食店,店门口支着个牌子写着这道菜和其他北京小吃。我忙不迭地走进去,拿出通常那种虚张声势的劲儿,请老板给我上店里最招牌的特色菜——我几乎立刻就后悔了这个决定。

我也是在饮食上冒险无数回的人了,真要说特别不爱吃的,只有一种,就是猪和其他大型动物的消化系统。肚条和肥肠我吃了多次,可以说是没有任何偏见了,吃的时候也怀着非常开明的心态,但还是觉得讨厌。口感没有任何问题,让我恶心的是那种隐隐的臭味,就是胃酸一样隐秘而强烈的恶臭,管你加多少大蒜和香菜都不能驱散。吃了这些东西,会搅动我内心深处一种本能的焦虑,说不清道不明。

北京那个寒冷刺骨的清晨,小食店情绪高昂的店员端来店里最棒的招牌菜放在桌上。内脏的恶臭随着热气升腾席卷而来,将我吞没。我面前摆的这一溜,大概会出现在我关于食物最可怕的梦魇中:羊的胃切成细丝,纠缠在一起,配上麻酱①;猪肝与猪大肠混合在黏糊糊的浓油赤酱中②;羊的肝、肚、心、肺和肠混在一起,变成一碗灰蒙蒙的羊杂汤。最让人生畏的便是这场"大宴"的中心——卤煮火烧,我的一本英文中餐谱中将其介绍为"Boiled pig's entrails with cake bits"(煮沸的猪内脏配小块饼)。一串串油珠像汗水一样在汤面上滚动,这碗汤像个棺材,里面装满了动物的残骸:大块大块的猪肺,泛着微微的紫色,软乎乎的像海绵,还有苍白的血管凸出来;东一块西一块的猪肚和猪肝;一片片

---

① 按照描述,这道菜应该是北京小吃中的羊爆肚。——译者
② 即炒肝。——译者

歪歪斜斜的肠子……湿软的内脏中散发出难闻的气味。这还真是属于勇者的街头小吃，只有那些干苦活累活的男人，吃了这个才会觉得如充电加油般浑身是劲。

我只觉眩晕恶心。不管哪餐吃这个都是够糟糕的了，而这还只是早餐啊……此时此刻我感觉自己变回了一名"编外"四川人，满心都是轻蔑和鄙视。"北方人吃的东西膻味太大了！真是浑身羊骚味的野人啊！"我勉强咽下几根肠子和猪肝，飞奔着逃到了街对面一家饺子馆。

刚开始了解皇宫御膳时，我得承认自己是有些羡慕和嫉妒的。想象一下，你只要饿了，拍拍手就能招来一群太监搬着七大桌吃的！想象一下，随时随地都有御茶坊的仆人，拿着一盒盒点心与其他风味小吃，还随时好茶热水伺候着。

但溥仪在自传中说，他从来没碰过御膳房传出来的菜。这些所谓的"食前方丈"一共有三十道上下，都是很早就准备好的，因为必须谕旨一下迅速奉上，只能长时间地煨着候着，早已经是过了火候的。溥仪说，这些御膳房的菜，太监们都是远远摆在一边。想来三十道菜应该是油脂凝固、热汤冷却、蔬菜蔫儿了、点心陈腐。有些菜可能还是假的：有个北京朋友告诉我，那时候还会用木头做成烤鸡和其他样子，让菜肴显得很丰富。

而年轻的皇帝真正吃的，是隆裕太后寝宫膳房里做出来的菜。连太监们都知道去别处寻摸好吃的，隆裕太后自然也是不信任御膳房的。溥仪说，御膳房的厨子们也是知道的，从光绪皇帝起的十几年来，他们做的东西早就没人吃了。他们到底还在不在意这些菜味道如何呢？溥仪说，每到年节或太妃的生日，他命令厨子们做给太妃的菜肴可以用四句话予以鉴定："华而不实，费而不惠，营而不养，淡而无味。"应该可以想象，多年来做的都是没人碰、没人吃的菜肴，厨师们该变得多冷漠、多不在意。

鱼翅与花椒

大型的国宴大概也好不到哪儿去。想想吧,大锅里批量做出的菜,经过无数条小巷、无数个院子的长途传送,摆到一群国宾面前。他们在冷风嗖嗖的大厅里,按照严格的等级落座。想想吧,不停地举杯祝酒、觥筹交错,长时间沉闷压抑的仪式,那些菜该变得多冷、多不新鲜啊。是,有时候他们会在底下架个火炉给某些菜保温。但那都是些为了排场摆出来的菜,陈腐霉烂、华而不实,只是把昂贵的山珍海味拿出来虚张声势地炫耀一番,以显示天朝上国的无限财富。

我不知道紫禁城到底有没有人真正享受过美食。这个地方太过庄严肃穆,令人望而生畏;尤其是在冬日里,这里的美就更显得冷峻起来。从外面你只能看到殿宇的屋顶和角楼,围着一圈冰冷漠然的墙壁和一条宽阔封冻的护城河。看着不像宫殿,倒像监狱,既禁入又禁出。那巨大的宫门在身后轰隆关上的一刻,新选入宫为妃为嫔的秀女们一定是心里一沉的。

和宫内生活的方方面面一样,妃嫔们的膳食也是有严格规定的,主要按照位份品级来定。清朝时,皇后下面是皇贵妃,然后是两个贵妃、四个后妃、六个嫔、八个贵人,剩下的低阶侍妾数量随意。她们唯一能真正吃得好的时候,只能是怀了龙胎。因为当时普遍认为,在平常的日子里,饱暖思淫欲,所以没有怀孕的妃嫔,肉、禽类、蔬菜和谷物都是根据地位来定的。比如,皇贵妃每月大概能分到十二斤猪肉和十个茄子,每天能有一只鸡或鸭;但最底层的侍妾每月就只有六斤猪肉、六个茄子和十只禽类。(想想看吧,到月底,位份最高的妃子津津有味地品尝着她那肥美多汁的猪肉,而低阶侍妾们只能靠青菜豆腐过日子,这该引起多么激烈的争吵和嫉妒啊!)吃得更好、更丰富,也是妃子们削尖脑袋要怀孕的动力之一。只要怀了龙胎,身份低微的侍妾也可能在这属于女人们的等级制度中节节高升;要是生了儿子,地位不高的妃子最后说不定就是太后,比如垂帘听政、独揽大权的慈禧。

不管你是谁，只要在宫廷里，生活就会充斥着肮脏卑劣的阴谋诡计，就连九五之尊的皇帝也可能成为牺牲品，比如溥仪的前任光绪。他发动了一场劳而无功的夺权政变后，被慈禧太后百般羞辱并软禁起来，后来很可疑地死去。慈禧的很多敌人都不得善终：要么自我了结，要么人头落地，要么坐穿牢底，要么流放到苦寒之地。有个儿媳很不得她欢心，于是不给吃不给喝，一直到死；有位妃子被她投了井；还有人怀疑她用汤毒死了和自己地位不相上下的一位太后。有段时间溥仪自己也特别怕被谋害，夜间辗转难眠。他在自传里说，宫里时常发生盗案、火警以及行凶事件，至于烟赌就更不用说了。

想来皇帝应该吃遍天下美食奇珍，整个世界都像他筷子下包裹着金壳子的一块鲍鱼。然而，小时候的溥仪一点胃口也没有。三岁就被迫和母亲分离，那时视他为掌上明珠的祖母精神崩溃、一病不起。此后的七年里，无论是妈妈还是奶奶，小溥仪都没再见过。父亲也是每两个月才来跟他相见几分钟。最终，生母吸食过量鸦片自杀。只有乳母，唤醒了他的人性，让他为别人有所考虑。而太妃们背着他把这位乳母赶出去的时候，溥仪才八九岁。被收养到宫里之后，两位先帝（同治和光绪）的妃子成了他官方的"母亲"，但这关系是非常正式刻板的，他说自己并没有得到过真正的母爱。帝国的心脏，却是一个冷漠的冰窖。从没被关爱"喂饱"过的溥仪，得了胃病。

不过，缺爱大概并非胃病的唯一原因。溥仪的饮食是受到严格控制的，因为天子的健康是重中之重。"皇帝的身子是圣体。"溥仪记得母亲终于到宫里看自己的时候，嘱咐了这么一句话。有天我和李老师约在紫禁城外喝茶，他向我解释说："那时候他们觉得发烧是心里有火，要是吃了营养丰富和加工过多的食物，心火就烧得更旺。所以皇家的孩子要是生病了，就只能喝粥，好败败心火。当然光吃粥怎么够呢，这么多年，很多孩子其实就是营养不良死掉的。"溥仪自己也在书里写道："我六岁时有一次栗子吃多了，撑着了，有一个多月的时间隆裕太后只许我吃糊米粥，我天天嚷肚子饿也没有人管。"他说，自己饿到抢吃抢喝的地步，有一天把某王府给太后上贡的冷酱肘子抓起一只就咬，结果跟随的太监大惊失色，连忙来抢。

溥仪的性生活也不比饮食生活幸福。自然，到了年龄，宫里也给他婚配了一后一妃（就给他上了这么两道"菜"，而先帝们却有三宫六院、数百佳丽）。后来，他又纳了两个妃子。但皇上的性生活注定和用膳一样，不会快活。中国人记性好，忘不了八世纪唐玄宗沉迷酒色的奢侈生活。他深爱杨贵妃，而一场血腥起义导致皇权岌岌可危后，很多人把这祸水归于他痴迷的爱情。那之后，皇帝的性生活就受到严格的制约和管束：妃嫔可以上床，但不可过夜，唯恐把天子给累着了。总有太监注视着他们的一举一动，窃窃私语地传话，确保皇帝和妃嫔之间不会产生危险的情感。

对于溥仪，他们是不必有这方面顾虑的。李老师一边喝着茉莉花茶，一边压低声音告诉我，这位末代皇帝有阳痿的毛病。"我奶奶有个好朋友，是他的侍妾，"他对我说，"她给我奶奶写了好多信。信里说，她特别孤独，心情不好，还特别隐晦地说了皇上不行的事儿。当然不会有人把这事儿拿出来公开宣扬，但他因为这事儿觉得没脸啊，心里不好受，性格很坏，对妻妾们都不好。"

溥仪也在自传中承认自己"冷酷无情"，还写了一九二二年新婚之夜时，把皇后孤零零地扔在新房，因为还是觉得自己睡好。他先后有过四个妻子，但"如果从实质上说，她们谁也不是我的妻子，我根本就没有妻子，有的只是摆设。虽然她们每人的具体遭遇不同，但她们都是牺牲品"。三四十年代，他在日本人保护下生活在长春时，那时曾一度传出流言说他是个同性恋。他也从未有过一子半女，这也算是给一九四九年掌权的共产党省了很大的麻烦。中国人不用去收拾废帝子女这种烂摊子，不像俄国十月革命那样造成血腥残忍的结果。

皇帝要填饱天下万民的肚子，但他自己的胃口是不相干的。"食、色，性也。"哲学家告子曾经说过。但皇帝不是普通人，他是天子，他的饮食与性生活都是政治事件。吃饭的时候，有太监在一旁看着；床笫之欢的时候，太监就在卧房门外守着。观其一生，末代皇帝令人同情唏嘘。和自己古老的始祖、创设了著名兵马俑的秦始皇一样，他也被监禁在一个财物丰裕的"坟墓"里，有无数的仆从，享尽荣华富贵，帝国的珍馐佳肴任他享用。不同的是，溥仪被困"坟墓"中时，还活着。

合卺宴食谱

（摘自《光绪大婚典礼红档》，一八八九年）

猪乌叉（烤猪）

羊乌叉（烤羊）

子孙饽饽二品

燕窝双喜字八仙鸭

燕窝双喜字金银鸭丝

细猪肉丝汤二品

燕窝"龙"字拌熏鸡丝

燕窝"凤"字金银肘花

燕窝"呈"字五香鸡

燕窝"祥"字金银鸭丝

小菜二品

酱油二品

燕窝八仙汤二品

老膳米二品

第十三章　味麻心不麻

园子里飘散着令人迷醉的味道，有种柠檬与柑橘的清香。外表凹凸不平的绿色小果子们才刚刚开始泛出点粉色，一颗挨着两颗地一串串挂在那长满刺的树枝上。天气不太好，灰蒙蒙的，还有点儿毛毛雨，但我依然兴高采烈，摘下两颗花椒子在手里揉搓一番。那种芬芳很快散发出来，把周围的空气都弄得香香的。这味道彻底将我淹没，那么清新爽利，让人兴致盎然；那么原始野性，带着树木的馨香。我闭上双眼，放了点花椒到双唇之间。是绿色的味道，带着点苦涩，又非常新奇，立刻就让我舌尖一卷；几秒过后，那种微妙的刺痛感来了。四川的花椒给舌头带来的麻酥酥的感觉真是无可比拟，你还没觉察到自己已经暗暗地开始"嘶嘶"，很快就满口生津，味蕾被吸引得无法呼吸，这感觉能一直持续二十分钟，然后再逐渐缓慢地褪却。这感觉比我预想的还要强烈，我惊喜地大笑起来。这么多年了，我一直梦想着尝尝刚从树上摘下来的花椒，现在我终于来了，就在著名的花椒产地清溪，我的双唇在歌唱啊。

四川的花椒，又称蜀椒、川椒、巴椒，是中国最早的"椒"。作为本土香料，它早在胡椒顺着那迂回曲折的丝绸之路进入中国喧宾夺主之前，就开始使用了。花椒相当于香料世界的"跳跳糖"。要是猝不及防与它初次邂逅，也许会惊慌失措，这还算比较婉转的说法了。有一次，我在牛津的年度饮食座谈会上给一个陌生人尝了尝，没有提前打招呼，结果他以为我想下毒害他,从那以后再也没搭理过我。其实我应该更小心才对,不能忘了一九九二年我去重庆时第一次体验花椒的情景。"菜里全都放了一种我觉得特别难吃的调料,"我当时在日记里写道,"吃着就像八角、香茅和辣椒混了很多在一起,味道很重,我嘴都麻木了,味道真是受不了。我就只喝了汤,吃了米饭,其他菜都没怎么碰。"

现在读到这些,我脸上都会泛起微笑,因为更为温柔的成都菜已经让我对花椒上了瘾。而且要把这香料介绍给对它并不熟悉的人,我也制定了更好的策略。核心是心理准备。("您坐得舒服吗?那我来解释一下……")一定要让对方准确遵循你的指导。"把这颗花椒子放进嘴里,先放在嘴前端咬个两三次,然后马上吐出来!不要一直嚼一直嚼,想着怎么没什么味道,等有味道了你就受不了了(麻酥酥的刺痛感差不多要十秒左右才会浮现)。现在坐好了,等着!"这种更温柔的办法比较容易赢得人心,再加上那种野性而新奇的感觉,我见证了很多朋友臣服于花椒的魅力。

我为川菜食谱做了那么多年的研究,还从没亲眼见过花椒树呢。要看这种树,你得去川西北的几个地方,爬上高高的土坡。但全四川省的花椒,最好的还要数西南山区的偏远小县汉源;而汉源县的花椒,最好的又来自小镇清溪,那里的花椒有着特别奢侈的香味。就连清溪镇内,花椒也有等级之分。要是想得到金字塔尖完美的花椒,你只能买从清溪镇外不远的建黎乡牛市坡的树上采摘的。曾经,这里的花椒是送到皇宫的贡品,到现在当地人还将其称为"清溪贡椒"。

我也不知道为什么等了这么久才去清溪。想去已经想了很多年了,但一直到二零零一年,我才真正去到那里。说到要陪我去四川贫穷偏僻的小山村,一路上路又难走、条件又差,我在中国的熟人大多面露难色,但老朋友穆玛却欣然答应。于是,六月的一天早上,我们从成都出发,坐上长途大巴,准备经历八小时的漫长旅途,前往汉源县。

我在成都进行美食调查时遇见了穆玛，简直是一见如故。他是个学者，经常在中国西南地区的偏僻乡村周游，调查和记录那些快要消逝的传统手艺和仪式。认识我之后，他对乡村里的豆腐作坊、厨房烟火和烘烤锅炉更感兴趣了。他蓬松的黑发总是乱乱的，就算理过也无济于事。他说一口成都话，会教我当地的童谣，有一首大概相当于英国的《杰克和老婆》[1]：

菜板上，切腊肉，
有肥又有瘦；
你吃肥，我吃瘦，
幺妹啃骨头。

穆玛对卡拉OK啊、高档餐厅啊这些东西完全不热衷。外出调查研究的时候，他带一把牙刷，再加上很少的生活必需品，住最简陋的招待所。他去寻找那些古色古香的茶馆和饭馆、旧式的印刷作坊和荒废颓败的寺庙，花很多时间与小贩、农民和工匠们交谈。

我们一路跋涉，终于到了清溪，结果一群穿着破烂衣服的孩子一下子围上来说话。看到这稀奇古怪的外国人，还说是来找花椒树的，他们兴奋得很，大喊着、笑闹着领我们走在小街上。村里的房子都是一副摇摇欲坠的样子，杂乱无章地挨挤在一起。木头门里面的院子里堆满了老旧的坛坛罐罐，屋檐下挂着被太阳晒干的玉米棒子和辣椒。路快走完、房子快消失的时候，就来到开篇那片花椒园了，我在这里第一次尝到了新鲜的花椒。

---

[1] 这是一首英文童谣，全文是："Jack Sprat could eat no fat, His wife could eat no lean, And so betwixt the two of them, They licked the platter clean."（杰克不吃肥，老婆不吃瘦；两人正正巧，吃光盘中肉。）

孩子们跟我们说，再过一两个月，花椒就全部变成深粉色了，再加上被炽热的阳光晒后，果实会爆开，露出里面的种子，黑黑亮亮的，像鸟儿的眼睛。村里的年轻人会把花椒子从枝头摘下来，放进筲箕，将这些表面凹凸不平、已经裂开的果子铺在阳光下干透。晒好了，村里的女孩子们就坐在门槛上，膝头放着篾条编好的篮子，把花椒子放进里面翻来覆去地摇，将没味道的种子都摇出来，保留味道浓郁芬芳的外壳。

中国古代诗歌总集《诗经》中就曾提到花椒，认为那闪亮而丰富的种子是"多子"的象征。汉朝皇妃们的寝宫称为"椒房"，因为糊墙用的泥土中掺了花椒，寓意皇嗣绵延。平民百姓会用一串串的花椒作为定情信物。到现在，这种香料仍然蕴含着强烈的情色象征意义，因为很多果实都是一双一双挂在枝头的，让人联想起男性睾丸。时至今日，四川的偏远地区还保留着古老的习俗，婚礼的时候要朝新郎新娘扔花椒，就像现代婚礼中抛洒的五彩纸屑与糖果，不过更充满了四溢的芳香。

花椒还是一味草药。马王堆汉墓的贵族妇女坟中有花椒出土，还有写在丝绸上的药方，指明了其在治疗溃疡中的作用。有理论认为，花椒是一种兴奋剂和利尿剂，还有利于缓解肠胃胀气、促消化。在花椒强烈的味道之下，飞蛾和其他害虫不会接近，所以传统上经常用花椒来做衣柜与谷仓中的驱虫剂。要是大量摄入，会严重中毒，所以好些古代文章中都提到，有人强迫别人大量摄入花椒，造成自杀的假象。

与新鲜花椒初见，"惊鸿一尝"之后，穆玛和我跟着那群还围在旁边的孩子离开花椒园，进入对面的文庙。这座木结构的大庙早已是年久失修。它曾经一定是无比辉煌壮丽的，现在几乎找不到旧日的蛛丝马迹了。造景池上架着一座小桥，但石栏杆上雕像的头已经在"文革"中被红卫兵砸掉了。古老的庙堂中简单粗暴地竖起了好些隔板，变成能用的小房间，墙上还有褪色的革命标语。石板上遍布青苔、荒草丛生，墙漆也四处剥落。我们发现这里是老年人活动中心，那天他们要聚餐，所以

鱼翅与花椒　187

院子里摆着十几张圆桌子。

我一进门,就有一群老爷子、老太太快步走上来,个个笑容满面。"罗斯小姐,你好!欢迎你!"看他们那样子,还真跟我很熟似的。一开始,他们这种"自来熟"搞得我不知所措,接着才意识到他们肯定以为我是罗斯·艾可可,她也是英国人,在汉源农村做了多年扶贫工作了。我没见过罗斯,但通过一两次电子邮件。显然,汉源很久没出现过别的英国女人了,更别说又出现一个名字里带花的〔"罗斯"(Rose)是玫瑰的意思,而我的名字"Fuchsia"也是一种花①〕。"我不是罗斯,我是扶霞。"我解释了几百遍,等村民们终于明白过来时,他们大吃一惊,但热情不减。

穆玛开始细细查看庙里的几处文物古迹:磨损的汉字碑刻,制作精巧的盘龙香炉。几个老太太围站在他身边,讲着这个地方的故事。过了一会儿,我发现庙里的村民人群中混着几个穿卡其制服的人。这些警察慢慢走了过来,很快其中一个就站到我身边,故意装出一副随意的样子。我记笔记的时候,他看着我,然后叫我出示身份证。我从包里翻出护照。他小题大做地详细查看了一番,冲我狡黠地一笑,令人不安。我有些紧张了。当然,我来这儿的理由正当充分。但这个警察有点吓人,而且经历这种事情很多年了,我很清楚,在这种情况下,最好恭顺卑微些。

"你来这儿干啥子喃?"他问道。

"我来看花椒树。"

一说出口,我才意识到这话听着多荒唐可笑。四川有很多驰名中外的景点:乐山大佛、峨眉云海、九寨沟的五彩海子。两百年前,清溪是连接中国内陆与西藏和印度的茶马古道上一处繁忙的交通枢纽,现在却

---

① 这种花叫做"灯笼海棠",即我们通常所说的"倒挂金钟"。——译者

只是一个停滞不前的落后乡村。我一个外国人,不去九寨沟,居然跑到四川最穷的一个县,还来到这么个小镇的山沟里,警察会怎么想?

"你来这儿干啥子嘛?"他又问了我一遍,瞥了瞥我的笔记本和笔。

"这儿不是非开放地区吧?"我问道。他狠狠瞪了我一眼,还回护照。我绕着庙子晃悠起来,他就一直观察打量我,搞得我十分紧张。接着他叫一个年轻警察好好盯着我。这警察才二十出头的样子,瘦长的身子穿着宽大的制服,显得奇怪笨拙。这孩子真是完全不知道该怎么对待这个上级让自己负责监视的危险外国人。我带着他出了寺庙,回到村里的小街上,他一直和我保持着一米的距离,跟着我走进每家的院子,走上迂回的街道,走进农人的田野。

我没法理解那个老警察到底为什么一副如临大敌的样子。可能他就是带着那种在中国比较普遍的轻微的民族主义,不愿意让一个外国人看到中国农村的"贫穷落后"〔我经常会不自觉地向中国人解释,外国人很少,几乎可以说从来不用"backward"(落后)这个词。很多人都像我一样,喜欢去探索中国偏远地区美丽而少人涉足的风景与传统建筑。描述清溪这样的地方时,我绝不可能想到"落后"这个词〕。也许,这个警察只是习惯了这么想、这么办:三四十年前,无论哪个外国人都被看作帝国主义的间谍,妄图颠覆破坏中国的政治制度。我们在村里走得差不多了,他非要开那辆吉普警车送我们回旅馆——就在附近的县城九襄。他警告我们,回了旅馆就不要出门了。

当然,他一走,我们就出了门,去古镇中心寻觅晚饭。主街是一条小巷,两旁都是木房子,板搭门、瓦屋顶;有些已经关门过夜了,有的还开着做生意。一位女裁缝坐在街上的缝纫台边,伏着身子在老式缝纫机上忙碌;另外还有做花圈寿衣的手艺人,卖香烛纸钱、烟酒零食的小贩。夜色渐临,我们猛然发现镇上的老牌坊,好一座艺术品啊,上面的雕刻精美极了。

我们在附近一个小餐馆吃了点简单的米饭素菜，店里的炉子是烧煤的，厨子就举着炒锅在煤炉上颠锅。等回到旅馆，发现警察正在等我们。他们没管我，但围着穆玛盘问了一个小时，又问他我来这儿干啥。"这是为了保护她。"他们宣称，还跟穆玛说，之前有个日本游客跑到这儿来，没钱花了住在"外面"一家农舍，结果被杀了。"这是为了保护她。"那一夜我睡得很不安稳，窗外的蛙鸣像幽灵的合唱。

离开清溪之前，我求一个村民给了我一小棵花椒树苗，打算带回英国去。那是很细很细的一棵苗，根部包了点土，装在塑料袋里。我把它带回了成都，精心照料，又带去了北京。但在北京的机场，我突然惊慌失措地想到，英国正因为口蹄疫而风声鹤唳，生鲜和农产品的进口受到限制。我害怕带这株花椒树入境会被抓住，于是就把它给遗弃在首都国际机场一家咖啡厅的桌子上了。回家的一路上以及回家后的几个星期，我都在想着它。

五年后，穆玛和我在隆冬时节回汉源旧地重游。刚好是春节前，我已经在上海待了几个月，探询华东的舌尖味道，心里正热切渴望爬爬山，看看野外开阔的风景。而且我早就想再去一次清溪，再多研究一下我最爱的那种香料。

路还是和记忆中一样烂。我们从成都坐了一辆很舒适的现代大巴去了雨城雅安，但下了大巴以后，就得坐着乡下的公交车在坑坑洼洼的路上颠簸。这里有着轻柔而流动的风景，太阳在迷雾中射出微光。公交车顺着山路蜿蜒而上，喇叭不停地响，窗外掠过陡峭的梯田，里面种着冬天的蔬菜，还是一片绿；田埂上是竹子和松树；悬崖上不断有细细的瀑布飞流直下，汇入底下布满鹅卵石的河床。

山越走越高，崎岖的路紧贴着陡峭的山。最高的山坡上都有人开垦田地，看上去十分危险。竹林如烟如羽，农舍点缀其间。在荥经县附近的煤矿区，车子经过一个大门朝街面开的作坊。房子一副要倒的样子，作坊里面的一切都蒙着一层薄薄的煤灰,包括在里面摆弄一块块金属的老头。一切看着就像黑白老电影里的场景,不过那些脏兮兮的锅碗瓢盆之间,灰不溜秋的菜板上摆了一根莴笋,绿得那么鲜亮,好像都发光了。车子吭哧吭哧地摇晃过去,按着喇叭。一串笨重的卡车从另一条车道上开过。几个穿大衣、戴耳罩皮毛帽的老头在一家茶馆外面下象棋。

我们经过到达汉源前的最后一站,群山都覆盖着薄雪,树上更是厚雪压松枝。接着车子就开进了一片冰冷的白雾中,像突然闯入了一个梦。终于,荒凉的汉源出现在我们眼前。冬天这里是一片肃杀萧瑟,田里全是光秃秃、长满刺的花椒树,像规整的军队。快到清溪的时候,前面的路因为连环撞车被封了。我们只能下车,经过一连串被撞得面目全非的卡车,搭了个保险公司的顺风面包车。"你是罗斯小姐吗?"司机一边问,一边在坑洼的路上高速危险驾驶。

第二天我们起了个大早,去了车站,想搭车去号称出产最好花椒的建黎乡牛市坡。一番讨价还价之后,我们又跟一个面包车司机谈好了价钱。他圆圆的脸上架着圆圆的眼镜,一副乐天派的样子。面包车要等坐满人才走,所以我们聊了会儿天。"看你这样子,"他跟我说,"应该不是中国人吧。你是外国人吗?"接着他跟穆玛讲话,说我是"英国小伙子"。我错愕地盯着他说,我是女的,而且也不年轻了,怎么也谈不上"小伙子"。别的乘客都笑他。"不好意思哈,我眼力不行。"他说。我想着眼力不好的他要开车带我们走蜿蜒的山路,不禁叹了口气。但这也是没办法的事。人满以后我们终于出发了,小小的车厢里还挤了一个椒农和他女儿,他们背上都背着篓子,里面装着农用品。

山谷里种满了蒜苗,是幽幽的蓝绿色。这片儿的每家人都曾赶牛耕田,我们要去的牛市坡就是十里八村集中买卖家畜的地方。"但是现在大家都用机器耕地喽,"椒农的女儿说,"所以也不养牛了。偶尔用来耕一下田,却一年到头都要喂,成本太高了。"不过,一路上还是看到了好几家专做牛肉的餐厅，靠贩卖地方历史挣钱。

牛市坡海拔一千七百米，比清溪镇要高两百米。农民说，再加上干燥的气候和沙土，这就是"清溪贡椒"闻名天下的原因了。面包车停在乡政府门外，院子里有个人在打太极拳，一只乌鸡在啄着地上的虫子。乡长伸手在炭炉上烤火。他给我们上了茶水，然后叫来一位女同事带我们四处转转。我们踩在嘎吱作响的雪上，穿过一片花椒林。"这个地方一年大概出产十吨花椒。"我们的女向导说。她带我们看那些布满荆棘的枝条与河谷中一级级的雪野："都是最好的。他们把贡椒叫做'娃娃椒'，因为每一对花椒下面还有一对胚胎一样的小花椒，是它们的娃娃。"

回到乡里，两个老太太邀请我们去了她们的家。她俩一个是太奶奶、一个是奶奶，一起照顾两岁的孩子，儿媳妇也出去打工了。老太太给了我们一些自家种的花椒。"肚子痛的话，"奶奶说，"手里头抓十个花椒，揉一下搓一下，用冷水吞下去，有用得很。"

来时的司机还在乡政府外头等着，回清溪之前我们还有个地方要去看。建黎乡的主路边立着一根高高的水泥柱子，上面刻着一句骄傲的标语："汉源县，花椒之乡"。就在柱子下面，没那么显眼的地方，有块旧石碑上面也刻着字。乡民把它叫做"免贡碑"。五年前我们到汉源的时候，这块碑还碎成几块躺在乡政府。但近几年大家对于本乡历史的自豪慢慢觉醒，而且这还有潜在的旅游价值，于是石碑被修复了，安在了这个很重要的位置。

石碑上磨损的字迹讲述了清朝末年本地椒农如何免除被当地腐败官员以上贡之名盘剥压榨的故事。当时，朝廷每年要求清溪上贡一定数量的花椒，而清溪的朝廷官员则借此搜刮民脂民膏。农民们都被榨干了，陷入绝望的贫穷中。最终农民们忍无可忍，向更高级的政府请愿，求官员放农民一条生路。朝廷大发慈悲，皇帝批准停止征收贡品。建黎乡就立了这块石碑，保证政府言出必行。

我们又挤回面包车上，颠簸地开向主路，一路都在聊花椒。作为我们向导的女乡官说：每年雅安市政府要征收四十斤精选的建黎花椒，送到北京心脏地区的中南海作为礼物。"这些店儿啊，"她朝主路边一排排小摊挥挥手，"都说他们卖的是贡椒，其实这儿根本找不到贡椒。最好的都被那些有门路、有关系的人买走了。这儿市面上的，基本上都是四川其他地方产的了，加了个清溪的包装而已。"

我和穆玛在主路边一家牛肉馆吃了午饭，端上来是热气腾腾的牛肉火锅，还冒着泡，花椒在汤里翻腾跳跃。吃完饭，我们就坐车回到清溪。五年前去过的文庙外有一群穿着鲜艳衣服的农民在转来转去，商量每袋谷种的价钱。很快就有人拍了拍我的肩膀，转头一看，是个矮壮结实的男人，叫我跟他去一趟政府。我突然发现，原来县政府就在文庙对面。"我其实想去庙里看看。"我跟他说。但很显然他的要求是不能拒绝的。他几乎是"押送"着我进了政府大楼，爬上水泥楼梯，进入一个冷冰冰的全是烟味的办公室，窗口刚好能俯瞰种子市场。他请我坐下，从热水瓶里倒了点水，给我泡了绿茶。

我做好了准备，要迎接见怪不怪的冗长盘问。他会不会把我扣在这儿好几个小时，说些无端妄想的话，表达些含沙射影的政治观点？他会不会让我写份检讨，按手印画押，就像我在川北藏区遇到的那个神经过敏的警察？他会不会也派个二十出头的警察来监视我？然而，原来我遇到的这位是清溪镇委书记，是个"新型党员"。我向他解释说，自己是个美食作家和研究者，对花椒很感兴趣，他那开朗的圆脸都放光了。"欢迎啊，欢迎！"他说着就进了旁边一间办公室，过了一会儿拿出一本装帧精美、颜色鲜艳的台历，上面图文并茂地歌颂了清溪贡椒。他还自豪地介绍了这本台历的内容：各种相关的古诗、清溪作为县府一千三百

鱼翅与花椒　　193

四十六年的历史、著名的"娃娃椒"的特写照片。"你看哈,"他指着照片,"你看得到'娃娃'不?这说明是真资格的贡椒。"他告诉我,自己很热切地想要向外面的世界宣传清溪和清溪花椒。

我又惊讶又高兴。我还是第一次遇到这样的党员干部:他明白,面对外国作家,不用把她当个罪犯或者间谍,友好亲切一点才能留下好印象。

我说想买点清溪花椒,请这位镇委书记给点意见。"我听说不一定能买到真的,"我对他说,"有些商贩还拿外面的花椒冒充。""没问题,"他说,一边拿起手机拨了个电话。几分钟后,他的一位同事进来了。"你看哈,"镇委书记对那个人说,"能不能给扶小姐搞一斤左右的清溪贡椒,要好的哈。"那人赶紧跑去落实。

半个小时后,他拿着两个纸袋回来了,袋子上骄傲地印刷着清溪贡椒的历史。书记拿了一袋,我们一起闻了闻,这香味太妙了。花椒是深粉色的,表面凹凸不平,里面是如丝般的洁白。"请给我看看'娃娃'。"我说。他凑近一对花椒仔细看了看,又选了一对,再选了一对。接着他生气地喊起来:"这不是真的娃娃椒!你看嘛,有的有娃娃,有的没娃娃!肯定是有其他的混进来了!"他气得冒烟,又把那个人喊来了:"你看嘛,根本不好。再去买,不要去那些店店儿,去找农民,他们手头留了些最好的,肯定有。"(怪不得很难找到真货,那些商贩竟然敢拿假贡椒来蒙本地官员。)

最后,那人提着一个塑料袋回来了,里面装着花椒,袋子上没有任何标签和宣传,还带着小小的枝条。打开一闻,芳香扑鼻,弥漫在整间办公室里。我们仔细检查了那些花椒,每一对都有"娃娃",真是皆大欢喜。"太感谢您了,"我说,"下面我就去文庙里随便转转看看吧。""好的,好的,"书记说,"但是请你等一下是不是跟我们吃个晚饭呢?"他给我留了电话,我们讲好时间地点。

我和穆玛又在文庙汇合。阔别五年的庙堂重新打通了，进行了华丽而俗艳的修复。颜色鲜亮的巨大孔子像高高在上地俯瞰着我们。庙堂外破烂的石碑和石头香炉还是几百年如一日地伫立着。文庙的看门老头指着石碑边一团血糊糊的污渍和一地杂乱的鸡毛说："学生考试之前都来杀鸡拜孔子。"

隆冬腊月，正是冬祭之时。几乎家家户户都养着猪为春节做准备。现在猪养肥了，可以宰了。路边很多共用的炉子，烧着火。巨大的锅盆里煮开咕嘟咕嘟的水，冒着浓浓的蒸汽。我们目睹镇中心一个院子里有个男人套了自己的猪。那猪吭哧吭哧的，又怒又怕。屠夫就等在屋里，柳叶刀正霍霍地磨着。

得要五个壮劳力同时出马，才能把拼命挣扎的猪抬到院子里，捆在屠宰板上。行将受刑的猪发出尖利可怕的呼号，恰似惊慌失措的人类。接着屠夫就把刀深深插进猪的喉咙，紫红色的鲜血四处飞溅、汩汩不断。猪继续尖叫翻扭，让人难受，感觉时间漫长。最后，它死了，院子也被血染红。屠夫在它后腿上一割，往鼻孔上塞了个自行车打气泵。接着踩气泵，猪就慢慢胀起来了（"很好杀的。"他说）。

壮劳力们把这已经绵软无力的大家伙抬到炉台上，分别把猪身的各个部位往那盆滚开的水里焯一下。还专门有个人往炉膛里添柴烧火。他们在炉台上操作时，猪的脸一片苍白、了无生气，眼珠子的角度非常奇怪，直勾勾地盯着某个地方。焯水之后变白的部位被趁热拔了毛。做这事的时候，男人们很安静也很认真。

一个人拿把大刀割下猪头，接着把身子挂在一个木架子上，就在院子里当场分解好，准备抹盐。女人把手打湿，在炉台上处理一圈圈的猪大肠；小男孩提着用绳子挂好的一对猪蹄子在院子里跑来跑去。屋子里面，女人们正给一块块肥肉抹盐，放进齐腰高的瓦罐里。几天后拿出来熬了猪油，放进罐子装好，能用一整年。

快到晚饭时间了，穆玛还在忙着记笔记。我提醒他咱们六点前就要去见那位书记。"我后面再来找你。"他说。于是我一个人走了。我搭了个小伙子的摩托车，几乎是飞着下山的。风在我的头发之间呼啸，阳光普照着遍野的花椒树和盐一样覆盖着群山的白雪。

在山庄餐厅，清溪的所有党政干部都来了，围坐在包间的大圆桌前。镇委书记很热情，频频举杯祝我身体健康、万事如意。"欢迎来四川，欢迎来汉源，更欢迎来清溪！"他高声说道。

"其实这是清溪政府第一次接待外宾。"坐在我身边的镇长有些局促不安地说。（似乎著名的罗斯都还没跟他和同僚们吃过饭。）

"嗯，谢谢您，"我对他说，"我很荣幸。"

桌上的菜都非常美味可口，可以说是最棒的乡土川菜了。最先上的是切成薄片的风吹香肠，吃上几片唇舌就被花椒和辣椒勾出过瘾的刺痛感；好吃的红油土鸡块；夹沙肉（猪五花肉片中间夹上糯米和甜豆沙，上锅蒸至酥软，撒上糖上桌）；茶香咸菜炒碎肉；烂得肉都从骨头上微微剥离的鱼香肘子；炖芸豆配花椒油；用昂贵的药材天麻炖的土鸡，鲜美异常；还有一道充满心意、文火慢炖的红烧胡萝卜牛肉。食材都是本地土生土长的，吃着实在美味惊人。那是我几个月以来吃得最好的一顿中餐，比我在上海那些豪华餐厅吃到的任何东西都要美妙，我停不下嘴。酒红了脸，菜起了兴，我也举杯说："愿外面的世界能了解并喜爱你们清溪的花椒！"官员们面露欣喜，共同举杯畅饮。

这顿饭快吃完了，穆玛才慢悠悠地走进来。我觉得他有点不礼貌，但什么也没说。大家都站起来，穆玛拿着我的相机帮我们合了影。官员们站成两排，我站在中间，微笑着，背景是远山和花椒树。一位法院的官员开着警用吉普载我们回了宾馆。镇委书记还邀请我晚点去他自己的宾馆喝喝酒、唱唱卡拉OK。

穆玛还饿着肚子，我们还得找个地方让他吃饭。但他表现得有点奇怪。我感觉他好像有点儿生我的气。"怎么了？"我问。他不愿意说。但晚点我又追问，他坦白说，之前跟我们聊过天的那些村民，听说我跟当地官员们吃了饭，很吃惊也很不高兴。"他们不知道你在干什么，还要让那些当官的接待你。你可能觉得这些当官的很大方，但是农民觉得他们给你的所有东西，大鱼大肉啊、好酒啊、珍贵的花椒啊，都是花的公家的钱。你也看到了，这里的人有多穷。杀猪的时候你说你要去山庄吃饭，那家人互相都看了一眼。他们觉得，你是在花清溪这些贫苦农民的钱去大吃大喝。"

他的话就像往我肚子上狠狠捶了一拳。但我也觉得有点受伤。"我能怎么办啊？"我问他。"我又不像你，默默地隐身就好了。我是个外国人，那么显眼。你觉得当官的把我请到办公室，我还能干什么？他很友好又很大方，看着也很真心。还有，我是个作家，我得了解中国社会的方方面面啊，穷人要了解，富人也要了解。还有，在清溪的好餐馆吃饭，跟在成都甚至伦敦的好餐馆吃饭又有什么区别？这些地方都有穷人啊。我拒绝去吃这顿晚饭，也完全解决不了贫富差距的问题。"

这个借口听着也很有道理，但我清楚得很，那顿晚饭我吃得如痴如醉、得意忘形。津津有味地喝汤、吃着那入口即化的五花肉时，我压根儿没想到这些穷人。我脑海里突然情不自禁地浮现出山上那块"免贡碑"。一个世纪前，清溪的椒农赢得了反抗苛捐杂税的胜利，不断抗争从官员的盘剥压榨中争取到一线生机。想着他们的后代今天可能面临着类似的问题，我心里真是不好受。

我们走进一家小餐馆，穆玛简单吃了点豆腐青菜和米饭，用四川话跟店主开着善意的玩笑。我的肚子里填满了鸡肉、猪肉和牛肉，真不舒服。镇委书记一副面善的样子，我喜欢他也感激他，但穆玛的话又唤起我心中的歉疚，两种情绪撕扯着我，更难受了。

第二天，我们起了个大早，收拾好东西准备回成都。包里的花椒让

鱼翅与花椒

我所有的衣服都沾上了味道，整个屋里也是一股味道。我们在花椒之味的环绕下走向车站。公鸡正在打鸣，街头小贩们正在揉面准备蒸包子馒头。我们刚好赶上去雅安的头班车，我在破破烂烂的车上买票，售票员问我："你是罗斯小姐哇？"

清溪红烧牛肉火锅

（要做得地道，需要一个桌面卡式炉。）

材料：

牛颈肉	1千克
菜籽油/牛油/两者混合	3大勺
豆瓣酱	5大勺
姜（不削皮，切片）	20克
辣椒面（选用）	1大勺
酱油	2小勺

配菜：

白萝卜	500克
蒜苗/芹菜梗	3根/2根
香菜	1大把
大白菜	半个
豆腐	250—300克

做法：

1. 把牛肉切成方便入口的小块，开水里焯水变色后捞起沥干。

2. 菜籽油/牛油/两者混合物倒进锅中，中火加热。放入豆瓣酱炒香。加入姜片和花椒，略微翻炒，直到香味浓郁。加入辣椒面，再翻炒一会儿。把牛肉块放入锅中。

3. 倒入热水，没过牛肉，再倒入酱油，必要的话加少许盐。大火烧开，转小火炖煮几小时，直到牛肉软烂。

4. 白萝卜削皮切片，把蒜苗或芹菜切成小段，铺在大铁碗底部。大白菜和豆腐切块，放进两个盘子里。

5. 卡式炉点火。必要的话，再往牛肉里面加一点水，（此时牛肉应该仍然淹没在酱汁里）。把铁碗放在卡式炉上，把牛肉倒在底部的蔬菜上。撒上香菜。

6. 火锅在桌上咕嘟嘟地冒泡，请客人们尽情吃牛肉，白萝卜和蒜苗要煮熟再吃。请他们把大白菜和豆腐也放到火锅里煮。

7. 每人分一个碗舀米饭。

如果没有卡式炉，就不用加蒜苗/芹菜、大白菜和豆腐了。在牛肉快要炖烂的时候把白萝卜加进去，继续加热直到牛肉酥软即可。这样上桌就是一个炖菜，表面上可以撒点香菜。

供4到6人食用。

第十四章　熊掌排骨，思甜忆苦

我准备走出四川和湖南这两个老地方，在中国进行新的美食探索，结果思绪飘到了福建省。福建位于中国东南沿海，夹在广东和江南之间，尽管现在在国外知名度不大，但这里曾经是中国国际贸易的前沿阵地。宋朝时，阿拉伯商人们都把帆船开进福建的港口泉州和厦门，用一船船东印度的香料和奢侈货品换取中国的瓷器与丝绸。欧洲人从十六世纪就在厦门做贸易，一直做到十八世纪中叶。后来，中国关闭了这些港口，禁了对外贸易。但在第一次鸦片战争后的一八四二年，英国人又用坚船利炮重新轰开了这个国家的通商口岸。作为海上贸易中心，福建虽然不怎么出名，却一直稳定有力地影响着外面的世界：这里是中国茶叶最重要的来源之一〔英语中的"茶"（"Tea"）这个单词，以及几乎所有的欧洲变异词，都是从福建口音延伸而来的〕。而福建移民，虽然不如广东人那么高调显眼，却也是西方华人世界一支重要的经济力量。

福建和中国大多数省份一样，有自己独特的烹饪风格，也就是中国人所说的"闽菜"。厦门和其他沿海地区的蚝煎等海味美名在外，北部山区的竹笋、蘑菇等山珍野味也是惹人垂涎。省内很多地方还出产上好的乌龙茶，比如铁观音、大红袍。住在湖南的时候，我就爱上了福建的茶叶，也在伦敦唐人街新开的福建菜馆里稍稍领略过闽菜的风味。但我渴望更多的探索和体验。于是我计划了一下，先和目前定居上海的一些川大老同学去福建北部的武夷山风景区游玩一趟，再自己去南部。

炎炎烈日下，我们乘着竹筏沿九曲溪行进，有种恍恍惚惚的感觉。两边隐现着高耸的山峰，武夷山著名的喀斯特地貌一览无余。"那个，我们叫双龟石，"年轻的导游指着水上一块低低的岩石说，"那个是大王峰。"他还搞起了即兴创作："那边是汉堡"（几层厚厚的板岩），"那个是泰坦尼克号"（很有冲击力的一块巨石，面朝着溪水）。

然而天边风起云涌，雨点砸下来，很快便成倾盆瓢泼之势。我们在一片突出的巨大峭壁下暂时避雨。但天快黑了，我们还是得往前赶路。到最后，全体淋个透湿，冷得瑟瑟发抖。导游把我们扔在岸边的一片漆黑之中，我们跌跌撞撞地来到大路上，招手拦了辆过路车才回了住处。

那天晚上，我可不想体验什么极致怪异的饮食，只想来个牧羊人派①。但我在福建北部这个地方只剩下这一晚了，还是得尝尝当地的蛇啊。餐馆老板娘刘太太在厨房旁边的笼子里养了几条，细细的，全都盘成一团。她老公把烟头往地上一扔，踩熄了，打开其中一个笼子。一条毒蛇顿时愤怒地打挺起来，发出可怕的嘶嘶声。他"砰"一下又把笼门关上了。等那条蛇平静下来后，他动作放轻，再一次打开笼子，用长长的火钳夹住蛇的脖子，把它拎出来。蛇猛烈地甩动着、翻滚着，直到他拿剪刀剪掉蛇头。旁边已经准备好了两杯高度白酒。把蛇血弄进其中一个杯子里，接着把从蛇肚子里扯出来的胆囊也给剪开，让里面绿色的汁液流进另一杯酒里。

"马上喝。"他跟我说。于是我用嘴唇分别碰了每一个杯子的杯沿，把这两杯红绿灯一样的"鸡尾酒"给喝了：先是那杯血丝还在里面旋转翻滚的红酒，再是那杯苦涩到令人精神一振的绿酒。烈酒让我的喉咙火辣辣的，泪水泛在眼眶里，而生血的腥味又让我胃里翻江倒海。接着，我目睹刘太太的丈夫习以为常地剥了蛇皮，好像那是一条丝绸内裤。他

---

① 牧羊人派（shepherd's pie）是英国的传统料理，用土豆、肉类和蔬菜做成，是一种主食。——译者

把蛇的内脏清理干净，把尸体剁成小段，扔进一锅开水里，加了把枸杞。从刘太太的餐厅望出去，就是陡峭的山与连绵的茶树。白天风景壮阔美好，漆黑的晚上则是宁静悠然。观景窗都没有安玻璃，所以吃饭的时候能听到响亮的虫声，我觉得自己也融入了此情此景当中。

刘太太很擅长利用当地食材，而且很多还是野生食材。她的冰箱里放满了奇异的菌菇：龙爪菇、金喇叭、灰色的千手菇、以当地的"大王峰"命名的巨大的大王菇，还有嫩粉色花瓣的野花和竹笋与爪子一样的姜笋摆在一起。另外还有个冰柜，专门用来放肉类，里面的猪肉品质一般。但大家来刘太太这里，可不是为了吃猪肉的。这家店的常客们想吃的是野麂子、野兔、野鸡、野甲鱼、蛇……

厨房布置简单，干净整洁，墙上镶了白瓷砖，有一个水池和两个煤气炉。烹饪方法也是简单直接，但因为食材新鲜上乘，所有的菜都是无上的美味。我们的蛇汤令人神清气爽，蛇肉软嫩，那粗糙的蛇骨啃起来也是回味无穷。我们吃了新鲜辣椒加洋葱做的麂子肉片，味道很强烈，充满了原始的野性；还有山里的新鲜蘑菇、胡萝卜红烧辣野鸡、甜椒姜蒜炒野兔以及一种绿色的野菜——"人参菜"。刘太太没有鸡蛋了，但我们又点了蛋炒饭，于是她就叫儿子走进四处虫鸣的黑夜中，找个养了母鸡的村民要了几个鸡蛋。

很久以前，我这个外国人就下定决心什么都要吃。这下算是来对地方了。但我心中悄然升起良心道德上的自我谴责，而且越来越强烈。我已经知道某些麂是濒危动物，那怎么知道桌上的盘中餐是不是其中一种呢？这么想想的话，刘太太冰箱里还有一些食材也是一样。希望那条刚刚被我喝下鲜血和胆汁的蛇不是那种野生的五步蛇（这是福建人对一种响尾蛇的俗称，因为传说要是被这种蛇咬了，你走五步就死了），但我也不是什么蛇类专家，看不出来。刘太太也相当坦白地谈自己卖濒危动物的问题。

"这是保护动物。"打开冰箱给我看里面一只死乌龟时,她告诉我,虽然是压低了声音,却没有掩饰的意思。外面一个笼子里关着一条活的五步蛇;还有一条眼镜蛇,被浸泡在装满烈酒和草药的罐子里,已是烂醉如泥。"卖这些风险不大吗?"我问她,"警察不会来抄你的店?"

"哦,他们时不时来视察一下,"她毫不避讳地说,脸上有种淡淡的笑容,"但我们经常都提前知道他们要来。"有一次她被抓了个现行,检察员看到一冰柜的非法野生动物,想罚她五万元。但她好言好语地巴结他们,请他们来吃饭,结果给了五千就了事了。"反正,"她继续说,"本地这些当官的自己也吃濒危动物。他们肯定是不敢在城里那些豪华酒店里公开这么干,但是这个地方这么安静,很少有人来,干什么都行。还有保护动物也是分等级的。要是弄了国家一级保护动物,比如熊猫,那就是重罪了。"她拿手做出抹脖子的动作。"二级的话,就是半年牢。但是三级在市场上都公开买卖的,就比如你刚刚吃的麂。"(一阵强烈的罪恶感刺痛了我的心。)

"熊掌是哪家的冰箱里都没有的,这是肯定的啦,太危险啦。但是如果真的想要,什么拿不到呀。要是哪个有钱的客人想吃熊掌,只要提前几天打个招呼,一般都能吃到的。可能要先交一千元的订金,吃完了再给一千元。餐馆的人会去找中间人拿这些东西,就不用保存在自己这里啦。"

"什么样的人才会花两千元吃个熊掌啊?"我问刘太太。

"嗯,反正就是那些有钱的公司老板啊、当官的啊。"她这样回答。

第二天我的朋友们回了上海,而我独自一人搭了辆摩托车,顺着充满山野之美的河谷前进。司机和我经过种着整齐茶树的梯田、竹林以及低矮的稻田,有几头水牛在悠闲地走着。我在一座山脚下了摩托,沿着石阶而上,来到一座佛寺,在很高很高的地方,旁边就是粗糙的岩石与陡峭的山崖。

鱼翅与花椒

和大多中国农民一样，我的司机简直就是一本活的《本草纲目》，说起农村里能吃和能入药的东西如数家珍。"这个草药，"他停下来摘下一两片叶子，"可以泡水，治中暑。"夏末的时候他会帮当地的餐馆采蘑菇，他说最贵的就是"红菇"，一放进碗里整碗汤都变成粉色了。

"野生动物呢？蛇和熊之类的？"我问他。

"嗯，也没剩下多少啦！"他笑起来，"嗯，要是抓得到蛇，那能卖很多钱。只要没人看见你抓，就没事。但是这一带是找不到熊的，反正野外是没有的。沿着那条路走，有个养殖场，是养熊、取熊胆的。"

几个小时以后，我们的小摩托又"突突突"地上了路。我们沿着险峻的车道来到一个院子里，那里有一座现代的混凝土建筑。这就是司机说的那个养殖场。我们下了车，他带我穿过一个客厅，这里麻雀虽小、五脏俱全，有很多箱子罐子，展示着用蛇和熊做的中药制品。接着我们来到一个狭长的房间，玻璃柜里关着很多蛇。有几个观光的正透过玻璃看着它们。"这些就是五步蛇。"我的司机指着蛇皮上的花纹说。

到了内院，就是一个专门修建的看台，中间深深凹陷下去的水泥大坑里有三头巨大的熊，蹒跚地走来走去。有专门的地方卖整根黄瓜和馒头，游客可以买来喂给熊吃。熊后腿撑地站起来接食物。一般这样的地方都不太欢迎外国人的。在国外，养熊取胆是个非常敏感的话题：有时候他们是从动物活体的胆中取胆汁入药，动物权益保护积极分子认为这实在是穷凶极恶。我想着自己可能会被拦住，或者被某个多事的经理赶出去。但没人拦我，看到我的工作人员都是一副吃惊又羞赧的样子。我心想，这里是不是也给有钱人提供熊掌啊？

中国人一向对新奇的东西有胃口。战国时期，熊掌是宫廷佳肴，只有帝王才吃得到。汉朝早期有篇文章写到了很原始的"红烧熊掌"：加了芍药根，还要抹酱发酵。将近两千五百年前，儒家学派的孟子将熊掌写进了讨论人性本质的名言当中：

鱼，我所欲也；熊掌，亦我所欲也。二者不可得兼，舍鱼而取熊掌者也。生，亦我所欲也；义，亦我所欲也。二者不可得兼，舍生而取义者也。

远古的珍馐佳肴千千万万，熊掌只是其中之一，还有豸、豹胎之类的。后来出现了更现代的珍稀名贵食材，比如鱼翅、燕窝（雨燕分泌出来的唾液，再混合其他物质做成的巢穴，晾干以后制成，做成汤来喝）就在厨界享有至高无上的地位。将燕窝入菜，最初是在元朝一篇文章里提到；而从明朝开始，鱼翅就成为较为普及的食材了；到了清朝，两者都成了宫廷餐桌上不可或缺的奢侈品。

今天，豹胎似乎已经过时了，但很多珍稀食材依然受到中国权贵阶级的偏爱，或者说直到近年来都是如此。我收藏的一本菜谱，是八十年代中期出版的，里面概括了国宴的菜谱，有很多相当奢侈浮华的著名佳肴，都是用来招待国家领袖和外国高官显贵的。书上除了鱼翅、燕窝和鲍鱼之外，还有一张照片：毛茸茸的黑熊掌放在有荷叶边的桌布上，旁边的菜盘里是另一只熊掌，红烧的，靠着一个无比精细的瓜雕。

有本书里记载了传说中满汉全席的菜谱，就连我都看着眼珠子直往外爆。里面不仅告诉读者如何处理那些著名的珍稀食材，比如羊蹄筋、鱼唇、驼峰、鹿鞭、熊掌和雪蛤，竟然还有一种猩唇的菜谱，而且这书是二零零二年出版的！好在，菜谱告诉读者，不要真的用猩唇，用鹿唇代替即可。书里还为日益进步的生态保护意识做出了姿态，写明可以用带皮羊肉做成熊掌的样子，来代替真品。（真熊掌的菜谱下面加了一条脚注，说熊是国家二级保护动物，没有官方许可，不能作为食材。）

理论上来说，这些珍稀食材的主要吸引力，都是其养生价值和奢侈口感。比如，鱼翅富含蛋白质，还有一些矿物质据说能缓解治疗动脉硬化，绸缎一般爽滑和咬下去那种凝胶状的脆嫩口感也为人追捧。燕窝也

鱼翅与花椒　　205

是吃进来滑滑的，咬下去脆脆的，令唇齿愉悦，其中也含有几种矿物质和甘氨酸，是中药中一味重要的阴补药材。雪蛤就像一团雪白透亮的云朵，吃着也很滑嫩。还有熊掌、驼峰以及传说中的猩唇这些盛宴食材，经过长时间的文火慢煮，入口应该都是绵密悠长、安慰口腹、萦绕于心的味道。

然而，无论如何去吹嘘这些东西的营养价值或是赞叹它们的上佳口感，不得不承认的是，它们还有很大的吸引力来自在世人眼中的价值。毕竟，简单平易的猪蹄或者海藻口感也很好，营养也同样丰富。正如一位美食杂志的编辑告诉我的："大家想吃鱼翅一类的东西，就是因为少见、昂贵，因为这是过去皇帝才吃得着的东西！"

可以想象一下遥远的过去，黑熊在福建的群山间尽情奔跑，中国东海里有无数的海参爬行蠕动，江河湖海中随处可见悠游的乌龟……中国美食家想吃这些东西的嗜好不是什么大问题，但也只有最富有、最有办法的人才吃得起：本来吃肉就是一项特权。但二十世纪末到二十一世纪初，中国的经济繁荣又为珍稀动物市场增加了新的动力，野心勃勃的新贵中产们也想成为这盛宴的座上客。

吃喝是中国社交关系的核心。用昂贵的菜肴招待朋友和生意伙伴，不仅能显示你的尊重与热情，还能把彼此纳入一张共同的关系网，也许能持续个几十年。宴会上端出一整碗鱼翅，客人便知道你财力雄厚、能成事。要是给某个影响力颇大的官员送上这么一道菜，再加上一点运气，他/她可能会心里记着你，以后能给你些好处。以上等菜肴进行说不清、道不明的贿赂，是由来已久的传统。

九十年代，华南经济特区的企业家们成了中国经济改革中先富起来的人。他们复兴了挥霍性消费的传统，一掷千金地吃珍稀动物、喝进口白兰地。后来，中国其他地方的生意人也迎头赶上挣了钱，于是学起了那群广东人的样子。突然之间，全中国的新贵们都进餐馆点起了鱼翅，就像英国的足球运动员们点大瓶大瓶的水晶香槟,都是为了炫耀自己的富有。

中国显贵们贪婪的胃口威胁到的不仅仅是国内的野生动物,这已经成为一个国际问题。比如,中国的野生淡水龟已经被吃光了,现在餐馆里的基本都是人工养殖的。但要论味道和药用价值,还是野生龟最好。多年来中国都从东南亚进口野生龟,直到该地区的龟也快被吃光,现在又转而从北美引进。穿山甲也是一样。还有海参:中国的海参已经珍稀到无法商业流通的地步,所以他们不惜远涉重洋,去厄瓜多尔的加拉巴哥群岛捕捞。

国际上关注和曝光最多的,是中国市场对鱼翅的贪得无厌威胁到鲨鱼的生存。之所以关注度高,部分是因为取鱼翅的行为过于残忍(据说渔民会直接从活鲨鱼身上割下昂贵的鱼翅,再把它们扔回海里,任其鲜血直流、慌乱失措、自生自灭)。南粤的婚宴上流行用鱼翅招待客人,全球有半数的鱼翅贸易是在香港进行的,很多店专门做这个生意。然而,臭名昭著的鱼翅贸易只不过是冰山一角、"巨鲨一翅"。总体来说,中国是全世界最贪婪的濒危动物消费国,这个星球上每个角落的野生动物都能出现在中国的火锅与药膳里。

我是个英国人,但总是想用中国眼光来看问题,所以对这件事的感觉很复杂。一方面,西方人喋喋不休地数落中国人吃珍稀动物(尤其是鱼翅),却不回头反省自己的饮食习惯,这总是让我愤怒。我自己的同胞总是津津有味地吃着各种野生海鱼,不觉得有任何不妥,对现代捕鱼船舰破坏海洋生态的后果也无动于衷。他们爱吃大虾和其他海鲜,这些食材来自东南亚的海上养殖场,以破坏红树林湿地、污染海水为代价;当然还有肉类、禽类,生产这些东西的养殖场很多都肮脏残忍,对环境也会造成毁灭性的破坏。这还只是食物而已。要说造成全球气候大变的二氧化碳排放以及总体上的自然资源消耗,按照人均标准,美国仍然是

鱼翅与花椒

罪魁祸首，欧洲紧随其后（尽管中国正在穷追不舍）。西方人谴责中国人吃鱼翅当然容易啦，因为他们自己根本不想吃。但我们会为了环境，放弃寿司、金枪鱼三明治和便宜的汉堡吗？

要是西方人搞得好像中国人嗜吃鱼翅就是全世界最严重的生态环境问题，那可真是讨人厌的伪君子。不过另一方面，我个人真的支持吃鲨鱼这种濒危物种的身体部位吗？我在英国都会尽量不买大虾和养殖场生产的肉类，也很少做鱼，因为我知道很多鱼都是通过不可持续的办法捕捞的。我当然喜欢蓝鳍金枪鱼奢侈美妙的味道，但再也无法忽视这美丽的鱼儿濒临灭绝的事实，所以在日料店吃饭时，我不会点这道菜。在中国也一样。对环境问题的日益关注和了解，让我吃到鱼翅等濒危物种时，嘴里的味道不怎么好。

另外，作为要把中餐介绍到西方世界的使者，我明白，要是公开说吃了鱼翅，一定会引起巨大的争议。讲课和做烹饪示范的时候，总有人问我对鱼翅是什么看法。要是我承认自己吃过，那我辛辛苦苦想让西方人看到中国辉煌灿烂的饮食文化的努力就全白费了；但我又不想说谎。我不是想扮成什么圣人，也不是想做谈论起吃珍稀动物时就占领道德高地的西方人，但我从内心里相信，不管我们是什么国籍，这是每个人都需要面对的问题。也许拒绝吃鱼翅是个好办法，能够挑起话头，开始一番非常必要的谈话。

中国官方也会不时打击制裁濒危物种的非法贸易。二零零三年的"非典"危机更让他们的行动有了紧迫感，因为据说"非典"病毒一开始是从果子狸（传统的补药食材）身上传染给人的。但要改变自古以来偏爱猎奇与豪奢的饮食文化，实在很难。这些制裁打击行动通常都会先给餐馆通风报信，因为那些名义上领导行动的官员们自己私下里也好喝一口蛇汤、吃一点鳖裙。而农民们呢？如果你是个福建农民，年收入只有两千元，交完孩子的学费和父母的医药费之后就捉襟见肘，此时你看到草丛中盘着一条可爱的五步蛇,你会怎么办呢?

二零零七年五月,广东沿海海面发现了一艘破破烂烂的木船,有点像"玛丽·塞勒斯特"号①,又有点像阴森恐怖版的诺亚方舟。船上堆叠着木条箱,里面关着死气沉沉的野生动物,很多都因为在热带的烈日下脱水而奄奄一息。船上发现了三十一只穿山甲、四十四只棱皮龟、将近两千七百二十只蜥蜴、一千一百三十只巴西龟,还有报纸包着的二十一只熊掌。这些全都是珍稀濒危动物,它们从东南亚的丛林启程,正往南粤人的餐桌上"走"去。运送动物的船只上,所有可以辨认的标志都撕扯掉了。发动机没电了。当地的新闻报道也没有解释船员为何抛弃了这一船十分值钱的货物。

这些动物共重十三吨,被暂时送到广东野生动物保护中心。"我们接收了一些动物,"当地媒体报道该中心的一位员工说,"正在等待上级指示如何处理。"想想广东官员们对珍稀动物的胃口,这些珍馐的市价又那么高,以及全中国横行的腐败现象,我衷心希望上级能够指示这些动物继续待在保护中心,而不是成为盘中餐。

那天晚上,在刘太太的餐馆吃完晚饭,我靠在椅子上喝着茶,听着外面幽深黑夜中的蛙声虫鸣。除了对菜单上一些内容抱有道德疑问之外,这里实在是我很喜欢的中国农村:自家的生意,靠山吃山、靠水吃水的当地应季食材,现杀现做;厨房很朴素简易,但干净得一尘不染;店家也热情真诚、温暖人心。不过,虽然这里地方偏僻、陈设简单,但能一直开得下去依靠的当然也是我这样掏腰包的游客。那些当地人住着有院子的农舍,看上去倒是山水田园,但其实都是破烂的危房。每天在茶园里忙碌、种植和加工乌龙茶的他们,是吃不起这样的餐馆的。

---

① Mary Celeste,是一艘帆船。一八七二年的大西洋上,有人发现这艘船全速向直布罗陀海峡航行,但船上一个人也没有。这艘船因此有了很多传说,更有"鬼船"之称。——译者

鱼翅与花椒

光是那份蛇汤就三百多元,在这种贫困地区相当于农民人均年收入的七分之一。但近年来,中国所谓的"乡村"饮食有了越来越大的市场。

我第一次听说"农家乐"这个词,是上完四川烹专的课程后一年左右,在开始从英国回访成都时。紧跟当地饮食潮流的老朋友周钰和陶萍邀请我去吃晚饭:"我们去吃农家乐吧!"陶萍高喊着。我完全听不懂她在说什么。

他们带我去的农家乐,原来是一家模仿农村环境的餐厅,专门招待那些追求多种享乐方式的成都新兴中产阶级。我们挤进周钰的小轿车,往城外开了一段,看到一扇竹门,上面拴着些彩色的布条。我们开车进去,停在一座竹棚子外面,棚子旁边是水泥盖的农舍。棚子下面有几拨人围坐在竹桌子旁、嗑着瓜子、打着麻将,有些已经吃起来了。

这个地方的一切都充满了刻意为之的田园牧歌情怀。装瓜子的盘子是那种斑驳的搪瓷,上面有刻板的花纹,正是农民家里常见的那种。墙上挂着蓑衣斗笠。店家请我们自己去抓鱼当午饭,就在门口的池塘边;还要去亲手点一只活兔来做焖锅。

年纪较大的城里人通常都对乡村有比较苦痛的回忆。"文化大革命"最初的混乱过后,那些疯狂攻击中国传统和所谓"走资派"的十几岁的红卫兵们被大批地派遣下乡,"向贫下中农学习"。年轻的红卫兵们之前在全中国不买票地跑来窜去闹革命,像开摇滚巨星演唱会一样在天安门广场挥舞着红宝书,朝毛主席声嘶力竭地呐喊。享受了这令人浑身震颤的自由之后,他们一下子又被送去苦修忏悔。

很多都被派往相当偏僻的地区,过了多年极端贫困的生活。我的一个朋友就被派往山区,和几个女性朋友一起住在某个废弃的仓库里,还要去坚硬贫瘠的土地上耕田,勉强为生。她们睡的床用秸秆与草叶铺成,没有电、没有自来水,而且大家经常是饥肠辘辘。这个朋友下乡三年之后回了成都,但另外一些运气不好的女孩子就跟乡下的男人结了婚,再也回不了家,余生都要在困苦与匮乏中煎熬。

周钰和陶萍这一代年轻些的城里人从来没被迫过过中国农民那种艰难的生活。很多人刚买了私家车,出行方便了,觉得乡下就是游乐场,还能暂时逃离城市生活的污染与喧嚣。全国上下开了很多农家乐来满足他们这种趣味。有些就是单纯的餐馆,有些是可以住宿的农场,能待上几天,亲自挖挖土、磨豆做豆腐或者摘果子。真正的农民们早就习惯了城里人鄙夷嫌弃的眼神,一定是万万没想到,潮流变了,这些人竟然觉得他们的生活很浪漫、很理想。村子越落后、越原始,城里人就越喜欢呢!还有,这些人竟然会花很多钱去吃乱七八糟的野菜野草,要知道,真正的农民只有快饿死的时候才会吃这些东西呀!

有些农家乐里的农家菜真是七拼八凑、闻所未闻。在福建北部的一天晚上,巧遇刘太太那个"美味欢乐乡"之前,我和上海的朋友们请出租车司机帮我们找家专做本地特色菜的餐馆。想象中应该是富有福建特色的"托斯卡纳式"农家,柴扉轻掩、农舍静谧。不过我们不该那么天真。司机一听要他推荐,满脸放光,"哦哦,我知道一个地方啦,非常有农村特色啦,你们肯定喜欢的啦。"

车开到地方了,可真是能想象到的最浮夸、最商业化的"田园牧歌"农家乐了。"到啦!"司机骄傲地说,指着一大片室内走廊和包间,整个建筑内部是用木头和竹子做的。我的心一沉,但已经很晚了,大家都饿得发慌。穿着花棉衣、打扮成农家女模样的服务员领着我们进了包间,路上经过一些开着门的包间,我瞥了一眼,每一间都是一派贪婪与颓靡:圆桌上堆叠着盘子、碗、陶罐、卡式炉上的小锅;里面的食物都是一片狼藉,都没吃完;盖在每张桌子上的塑料薄膜上散落着各种垃圾:鸡骨头、鱼鳍、虾壳、洒出来的白酒和啤酒。围坐在桌边的一张张脸都是通红的,一副喝多了酒精神涣散、眼神蒙眬的样子,个个以不同的角度懒洋洋地靠着椅背。

这家餐馆想维持我们田园牧歌的幻觉，特意叫我们站在厨房外面一个游着各种鱼类的大缸前点菜。巨大的冰箱里放满了所谓的"野"菜，还有个残破的蜂窝，蜜蜂的幼虫在里面蠕动着。但这种所谓的"农家菜"，可是用相当工业化的规模和手法来做的。

我希望在福建南部找到更地道简朴的乡村田园。我先去了厦门，在鼓浪屿上过了几夜。这个小岛离海岸不远，中国签了不平等条约开放厦门为通商口岸后，搬迁而来的外国人就住这儿。岛上还保留着很多殖民时代的建筑，还有中国最大的钢琴收藏馆，这也是厦门接纳各国来客的历史遗产。福建沿海的人们用甜辣酱蘸土笋冻、塞碎肉的鲨鱼丸，还有各种各样美味的海鲜。不过，这里不是我的目的地，我要去的是福建与广东省交界处附近，那里是客家人聚集区。客家人，顾名思义，是那些流离失所、到此客居的汉族人。几百年前，他们为了躲避战乱，从华北的家乡分期分批迁移到南边。清朝初期，很多客家人在广东和福建的山区扎了根，因为那些地势比较低也比较肥沃的土地早就被别人占了。客家人做的腌菜与朴素的农家烹饪逐渐美名远扬。福建西南部有片地方，我已经向往多年，那里的客家人仍然按照家族，住在祖祖辈辈栖居的土楼里。

下午，我搭上大巴离开厦门，天黑以后才到村里。从最近的县城乘车来的一路上，山路崎岖，车开得很慢，山上看着像刚经历过滑坡，路上散落着石块。这一路司机基本上很沉默，但每当接手机的时候都是用吼的，仿佛不这样的话，声音就会被这寂静的黑夜吞没。车终于到地方停下了，我下了车，听到清泉石上流的声音。我们沿着河边的一条路往前走，穿过一扇大门，来到一条狭长的露台上。接着他又领着我穿过一面大墙上的一扇小门。

林家兄弟坐在自家院落的一边，喝着铁观音。他们请我们也坐下喝茶。林家哥哥把水瓶里的热水倒进小小的陶壶,让茶叶泡了一会儿,再把金绿色的液体倒进公道杯,然后分到四个小小的茶杯里。"喝点茶。"他跟我说。我照办了。

林家兄弟是一位富有烟农的玄孙。他们这位高祖修了这栋大寨,几代人都住在里面。这座宅子雄伟壮丽,像童话里才会出现的建筑,有几重院落、灰瓦的屋顶,四面环山,下临河流。当然,到今天,穿堂风所过之处,很多地方都是空的,没人住、没人用;祖先的灵堂前也没有袅袅的香火。游客和外国建筑师们发现了这个地方,被独特的建筑吸引,于是林家兄弟把宅子的一侧改建成客栈。非常简单朴素的地方,水管之类的设施都是最原始的,但我觉得这可能是我住过最让人着迷的地方了。

林家大宅就位于这土楼之乡的中心地带。持续到一九六零年代的十个多世纪以来,迁徙到这里的客家人建造了非常坚固、堡垒一般的建筑群,用来保护大家庭不受外来部族的侵犯和强盗小偷的入侵。很多土楼都是圆圆的,有点像伦敦的莎士比亚环球剧院。

低楼层高高的外墙是没有窗户的,只有一扇易守难攻的大门。走进去是个院落,层层叠叠的走廊围绕着它拔地而起,每一层都有一连串的房屋。第一层是厨房、水井、鸡笼和祖先的灵堂;第二层是粮仓;再往上就是客厅与卧室。有的圆形土楼很小,有的则住得下几十家。也有些土楼是围绕着正方形或长方形院落建起来的,结构类似,比如林家。起了什么争端冲突,客家人只要把门关好守好,家里的活水、鸡蛋、存粮、茶叶和腌菜够他们撑上好几个月。

到了那里的第二天,我起了个大早,到院子里吃了早饭,然后到村子里闲逛。正是收获的季节,河岸边老太太们正在削柿子皮,把它们一个个摆在竹篾子上风干。柿子新鲜水灵,果肉丰满,黄澄澄的;几天之后颜色会变深,成为果脯一样的食物。

接下来的几天我都在探索各个土楼。一开始就在村里步行,后来骑着摩托跑到周围的村里去。这里的村子有的因为旅游业的发展修复一新，但大多数还是年久失修、摇摇欲坠的样子。和中国广大农村地区一样，土楼地区的社会已经被经济改革掏空了。几乎所有的青壮年都进城务工，村里只剩下老人和孩子。那些院落里曾经回荡着十几口大锅"咕嘟咕嘟"与"滋滋滋"的美食之声，现在则悄无声息、荒凉颓败。在地上那些废弃不用的农具和锅碗瓢盆之间，一只只鸡在啄食着小虫和米粒。

在一幢宽大空旷的圆形土楼里，木椅子上坐了个干瘪的老太太。这里荒草丛生、垃圾遍地。老太太在给干豆子剥壳，她弯腰对着一个竹篾子，把黄色的豆子从纸一样干脆的豆荚里晃出来。她嘴里嘟囔着浓重的方言。是啊，她年纪很大了，没学过普通话，不会说也听不懂。在另一幢土楼里，两个穿着毛式中山装的老爷爷带我参观了一圈。他们把祖宗灵堂修整了一番。"文革"时，家里祖宗的木雕像都被藏了起来，他们又找回来摆上。两个人的衣服都很旧了，他们目光热切地望着我，希望能拿到点小费。下午接近傍晚的时候，我撞见一个个子矮小、身上脏兮兮的男孩子端着一个饭碗和一双筷子转来转去，吃着一碗清水面，里面没有肉臊子，也没加什么调味料。

在村里的最后一个晚上，我在林家的院子里吃了晚饭，同桌还有两个客人：一个欧亚混血的摄影师，还有他的华裔英国女朋友，两人从香港来。我们从打印的菜单上选了些客家的特色菜，这都是林家为外国旅客准备的。他们给我们做了茶树菇炖土鸭汤、香菇炒鸡、炒蜜瓜和当地的野菜"血菜"。鸭肉真是不可思议的美味，通常土生土长的农村鸡鸭都是这样。接着我们吃了最著名的一道客家菜：梅菜扣肉，分量多得我们吃都吃不完。林家大哥给我们拿来一大罐自酿的客家糯米酒，喝下去暖身暖胃，有点上头，像苹果酒。我们流连于宽大的院落里，美酒喝到微醺，蜡烛渐渐燃尽。

第二天，我得搭一早的大巴回厦门。在院子里等人来接我去车站时，村里的屠夫正挑着肉到处转悠。他是个身材瘦长、穿着破旧的男人，一根扁担挑着两个竹篾子，喊着"卖肉！卖肉！"他在门口停了一会儿，我瞥见了他一身的装备行头。竹篾子里没多少肉，只有几块卖相不怎么好的猪肉和一些骨头。在隔壁土楼的门口，他和两个老头讲了讲价。有个老头一副体弱多病的样子，身上的毛式中山装也磨破发白了，但还是整洁体面的。他们谈妥了价格，买了肉，就把肉那么光溜溜地拿在手里回家了。那就是一条瘦瘦的猪排骨，比较小，一边有关节部位的脆骨，挂着几缕碎碎的肉。

我的思绪突然回到福建北部那粗俗而奢侈的农家乐，以及昨晚上我们那顿所谓"乡野"却浪费铺张的晚饭：那么多的鸡鸭，那碗我们几乎一点也吃不下的梅菜扣肉。我的心好像卡在嗓子眼，难受极了。接着屠夫沿着河边的石板路一路往下走，消失在我的视线里，而林家阿弟骑着摩托来接我去车站了。

扒熊掌

参考了《中国宫廷菜》英文版（Imperial Dishes of China，中国旅游出版社编，香港，一九八六年版）。请注意我这个版本的菜谱并未进行过实际操作，只为给各位一看！

材料：

新鲜熊掌	1 只
老母鸡	1 只
猪肉	1 千克
火腿	250 克
大朵干香菇（泡发切片）	100 克
干笋（泡发切片）	100 克
清高汤	4 升

鱼翅与花椒

姜（略微拍碎）	100 克
小葱（取葱白，略微按压）	100 克
绍兴酒	100 毫升
老抽	适量
鸡油	1 大勺
盐和白胡椒	适量
水淀粉	适量

做法：

1. 熊掌拿到明火上烤，但要小心不要把皮烧到。然后放进滚烫的开水里浸泡 1 小时，接着拔掉表面的毛。

2. 一大锅水烧开。熊掌放入水中，大火烧 40 分钟。起锅，开冷水彻底冲洗。

3. 把熊掌、母鸡、猪肉、火腿、75 克姜、75 克葱白和 75 毫升的绍兴酒一起放进一口隔热性能良好的大锅。把高汤加热，倒入锅中，没过熊掌和其他食材。盖上锅盖，放进蒸锅或蒸箱。大火蒸，直到锅内高汤沸腾；然后调到中火，继续蒸 2 到 3 个小时，直到熊掌软烂。

4. 把熊掌从锅中拿开，放到一边晾凉。趁还温热时去骨。

5. 在熊掌上按照 1 厘米左右的间距打十字花刀，刀口深一点，但不能切到底。把熊掌放在深盘中。每道刀口中都插一片竹笋和香菇。把剩下的姜、葱和绍兴酒撒下去，倒 150 克煮过的高汤进来。把盘子放进蒸锅和蒸箱，大火再蒸 15 分钟。

6. 熊掌蒸好以后，去掉姜和葱，把液体倒掉，拿熊掌在上桌的盘子上做个漂亮的摆盘。

7. 把之前煮过的高汤拿 200 毫升重新加热，多加点老抽上色。加盐和胡椒调味。加一点水淀粉下去勾芡，使汤汁浓稠，然后把酱汁倒在准备好的熊掌上。撒一点鸡油，上桌，可用瓜雕等作装饰。

第十五章　"蟹"绝入口

　　我的蒸蟹蜷伏在面前的餐桌上，浑身上下是日落时那种橘黄色。钳子上布满了苔藓般的黑色绒毛，蟹腿边缘有硬硬尖尖的黄毛。看上去这只蟹可能随时急匆匆地横行而去。不过我准备发起攻击了。吃这种大闸毛蟹是很麻烦的。剥开蟹壳吃肉，免不了一阵手忙脚乱：嚼、吸、夹、舔、掏、啜。餐厅专门配了不锈钢的"蟹八件"，还有餐巾、湿纸巾、塑料手套与牙签。我用蟹钳夹断蟹腿，掏出里面软嫩的蟹肉，还把蟹钳里面一丝丝白色的肉也挖出来了，接着拿肉蘸了蘸泡姜醋酱汁，再扔进嘴里。

　　啊，真是美味啊。蟹肉有一种环唇绕齿的鲜味，加上醋那种有点微甜的特别味道，以及姜那股强烈的辣劲儿，真是绝配，像一曲各种风味的动人合唱。我把另外几条腿也给拆了，满足得直出长气。最后，我终于开始对蟹壳里那果冻一般的肉大快朵颐了。这肉就像自然形成的鹅肝酱，最后当然少不了流动着金色油脂的蟹膏。窗外是安静湛蓝的湖水和阳光撒在上面的点点碎金。

　　我心想，难怪几百年来中国人都爱吃蟹，也爱在文学作品中歌颂蟹的美味呢。每年秋天吃蟹季开始的时候，香港、东京，甚至更远地方的美食家，都会蜂拥到华东去尝一尝这人间至味。吃蟹一年一度，是要看季节的，就像英国的全国越野障碍赛马，或者一级方程式赛车摩纳哥大奖赛。农历九月，母蟹肥了，可以捕捞了；很快公蟹也行了。从那时候

鱼翅与花椒　　217

起到年底，渔民就一刻不停地捞蟹。高档餐厅的大厨利用大闸蟹制定了很多奢侈的食谱：蟹肉炖甲鱼、蟹粉豆腐、蟹粉小笼包……街巷中出现很多临时的卖蟹小摊，鱼缸里是张着钳子、吐着泡泡的活蟹，它们被透明的玻璃板困住了，跑不掉。

很多中国人痴迷于吃蟹，但要说把吃蟹时那种狂喜忘形、飘飘欲仙，写得最生动的莫过于十七世纪的戏剧家李渔。他写道：

予于饮食之美，无一物不能言之，且无一物不穷其想象，竭其幽渺而言之；独于蟹螯一物，心能嗜之，口能甘之，无论终身一日皆不能忘之，至其可嗜可甘与不可忘之故，则绝口不能形容之。此一事一物也者，在我则为饮食中痴情，在彼则为天地间之怪物矣。予嗜此一生。每岁于蟹之未出时，即储钱以待，因家人笑予以蟹为命，即自呼其钱为"买命钱"。自初出之日始，至告竣之日止，未尝虚负一夕，缺陷一时。同人知予癖蟹，召者饷者皆于此日，予因呼九月、十月为"蟹秋"。虑其易尽而难继，又命家人涤瓮酿酒，以备糟之醉之之用。糟名"蟹糟"，酒名"蟹酿"，瓮名"蟹瓮"。向有一婢，勤于事蟹，即易其名为"蟹奴"，今亡之矣。蟹乎！蟹乎！汝于吾之一生，殆相终始者乎！所不能为汝生色者，未尝于有螃蟹无监州处作郡，出俸钱以供大嚼，仅以悭囊易汝。即使日购百筐，除供客外，与五十口家人分食，然则入予腹者有几何哉？蟹乎！蟹乎！吾终有愧于汝矣。①

全中国公认最好的大闸蟹，出自苏州附近的阳澄湖，因为那里碧波荡漾、水质清淳，适合大闸蟹的生长。所以，在那个和暖的十月周日，

---

① 此篇出自李渔《闲情偶寄·饮馔部·肉食第三·蟹》。李渔是明末清初的文学家、戏剧家和美学家。他写的《闲情偶寄》可以说是养生学的经典著作，分了八个部分。而李渔在本书中写的吃蟹感受，让他得到了"蟹痴"的名号。——译者

我跟几个朋友来了个阳澄湖一日游。同行的一位朋友叫格温，是川大的老同学；还有"煽动"我们去吃蟹的李静，离了婚的上海女人，魅力四射、美艳动人，是格温介绍我认识的。上海人的傲慢自大恶名在外，据说根本不屑于跟旅居上海的西方人来往。但李静在法国小住过，英语、法语流利得很，而且在一家跨国公司供职。她的性格开朗、思想开明，真是非同一般，对吃的热爱也是一样。于是她找到个朋友，叫他开着吉普带我们出城，开上沪苏之间新建的高速公路，奔向大闸蟹。

秋蟹的交易中心，是苏州附近一座湖畔城市昆山，但到现在已经变成充满商业化的旅游区，实在是个噩梦。一辆辆大巴开过来，一群群老百姓下了车，走进那些俗气拥挤的餐厅，狼吞虎咽一番大闸蟹、拍点照片。像李静这种走南闯北见过世面的人根本不可能想去那样的地方。我们下了高速，穿过一片片卷心菜田，来到一家餐厅，就在阳澄湖边一个没有过度开发的僻静地方。我们都下了吉普车，顺着两旁翠竹掩映的弯曲小径，走进一间架在滩涂上的吊脚楼。

我津津有味地品尝着自己手里那只大闸蟹稀少却诱人的嫩肉，一边瞥了眼李静。黑发披肩的她拿着一只母蟹，正吮吸着丰富的蟹黄，手指上都沾着亮晶晶的油脂。桌上的每个人都默默而专注地吃着，唯一的声音是蟹壳"咔嚓"的碎裂，和每个人轻轻的"吸溜吸溜"。开车带我们来的是个中国高级将领的儿子，他不是个看重自己身份地位的人，这一路上都谦虚而寡言，此时却打破沉默说，"注意哦，蟹是大寒的，要边吃边喝点酒，免得胃痛。"他朝桌上温好的绍兴酒点点头，那酒还泡了也属于热性食物的姜。我用沾满黄色蟹膏的手指拿起酒杯，送到唇边。温暖的酒精立刻就上了头。

吃完这顿午饭，桌上的托盘里已经堆满了大闸蟹的"遗骸"。我们多坐了一会儿，喝酒聊天。"这里算是这片特别好的一家大闸蟹餐厅了，"李静说，"看着可能不起眼，但是他们这里的大闸蟹是'绿色食品'，和昆山那些工业化养殖的蟹完全不一样。这些大闸蟹就是在那边户外养殖的，不喂人工饲料，吃的都是小鱼和小虫。国家领导都会来这里吃的。"

　　李静和那位朋友还在桌上，格温和我先起了身漫步出去，看看那片养蟹场。进门的地方有个很大的广告牌，上面的照片里，一位高官正看着餐厅里的一篮活蟹。养蟹场的湖水里挂了浸水的大笼子，蟹就养在笼子里。有个养蟹人领着我们参观了一下，然后用手拉了只个头很大的大闸蟹出来。大闸蟹挥舞着八条腿儿作无用的抗争，养蟹人露出憨厚的笑容。阳光正好，空气清新，酒意微醺，我们心情相当好，直到注意到水的状况。水面上旋转着油乎乎的泡沫，还有大量从湖里飘来的肮脏废料。阳澄湖的水曾经是那么清澈纯净，现在却和中国其他的很多传说一样，没有跟上迅速工业化的现实。想着刚刚吃过这样的水里养出来的蟹，我们突然有点不舒服。

　　我们光顾那家餐厅不久，中国的媒体曝光了一场有关蟹的丑闻。台湾卫生机构检查了一批次的进口阳澄湖大闸蟹，发现全部含有呋喃唑酮代谢物 AOZ，这种抗生素跟癌症有关。阳澄湖的养蟹人坚称他们没有使用 AOZ，肯定是有人拿别处有问题的蟹来替代了真品。中国官方媒体报道说，来苏州吃蟹的人根本没对这含有"癌症"二字的小小谣言上心，整个吃蟹季依然无忧无虑地品尝着美味。但每每想起这件事，我嘴里总泛起一股苦涩。在上海剩下的日子里，我几乎都在有意无意地尽量避免吃大闸蟹。

　　现在，每当看中国的报纸都会发现满篇的食品安全问题。十年前，这样的报道还十分稀少，而我在遍寻美食的过程中遇到的一些，与其说让人担忧，不如说觉得好笑。比如养鳝鱼的上海农民，为了让鱼养得肥一点，喂它们吃了避孕药。现在这些报道却让人恶心，而且呈现急剧恶化的趋势：上海有三百人吃了喂"瘦肉精"的猪肉，食物中毒；用工业染色剂作假的鸭蛋；假奶粉让五十个婴儿不幸丧生。当然，这种情况一方面是因为中国的报纸在更坦白和透明地去报道这些并不让人开心的新闻；但更重要的原因是经济发展得有些失控，相关法律法规又不健全，以及弥漫全国上下的腐败风气。

中国一共有五十万左右的食品加工厂，其中四分之三是私营小企业，偶尔交点罚款，成本要比投资安全生产小多了。一次我去了成都郊区一个生产皮蛋的非法工厂，其实就是垃圾遍地的院子里一个小小的"黑心小作坊"。那里的工人们告诉我，传统的皮蛋要做三个月，而他们的只需要七到十天。陪我去的朋友说，这么短时间做出来的"快速皮蛋"，肯定是加了氨这一类的添加剂。

中国的食品安全问题首先登上国际媒体显著位置，是在二零零七年春天。讽刺的是，开始这一切的，是对动物而非人类健康的关心。美国的一些宠物猫和宠物狗离奇死去，有关人士研究后发现致死原因是猫粮狗粮里中国制造的材料小麦蛋白中加入了三聚氰胺这种廉价的化学蛋白强化剂。全世界都开始对从中国进口的食品更为仔细地筛查检验。美国记者深挖了美国食品和药物管理局多年的报告，其中记录了被打回中国的进口商品：有非法农药残留的蘑菇、加了化学染色剂的梅子、沾染了致癌抗菌药的虾。那年春天，在短短一个月的时间里，美国就遣返了一百批次的中国食品，这些还只是在港口就被拦截下来的。

引起全球公愤让中国政府颜面尽失，他们痛定思痛，开始行动。官员们纷纷宣布，要整治取缔那些缺乏监管措施的小型食品加工公司，并且在全国范围内进行食品安全检查。检查结果令人不安。检查员们发现，像面粉、糖、腌菜、饼干、干菌、瓜子、豆腐和海鲜等各种各样常规食品的生产过程中，非法使用染色剂、矿物油、固体石蜡、甲醛、碳酸铜染料这些化学品早就是家常便饭。中国食品药品监督管理局的原局长因为受贿被捕，食品法规系统中的腐败程度也由此一目了然。

鱼翅与花椒

早在猫狗粮丑闻之前,一位曾经负责过竞技体育药物监控的中国官员就曾警告过即将参加二零零八年北京奥运会的运动员,要是他们去外面的餐厅吃饭,很有可能通不过比赛药检,因为中国的肉类中注入大量合成类固醇早就是既成事实。为了避免引起国际体育界的恐慌,政府赶忙承诺,奥运村一切食物的供应商都会精挑细选,食品会用防拆封袋装好,运送的车辆也会进行详细跟踪记录。另外,村里的厨房也会有人二十四小时守卫监管,所有用于为运动员们做饭的食材都会首先用小白鼠做实验!然而,对于我们这些"村外人"来说,这个守卫重重、有小白鼠做实验的"无菌"奥运村是进不去的天堂,政府这些信誓旦旦对我们没有任何安抚作用。

所以,过去几年来,我的一些中国朋友不大想吃肉,香港的朋友也对从中国大陆进口的食材非常警觉。这并不单纯是中产阶级的妄想偏执。我自己对中国菜的喜爱,也因为越来越担心盘中餐里到底注入了什么,而蒙上一层阴影。那些诱人的豆豉辣椒炒大虾、那条糖醋鱼……中国的养鱼场好像经常往池塘里放一些禁止使用的抗生素与杀菌剂,所以这些食物上很可能有残留;那一块块软嫩的红枣炖猪腩……生长激素,有谁想吃的吗?还有做油条时用的那些令人疑窦丛生的化学品、通常都会添加到皮蛋里的氧化铅,有谁想吃的吗?另外,我也目睹过那些背上背着一罐罐杀虫剂的农民,把他们种的豆子和卷心菜浇透(而且很多人告诉我,自家吃的菜上面是绝对不喷农药的)。

在英国,我尽量吃有机食品,不去碰工业化农场出来的肉禽蛋,且大多数情况下不沾染垃圾食品。但在中国是不可能做到这么讲究的。我可是个专业的"杂食动物",能怎么办呢?

贪便宜的制造商故意在食物中掺假是一个方面的问题,另一方面中国大部分地区严重的污染更是对人体健康造成直接的重大危害。政府数据显示,百分之十的中国农业用地都因为过量农药、重金属和固体废料而高危污染；有三分之一的农村人口无法享受安全的饮用水。报纸铺天盖地地报道受到毒素污染的湖和水库，其水质已经不适合灌溉，读来真让人心惊肉跳。最近世界银行公布了一份报告，每年有七十万中国人因为空气和水污染早逝。

只要住在中国，你就知道，这绝不只是一个抽象的数据。要是哪天天气不好，你来到北京的街道上，呼吸之间就能感受到严重的污染，可能还会被污浊的空气呛到。现在，我回成都和长沙，经常都会咳嗽、头痛甚至哮喘。我爱喝中国茶，所以在中国的时候随时都把它作为饮品。不过，偶尔喝茶喝够了，还是会喝杯白开水。这种时候，如果喝的不是蒸馏水，味道通常会让我震惊不已。我记忆犹新：有杯白开水喝起来有石油和不知什么化学废水的味道。就算有的味道没这么极端，失去了茶叶的掩护，水里总有一股淡淡的金属味。

我那些上海和北京的朋友，特别是有小孩的，很忌讳在食物、空气和水这样的问题上想太多。他们略略地调整了自己的生活方式，想以此来平复内心的恐惧，比如不吃路边摊、不吃卫生问题成疑的餐厅。就算在比较好的餐厅，他们也是有些讲究的。有一次，我和一位意大利友人在我俩最喜欢的上海餐厅吃饭，本想点当地特产银鱼，结果朋友横眉倒竖。"你最近注意过水质吗？"他说。有位国际驰名的上海顶级厨师对我坦白，在中国当厨师，最大的挑战是探寻安全放心的食材。

现在，每当重返中国，我就会发现能吃的肉禽蛋比以前又减少许多，因为我已经不信任这些食材的安全了。我当然是想什么都尝一尝的，因为味道还是一样的好，我对中餐的好奇心也分毫未减。但我能冒吃下多种激素和化学品的风险吗？《中国日报》用醒目的大标题写道，"官方认定：大多数蔬菜都是安全的"，却没怎么平复我的情绪。我唯一能带着完全的信任入口的，是在最最偏远的农村山区遇到的野笋、野菜和农家自己出产的东西。

不久以前，我回成都待了短短几天，为几篇文章做研究，顺便见见朋友。一个认识的生意人邀我吃晚饭。我们坐上出租，停在郊区一家餐厅的门外。红地毯从门口宽宽的台阶一直延伸到空旷的大堂，上面有很多一看就很匆忙的脚印，都是从出租或包的大巴上下来就直奔进来的。穿着丝绸连衣裙的服务员站成一排欢迎我们，闪闪发光的枝形吊灯挂在头顶。餐厅内部是刚刚流行起来的"欧式装潢"，厚实的布艺椅看着有点儿法国风情。

其他要一起吃饭的人都已经到了。我在大厅的桌前落了座。大家其实都不饿，但这餐是有人用公司公款请的；而且在中国，要是菜点得少、点得便宜，请客人面子上是挂不住的。于是我那个朋友点了一盘奢华的大虾，盘上是十分精美的装饰；还有一条蒸鱼、避风塘炒蟹、酱肘子、大量的鸡鸭牛肉、昂贵的菌类以及汤和饺子。我们都忙着夹菜，但没人真正在吃。一两个小时后，这桌上大部分的菜都会被倒掉。

很少有中国人在家也这么吃，这是很典型的一顿饭馆晚餐。"很浪费！"请我来的朋友说，尴尬地笑了一声。我们都知道，现在是饭点儿，全国应该有很多这样的餐桌摆着注定要被浪费的食物，想来十分悲哀。在成都和长沙这样的省会，有些大型酒家能同时容纳五百人、一千人、两千人甚至四千人就餐，没有一家是"光了盘"的。就连在偏僻的城镇，我也目睹了十分夸张的铺张浪费，感觉是中世纪道德剧里的场景。

从某些方面来说，这样讲排场是完全可以理解的。中国五十岁以上的人都经历过"大跃进"之后的大饥荒，以及接下来长达几十年的计划经济。不久以前，农民们还要用猪油在锅里擦一圈，好让菜有点荤腥的味道；还会把没用完的猪油小心放好，下次还用。有些人还跟我说，六十年代那会儿，他们做梦都想着吃一口猪肉。在某些方面，中国人依然还活在对那些贫穷匮乏的极端反应中。这么肆意浪费挥霍，是因为以前穷怕了、饿怕了，而那样的日子终于结束了，桌上有了肉，全国人民共同长舒了一口气。那些"极左"的激进岁月中,清教徒式的生活方式令中国人生活里最大的愉悦遭到了压抑,现在是该报复性地满足一下了。

也有文化上的原因。在中国,吃酒席是一种社交制度。请亲戚朋友吃饭,能显示你对他们的爱与慷慨大方;请客户和同事吃饭,能展现你的财力和权力,是挣面子的好机会,显示你有地位,办事牢靠专业。无论请谁吃饭,你都要让客人面前摆满大菜,尽你所能来置办最体面的一桌。当然,大菜通常都是大鱼大肉,很少出现谷物和蔬菜,特别体面的大宴可能都不会上米饭。

很多人不喜这种传统风格的豪宴。中国政府显然觉得国家财富都在这些铺张浪费的公款吃喝中挥霍掉了,为此忧心忡忡,会偶尔发些通告,倡导艰苦朴素、严禁公款吃喝。而做生意的人无休止地参加各种不得不去的工作宴会,也真算得上是种折磨了。特别是这些宴会上经常需要举着白酒推杯换盏,免不了喝个烂醉如泥。我之前在英国的一位同事,后来到了河南做销售代表,他去各种工作上的社交场合真是去得恶心了,北京的一个医生诊断说,他患上了"恐宴症"。

另外,中国人也越来越被普遍存在于西方世界的很多疾病所累:肥胖症、2型糖尿病[①],还有癌症。曾经挨过饿的爷爷奶奶们拼命给孙子孙女喂快餐和糖果。我见过一些人到中年的朋友,几乎每天晚上都出去吃,身子越来越胖、脸色越来越苍白。

每当在这些奢侈俗艳的餐厅吃饭时,我都会不由自主地怀念起在四川的第一年,那时候人们吃得多么经济俭省啊,实在让我动容。还记得那些蛋炒饭的午餐,加一点点肉,或者配一点简单的炒菜,就让人兴高采烈。我还深深地怀念留学生时期吃的那些饭菜,有时候坐在"竹园"的小凳子上,有时候在川大周围别的小餐馆里:美味的鱼香茄子、卤鸭

[①] 2型糖尿病,原名成人发病型糖尿病,一般在三十五到四十岁以后发病。患有这种病症的病人占糖尿病患者的百分之九十以上。——译者

鱼翅与花椒

心、炒丝瓜、蒜苗回锅肉。现在我偶尔还能找到一家这种家庭小餐馆,藏在不知为什么躲过了拆迁队的小街小巷里,墙上贴着白瓷砖,桌椅都是粗糙的胶合板,菜单上是不流行的传统菜。我以为肯定会失望的,结果菜一上来,味道还是和记忆中的一样好,还让我的心整个温暖起来。在那短短的时刻,我忘记了污染和激素。面前这些好菜,让我想起了自己爱上中国的原因,想起了第一本书一定要是川菜食谱的原因。

一天晚上,我跟格温在上海一家餐馆吃饭。

"我觉得好愧疚啊。"格温边喝着汤边说。那是一碗上海式的鲜汤:汤色雪白,有点浓稠,上面漂着小碎丝,可能是豆腐或者蛋白。但仔细一看,原来是针一样的小鱼。每一条细小的鱼针尖一样的脑袋上都有两个黑眼睛,大概胡椒籽大小。

"你想想吧,我们吃掉了多少条生命啊,"格温说,"一万?两万?"

没错。每一勺汤里都有数十条甚至数百条小鱼的生命。

"不知道怎么的,吃这么多,感觉很糟糕,"格温说,"嗯,比只吃一条鳝鱼糟糕多了。"她的话让我打了个冷颤。我也和她一样,带着愧疚之情喝完了汤。

十九世纪,英国出了个雕塑作品,叫做"暴饮暴食可能致死:梅耶大人的白日噩梦",并宣称献给"全城的美食家"。雕塑表现了一个肥胖的伦敦商人躺在床上,因为自我放纵、食肉过多而痛苦不堪。他产生了可怕的幻觉,感觉自己被一大群动物包围了:鸭、鹅、牛、猪、鹿、野猪、鲟鱼、飞鱼……它们钻进床帘,把他团团围住,一只龙虾挥舞钳子想去夹他的鼻子,一只巨大的乌龟正压在他胸口上。

有时候,想想我做美食作家的生涯中都吃过些什么,不难想象自己也会遭受这样的结局。我在一九九九年的笔记本中写道:"过去三天来我吃了蜗牛、牛蛙、蛇、麻雀脑、鸭舌、鱼头、鸭心、牛肚,还有半只鸭、大半条鱼、鸭血、至少三个鸡蛋、烟熏培根和五香牛肉。"更令我羞愧的是，这种大吃大喝并不少见。有一次，一个严格吃素的朋友告诉我，这辈子吃的所有动物，等我死后，都会来审判我。他说："大多数人可能就是一两排法官：一头牛和一头猪，一只羊和一只鸡。但是你，想象一下吧，扶霞，你的法官肯定会像足球场的观众一样，一排排地坐着：果子狸、狗、蛇、牛蛙、肥尾羊、麂、鳝鱼，数都数不清。"

在成都拿奖学金读书的时候，我活得很节约，十分渴望能尝一尝曾经在皇帝的御膳桌上大放异彩的珍馐佳肴。而现在呢，我只感觉自己越来越厌恶这些东西。像我这样的中餐美食家，充满探索热情的中餐美食家，会有什么东西不吃的吗？短吻鳄的肉、小鹿柔软的鹿角、兔子的肾、掌中宝（鸡爪中间的那块脆骨），还有猩唇……只为我们的口舌之快，多少动物要被夺取生命。有时候这些美味看起来真是比讽刺还讽刺，就像罗马讽刺作家佩特洛尼乌斯作品《特里马尔奇奥的晚宴》中上的菜那样，矫揉造作、浮华虚无。

作为专业的美食作家，我也是要履行职责的，而每一次都有人请我尝尝圈内人才吃得到的美食。这些情况下通常是很难拒绝的。大方的主人往我面前放一碗鱼翅汤，别的客人满含期待地望着我，希望我也能领人家的情。大家都知道，这么一小碗鱼翅汤就要几百元。我犹豫了一下，接着带着满心的愧疚，笑一笑，喝一口，赞扬这柔软丝滑的口感，以及高汤清淡却回味无穷的绝妙。

商周的祭祀用青铜器是中国最古老的文物，也最能代表中国文明。这些青铜器中就有酒罐、大锅和蒸锅，上面装饰着一些几何图案，还有一些虚构的怪兽的脸，有弯曲的角与目露凶光的眼睛。有些青铜器上的动物很像老虎、牛或者鸟，有些上面的则更为抽象。没人知道这些长相凶狠的动物对于商周的人们有什么意义，但中国人称它们为"饕餮"。现代汉语中，"饕餮"的意思是"凶狠残忍的人；吃货"。我还从一本古书上读到过，古时候有个以凶残暴虐闻名的恶人，也叫作"饕餮"。作为中国数千年文明最具有代表性的象征，这些祭祀用青铜器上雕刻了凶狠的动物，千百年前就记录了洪水猛兽般的暴虐贪婪。

在业内颇有影响力的考古学家张光直曾在一篇阐释中国古代饮食历史的文章中推测，那些令人望而生畏的动物图案被刻在商周统治阶级祭祀用品上，可能是想提醒，暴饮暴食会引起大忧患，就像欧洲中世纪总用死亡的意向来提醒人们遵纪守法、恪守道德；这些意向也许是警示当时的"肉食者"，贪婪便如同巨兽，能使道德沦丧、腐败横行。

近几年，每当在中国吃饭，我都越来越觉得餐桌上有饕餮可怕的阴影。我曾经觉得，能来参加这么多宴会、吃到这么多佳肴，都是因为我做这份工作的职务之便；现在却觉得这是一片充满道德、环境与卫生问题的雷区。一边是多年习惯的杂食与好吃，一边是道德谴责让我没有胃口，真是太矛盾了。喝鱼翅汤的时候，头顶尖角的怪兽饕餮就那么盯着我，那双从远古而来、咄咄逼人的眼睛怒目圆睁。我不敢直视这目光。我和清朝伟大的美食家袁枚产生了强烈的共鸣。他参加了一场有四十道菜之多的奢侈晚宴，为这种铺张浪费而瞠目结舌，回到家还需要一碗清粥来舒缓腹内的饥饿。

当然我也知道，从某种程度上来说，"胃口没那么好"也可以作为一种隐喻。我不仅是厌倦了这无休止的宴饮，还厌倦了在外漂泊、厌倦了中国。这么多年，我把一切都献给了这个国家，现在，它反过来把我弄得筋疲力尽。我烦透了永远摆出一副中英文化使者的完美模样。这总是身处异乡的疯狂生活方式让我不堪其苦。

我总是在想念某些人、某些事。我已经吃饱了，只想回家。我不想一辈子总在吃兔头和海参。我想在自家的花园里种种菜，做点酥饼和牛肉腰子饼这种传统的英国食物。

除了菜谱和草图，我的日记里还写满了乡愁与绝望。

坐在丰盛奢华的中国晚餐桌前，我心里想的是科学家们的警告，说食品危机即将全面来袭。气候变化正逐渐破坏粮食生产;中国和印度正在往以肉食为基础的饮食过渡,这又需要更多的土地;地下水急剧减少,地球人口却在上升。廉价食品与食物过剩的年代也许很快就要结束。在不久的将来,我们会为了油和水,甚至可能是谷物粮食而抢个你死我活。那时候,眼前这些奢侈浪费看起来该是多么疯狂啊。这些大宴,桌上重重叠叠地放着根本吃不完,甚至连吃都不会吃的大鱼大肉、一盘盘的虾与鸡鸭,以后的人再看,可能觉得是个幻觉。这是在计划经济的年代和资源稀缺的年代之间那么短短的几十年,人类贪婪而浮华的岁月,忘记了事物价值的岁月。象征暴饮暴食的怪兽饕餮,也许只是中华文明的一个意向,而中国人设起宴来,也许比任何人都要讲排场。但我心想,说到底,我们所有人不都是同样糟糕吗?说实话,欧洲餐桌上最奢侈的鱼子酱,又和鱼翅有什么区别呢?鳕鱼呢?蓝鳍金枪鱼呢?现在,这些全都是濒危物种了。英国家庭购买的食物中,有三分之一都扔进了垃圾箱。看看我们这些伪君子吧:一到假日就满世界飞,吃牧场上养的牛,觉得自然健康,但这些牧场曾经是珍贵的雨林;我们还购买世界其他地方涌进来的非应季食物,大家都是行走的二氧化碳喷射器;想想全世界越来越多的土地都用来种植用于乙醇燃料的谷物,如果用本该供给非洲贫农的谷物来供给你的车还不算饕餮的话,我不知道还有什么能算了。

　　不得不承认,中国人好像是什么都吃。但从某种程度上说,"无所不吃的中国"只不过是面哈哈镜,放大了全体人类贪婪的心。汉语说"人口、人口",人就是口。现在,中国有十三亿大吃大嚼的口。中国本身也是一张吃个没完的大嘴,狼吞虎咽的不只是中餐食材。中国人也与贪婪的西方人一样,开始消耗世界各地大洋中的海鲜。乳制品也在中国发展起来了:中国的孩子也要喝牛奶,日益增长的需求量造成全球市场牛奶价格飙升。原木、矿物和石油这些满足中国经济发展需求的资源也是一样。中国已经变成全球最大的谷物、肉类、煤炭和钢铁消费国。看上去这形象可能有点穷凶极恶,但别忘了,中国压抑克制了那么久,其实只是在追赶全世界贪婪的脚步,只不过动作快了点、规模大了点而已。

参加完一场又一场令人不安的宴会,我深夜回家,面前总得摆碗清粥。每当这个时候,我都不由自主想起湖南的朋友刘伟之。他那么谦逊质朴,那么克己复礼,那么充满悲悯,那么坚持素食。是啊,他所代表的对待饮食的态度,乃至对待生命的态度,看上去的确优于我。在这样一个全民暴食的年代,他的节俭竟有点与主流文化格格不入,然而却和中国古代同样富庶时代的思想产生了共鸣。

两千多年前,贤者墨子写下了古代的饮食之法:

古者圣王制为饮食之法,曰:"足以充虚继气,强股肱,耳目聪明,则止。不极五味之调、芬香之和,不致远国珍怪异物。"①

和墨子大概同一时代的孔子,吃得不多,也很注意每顿吃的肉量不要超过吃的饭。中国父母把他作为榜样,叫孩子们不要剩饭、剩面,不要因为桌上的鱼肉就忘记碗里的主食。而二十一世纪初,当那些"先富起来"的生意人和有权有势的官员们埋头于酒池肉林与异邦珍馐时,很多人家的家常菜也都是简单的米饭青菜。

讽刺的是,尽管存在炫耀铺张的宴饮文化,尽管在成见颇深的西方人眼里,中国人都是一群怪物,"什么都吃",中国大众的传统饮食却可以作为整个人类社会学习的范本。这是老一辈的生活方式,是穷人家和

---

① 本段文字节选自《墨子·节用中》,附上白话译文:古代圣王制定饮食的法则是:"只要能够充饥补气,强壮手脚,耳聪目明就行了。不穷极五味的调和与气味芳香,不招致远国珍贵奇怪的食物。"——译者

智者仍在坚持的饮食：主食是一碗蒸饭或者煮面；大量简单烹饪的应季蔬菜；各种各样的豆腐；极少量的果脯；再来一点点能够增添风味、供给营养的肉和鱼。西方现代的典型饮食本身就是很奢侈的，含有大量的乳制品和动物蛋白。中国传统饮食则不同，把对环境的影响减到了最小，而且营养均衡又讲究色香味，极大地满足眼鼻口腹。对美食与烹饪进行了那么多的探索，这始终是我心中最好的生活方式。

也许，中国的特权阶级和其他很多地方的贵族一样，总要在彬彬有礼的绅士风度与暴饮暴食的贪婪豪宴、克制约束的清规戒律与放浪挥霍的铺张排场中挣扎。刘伟之和我，都会坐在餐桌前，他面前是米饭豆腐，我面前是鱼翅汤与爆炒鸭舌；这种对比，不过是长久以来传统的延续。

这话听起来可能匪夷所思，但经历了这么多大吃大喝与暴饮暴食之后，我有时觉得，自己最后可能会吃素。

粥

以下摘自清朝美食家袁枚的《随园食单》：

见水不见米，非粥也；见米不见水，非粥也。必使水米融洽，柔腻如一，而后谓之粥。尹文端公曰："宁人等粥，毋粥等人。"此真名言，防停顿而味变汤干故也。近有为鸭粥者，入以荤腥；为八宝粥者，入以果品，俱失粥之正味。不得已，则夏用绿豆，冬用黍米，以五谷入五谷，尚属不妨。余常食于某观察家，诸菜尚可，而饭粥粗粝，勉强咽下，归而大病。尝戏语人曰："此是五脏神暴落难。"是故自禁受不得。

第十六章 红楼梦

二零零七年一月,我又回中国待了一个多月,但一直心不在焉。我怀疑这条路是不是走不通了。我扪心自问,是不是应该坦白地承认,我在中国大吃大喝的这段丰腴时光已经结束了?是啊,这真是一段美妙奇异的旅程,一路上我什么也不错过,什么都去体会。但这段旅程本身是否已经没有那么快乐了呢?多年前,我毅然决然地放弃了一份符合别人对我期望的事业,之后便是自由自在、海阔天空。也许现在又该做同样的放弃了。现在经常有人问我:"扶霞啊,你又要去体验中国什么地方的菜系啦?"他们觉得我肯定要给每个省都写本书。"你疯了吗?"我想这么回答,"你知道中国有多少个省吗?"

但中国已经成了我多年的"积习",实在很难改掉。而且我也签了这本书的合同,这是很长时间以来的夙愿。"再多一个月,"我告诉自己,"然后就告别吧。"于是我收拾好东西,鼓起勇气来到机场,飞到上海。好朋友格温在她旧时法租界漂亮的公寓里给我留了个单独的房间。然后我就在那里公事公办地开始探索华东的饮食传统。

上海本身就是美食记者的"宠儿"。他们成群结队地跑到豫园的南翔馒头店吃小笼包,又到外滩著名的 Jean Georges 吃法餐。不过,以中国的标准,上海的历史积淀不深,是一座现代大都市,"世界融合料理"比传统饮食更丰富。而我的研究是要去更为古老的饮食中心,比上海更为内陆的江苏省和浙江省。

可能有人会说，北京孕育了宫廷菜、南粤诞生了商人菜、四川打造了火辣下饭的农人食物，而华东则是文人雅士的美食之地。宋朝诗人苏东坡令杭州出现了美味的"东坡肘子"，美食家袁枚在南京写成了他著名的菜谱《随园食单》。二十世纪，作家陆文夫的小说《美食家》，背景就设定在他的故乡苏州，讲的是数十年革命中一位保守派美食家与一位恪守简朴的共产党人的沉浮纠葛。

长江以南古城遍布的地区，有着中国最上乘精细的食材，比如金华火腿、绍兴酒、镇江醋，当然还有著名的大闸蟹。这里的很多城市都有自己代表性的特色菜：杭州有叫花鸡、西湖醋鱼和东坡肉；南京有盐水鸭；苏州有响油鳝糊和太湖里捞的莼菜做的汤。不过，要说美食，这些地方都比不上扬州，这里曾是古代华东的美食之都，也是"淮扬菜"的摇篮。

扬州位于土壤肥沃的江南地区，因为物产丰富，素有"鱼米之乡"的美誉。这里从远古时代就有人聚居；从秦朝开始一直是个行政中心；隋唐时期修建了大运河，连接那时候就已经因为丝绸与茶叶闻名的杭州和北边的都城洛阳与长安。扬州是大运河上的重要城市，再加上发源于青藏高原、流向东部沿海的长江也流经这里，使其成为中国的交通枢纽，更是个诗酒繁华地、温柔富贵乡。数百年来，一提起"扬州"，人们想到的就是奢侈高贵的生活、文人雅士的做派。但十九世纪有了铁路，经过扬州的路线并不重要，这里的发展渐渐有些停滞。现在，游客们经常蜂拥到苏州赏园林、到杭州游西湖，扬州却不在必游名单上。

于我，这里是拼图上最后的一块，至关重要。十五年来，我漫游中国上下，从西部的沙漠到上海这个"东方巴黎"，从殖民历史深厚的香港到六朝古都西安。当然，也不能说我就是见多识广了，因为中国是永远探索不完的。但在美食版图上，我也算是个走南闯北的行者了。不过，对于扬州美食，我只是在北京的宫廷菜中窥视过其影响，在上海那

鱼翅与花椒　233

些时髦别致的新派餐馆中有过肤浅的体验,却从未亲自踏足扬州。我可是中餐专家,不能留下这样的遗憾。

那是个晴朗而冷冽的早晨,我沿着沪宁铁路(上海到南京)来到了因为出产陈醋而闻名的镇江。小城生活发展迟滞、节奏缓慢,现在已经是二十一世纪初,人们看到外国人仍然像见火星人一样好奇又惊慌。男人们穿着中山装,口袋里装着吱吱喳喳的蛐蛐儿;人行道上有个铁匠,正捶打着烧得通红的铁做炒锅。

我招手叫了辆出租,去了镇江的渡口,上了渡轮。站在最高的甲板上,看渡船穿梭于长江上来来去去的驳船与客轮之中,冬日灿烂的阳光在江面上撒下闪烁的碎金。到了北岸,我找了辆车,很快就到了扬州。

我对这趟旅程并无太多期待。我经常因为传说中充满活力的市井生活与美轮美奂的建筑而来到自己一无所知的某个中国城市,结果发现很多老建筑都被拆掉了,千篇一律的钢筋森林取而代之。苏州的小桥流水和古老街巷大多已经消失不见;我在杭州根本就找不到什么旧时巷陌;上海更是日新月异、大肆拆建。写到这些地方的时候,我还是尽量去写美的一面,把它们的特色与丰富的饮食传统写好、写活。然而,我这样的尝试越来越不像纪实文学,而更像考古。所以,扬州是个惊喜。从我在市中心附近下车的那一刻起,就觉得这里有那么点儿与众不同。

和之前一样,我又没做什么功课。当然我找了下关于扬州和淮扬菜的书,却没一本有用。不过嘛,我笔记本上记了中国烹饪协会扬州分会的地址,从过去的经验看,从这里入手应该没错。天还早,我行李也不多,于是就招了辆人力车。

我把协会地址给车夫看。"能请您带我走走老街吗?"我问的时候就想,他可能会说,这些街前些年都被拆了。结果他没有说,而是真的带我在老街之间穿梭。那里有我渴望见到的一切。车子颠簸经过运河上的一座小桥。桥上有几个人在卖野鸡、兔子、一篮篮的水果。他又拉我到一条长长的小街，两旁是有着灰砖房子的院落，还有旁逸斜出的小巷。小店外面飞扬着老式的棉布招牌，写着"米"、"酒"之类的汉字。街上还有很多小摊贩：老人站在煎锅前做脆甜的小煎饼；卖肉的挥舞菜刀在木墩子上剁肉末；有人在卖自家做的咸菜，颜色深浓、光鲜亮眼。房子的外墙上挂着猪耳朵、草鱼和鸡，都用盐腌过、抹了酱料，任其风干。

就算是老城里比较繁忙些的街道，也都保持了一定的风格特色。街道两旁种着一队队梧桐树，排列着一家家小店，卖的是厨具、衣服和当地制作的刀；常有自行车和比较不守规矩的"小电驴"穿梭来往。一个骑自行车带儿子回家的妈妈经过我们身边，儿子的头轻轻靠在妈妈背上；一个面包师站在烤箱旁边，拿热腾腾的湿毛巾洗着红光满面的脸。没有为了游客而东拼西凑的"四不像"市井生活，这里本身就是一座活生生的城市。这让我怀念起自己熟悉而喜爱、现在却已经消失无闻的成都老城区。

那天，烹饪协会有三个副秘书长在上班，他们立刻对我表示了热烈欢迎。我走进一楼一间堆满文件的办公室，他们都在。办公室层高不高，里面的柜子都"顶天立地"，也放满了美食杂志和书籍。和蔼可亲、香烟不离手的邱先生给我泡了杯茶，大家都坐过来跟我聊天。聊了几分钟，就发现我们都认识成都的一些研究餐饮历史的教授。我和声音粗哑而健谈的夏先生尤其谈得来，他好像对淮扬菜了如指掌。另外两个秘书长都回到办公桌前了，我还继续喝着茶，听夏先生给我介绍扬州辉煌灿烂的过去。

他说，扬州城曾是著名的贸易港口，直接和日本通商，与波斯以及其他很多遥远的国度都建立了友好关系。十三世纪末，马可·波罗应该在此旅居过，他赞叹扬州是个"辉煌无比的大城市……如此雄伟，如此强大，下辖二十七座广大城池，都十分繁荣，积极通商"。夏先生告诉我，扬州能如此富庶，最重要的原因就是清朝时期逐渐繁荣发展起来的海盐贸易。山东和江苏沿海地区蒸发提纯的海盐，经过水路运往扬州，使这里成为全中国最大的海盐批发市场。做这个生意很赚钱，扬州盐商交的税一度占到了全中国总体税收的四分之一。

有了这日进斗金的生意，扬州的盐商越来越富。他们修建了阔气的豪宅、修身养性的园林，挥金如土地进行娱乐，过上了十分精致讲究的生活。其中一位编撰了《调鼎集》，清朝中期厨师实践经验集大成的烹饪书，到现在还在印刷出版。文人墨客更是纷纷下扬州。

唐朝"诗圣"杜甫赞颂过扬州人的美好善良；"酒仙"李白在这里欢宴畅饮、诗兴大发，写下不少传世名句；王建写了扬州"夜市千灯照碧云"；宋朝诗人苏东坡也在这里住过一段时日，寄宿在石塔寺。

清朝皇帝康熙和乾隆根本抵挡不住扬州的魅力。亲临扬州之前，他们应该已经尝过那里的美味，因为淮扬菜对宫廷菜的影响由来已久。他们喜欢"南巡"，总会在扬州流连许久，徜徉于美妙的园林中，享受垂钓的悠闲，参加盐商们奢华的大宴。关于清朝传说中的"满汉全席"记载不多，其中之一就出现在记录扬州生活与社会的笔记集上。这套笔记集叫《扬州画舫录》，是当地一位剧作家李斗在十八世纪所写，其中记载满汉全席包括"燕窝鸡丝汤、鲍鱼汇珍珠菜、鱼翅螃蟹羹、鲨鱼皮鸡汁羹、鲫鱼舌汇熊掌……"李斗列出了一百多道大菜，还详细记载了每一样食材以及搭配的新鲜水果与精致蔬菜。

那天下午我走出烹饪协会的办公室时，双手提满了礼物：装帧精美的烹饪书、对于扬州文化的学术研究刊物、一本关于淮扬菜的诗歌选集、已经绝版的菜谱。那些美食研究者的热心与慷慨让我感动，而这座城市的魔力已然将我俘虏。最让我高兴的是，临走时他们邀请我去吃晚饭。

"你看，"夏先生一边观察着桌上一道道令人食指大动的凉菜，一边说，"淮扬菜是最讲究食物本味的。在这里是吃不到苏州菜那种厚重的甜酱，或者你们四川那种重麻辣口味的。我们喜欢用新鲜应季的食材，突出它们的本味，只微微加一点佐料调味，比如说盐、糖、香油、小葱、姜和醋。来，吃啊！"

在协会几位副秘书长鼓励的目光下，我提起筷子，先尝了"四条味"：都是小盘小盘的，先唤醒味蕾，有一粒粒的炸花生米、一块块的红曲豆腐乳、一片片的泡菜和一条条的酱生姜。接着我开始吃比较正式的开胃菜：可口的盐水鹅、用卤汁泡豆皮做出来的素鸡、小小的腐乳醉虾、脆嫩又柔软的糖醋黄瓜以及美味惊人的镇江肴肉。肴肉，就是把猪肉厚片放在陶罐里腌制成晶莹剔透的肉冻模样，吃的时候蘸点芳香浓郁的镇江醋。一片肴肉入口即化，我真是飘飘欲仙。

主菜也是一样的美味可口。我们尝了尝芙蓉鱼片，软嫩的鱼肉像小小的白枕头，裹了蛋清与水芡粉，吃起来像奶冻一样柔滑，咬下去却又感到一种脆嫩；还有豆瓣草菇、用巨大的青花瓷盘端上来的红烧江鲢老豆腐（夏先生专门帮我挑了鱼眼睛周围那甜丝丝、滑嫩嫩的肉）。当然少不了著名的清炖狮子头：专门用陶罐文火慢炖，直到肉圆软烂，筷子一沾就完全解体。

"刚才上的两道菜是扬州'三头宴'中的两道，"夏先生说，"第三道是整猪头。不过我们觉得要点的话菜就太多了，因为只有六个人。要不然改天我们多叫几个人来吃顿完整的'三头宴'好啦？"（后来我了解到一个有趣的事实：扬州最有名的扒烧整猪头出自法海寺的和尚之手。他们和所有和尚一样，对外都宣称自己吃素，只有在那些熟悉和信任的人面前，他们才会显示这项肉食上的绝活。要是哪个陌生人敲门说要吃整猪头，他们肯定会狡黠地笑着请他离开，并且说一句"阿弥陀佛"来送客。）

接下来这道菜叫文思豆腐，也有佛教渊源。浓稠的高汤里有千丝万缕爽滑的豆腐，还混杂着一丝丝金华火腿。听他们说，这道菜的发明者

鱼翅与花椒　　237

是清朝天宁寺一个以做豆腐菜出名的和尚（他做的是素食版，用蘑菇提味）。之前在小街小巷里的豆腐摊，我也见过一个人在切豆腐，准备做这道菜。他那锋利的刀上下挥舞，几乎是肉眼无法察觉地在那块豆腐之间穿梭游移，切下绸子一样细腻轻薄的豆腐片，然后又切成细细的丝，真称得上是大师手笔了。

听一起吃饭的人说，扬州厨师的刀工敏捷精湛，在全中国都是出名的。比如，狮子头如此美味多汁、令人无法抗拒，就是因为厨子们会把肉手工剁成"鱼眼粒"，而不是单纯地剁肉末或者绞成肉酱。"嗯，厨刀嘛，"夏先生说，"是'扬州三把刀'中的一把，另外两把是理发刀和修脚刀。修脚也是扬州城的好享受哦，你一定得试试看。"（后来，我很紧张地把自己的双脚交给一位修脚师。他帮我一点点地去了脚上的死皮，然后双脚变得又嫩又滑又香，仿佛初生婴儿的双足。）

我们在餐桌上用中文谈笑风生，话题自然离不开淮扬菜的特色。吃着吃着，夏先生突然略带忧虑地望着我说，"希望你吃得惯淮扬菜的味道，因为没有你们川菜那么麻辣。"我满腹狐疑地望着他。不过邱先生出来解了围，提醒他说我不是四川人，是英国人，所以这不是个问题。我们哈哈大笑，夏先生是笑自己犯了个错，我笑的是突然意识到自己经常把别的外国人说成"老外"，还经常说"我们四川经常在红烧菜里面加豆瓣酱"、"我们四川把这个叫什么什么"、"我们四川都是吃完饭再喝汤"。

当然，这顿饭的尾声上的一定是扬州在全世界最知名的一道特色菜：扬州炒饭。这道菜几乎出现在西方所有唐人街餐馆的菜单上，现在我终于能在诞生地吃到正宗的了。米饭里面混了深色火腿和棕色香菇，都切成小块；还有小条小条煎得金黄的鸡蛋、蟹肉和小小的河虾。内容与味道都很丰富，却并不油腻，散发着刚出锅的香气。除了"好吃"二字，也不知道怎么形容了。之后，我们喝了飘着蘑菇和时令菜薹的汤，算是清理了下味蕾；再吃上几片西瓜和南方的甘蔗，更觉清新爽利。

同桌吃饭的有个当地政府贸易办公室的年轻官员刘先生，还有个厨子陈先生。饭吃完了，刘先生和我沿着扬州老城南边的大运河散步。沿岸种着桃树与垂柳。楼阁上亮起小小的彩灯。人们就在这些楼阁之外借着光跳交谊舞。我们赶上了晚上最后一班游船，作为唯一的两个乘客，我们请船夫关掉了灯。站在船尾，清风拂面，我们想象着自己也是古代的帝王，从北京远道而来，体验江南生活的悠闲愉悦（"还要找个漂亮的妃子。"刘先生大笑着说）。

接下来的几天，我都徜徉于扬州那些造景精致的园林中，最壮丽的当属扬州瘦西湖。盐商曾投入了大量资金打造这里来迎接南巡的乾隆皇帝。有了岸边的垂柳，瘦西湖弯曲的弧线变得更加温柔，两岸和水湾之中不时见到别致的亭台楼阁与雕花的小桥。我漫步到乾隆曾经垂钓过的吹台，仿佛行走在中国传统山水画之中。

相比之下，何园就比较小巧朴素，是十九世纪当地一个官员主持修建的。我爬上石阶，来到一座小小的楼阁，小坐一会儿，写了点东西，被冬梅醉人的香气所环绕。下面一座青瓦顶、飞檐梁的二层小楼中，有两个乐师在练习。一位中年女性唱着哀伤的调子，一位二胡乐师拉着弓弦。我眼前这幅小巧的图景，恰恰是中国传统文学中相当典型的一幕，仿佛一草、一木、一人、一物都曾在古诗中出现过。园中还有些隐匿的观景处，说不定就曾有哪位文人行至此处，暂作停留，文思泉涌，吟上几句。何园那头是一个池塘，专门用来倒映天上之月。我坐在这小小一方人间仙境中，在大理石桌面上写作，顿觉内心平静无波。

也许，扬州对我意义特殊，是因为我正在读十八世纪曹雪芹所写的伟大古典小说《红楼梦》。这是一部宏大的家族史，讲了望族贾家四代的故事。他们住在一个架空的中国北方都城，分居两座相邻的府邸。曹雪芹也曾是纨绔公子哥，后来显赫一时的家族出了事败落。他写作这本

鱼翅与花椒　　239

小说时，正在北京过着穷困潦倒的日子。据说书中很多人物都有真实的原型，是曹雪芹青少年时期的亲朋好友。人们普遍认为这本书是他自己对过去生活的追忆和怀念。

英文版的《红楼梦》一共五部，我花了几个月去读。这段时间，这部小说几乎完全占据了我的生活。故事从贾家最辉煌的"黄金时代"开始。年轻的贾家及外姓兄弟姐妹们在大观园愉快玩耍。他们举行诗会，饮酒游戏，大啖美蟹，共赏秋菊。小说写到后面，基调变得阴暗沉郁起来，出现了自杀、绑架和疯狂的背叛。最终，朝廷派人抄没了贾家的家产，而贾家爆发出暴风雨般的丑闻，也是颜面尽失、名誉全无。不过，我到扬州的时候，还沉浸在基调比较明快愉悦的前两部，在扬州城经历的一切，似乎都能和贾家那富贵讲究的生活产生共鸣。

历史的风浪中，这座城市不知怎么的，仍然保持了优雅恬静。和中国几乎所有的城市一样，扬州在二十世纪的政治动荡中也遭到不小的破坏：古城墙被拆毁，旧时盐商们的豪宅被分割损坏。"文革"期间的混乱当然也没能幸免。不过，这里相对没那么显眼，躲过了改革开放时期最可怕的大肆破坏和建设。我在苏州目睹了被美国快餐店包围的玄妙观和贴着麦当劳广告的人力车。但扬州就没这么俗气、没这么商业化了，因为没人想到来开发这个市场。运河边的棚户区与危楼倒是被清除了，两岸重新进行了开发，但当地领导们决定要保护和复兴这座古城。历史遗迹聚集的中心不允许修高楼，盐商的宅子也在一步步恢复往日的华丽光彩。

也许，现在的扬州，比起唐朝与清朝处于全盛时代的那座全世界最精致的城市，只能算过去的一个影子。然而，不管我走到哪里，都能找到那些精雅与迷人的传奇那遥远的回响：园林里有，食物里有；而最能体现这城市气质的，莫过于我见到的这些和蔼亲切的人。

夏先生邀请我到某个改造成餐厅兼博物馆的盐商老宅里去吃早饭。

我沿着运河急匆匆地赶去赴约，晨雾环绕在两岸的垂柳之中。在宅子长长的灰砖墙外面，一些中年妇女在练太极。夏先生已经在里面等我了，戴着棒球帽，胳肢窝下夹着一罐家里泡好的茶。那是个敞亮的大厅，高高的天花板，周围布置着雕花木板。这里曾经是宅子后院内室的一部分，家里众多的女人们会坐在这里做针线活。但现在里面坐满了上班族的男男女女，一边吃着早饭，一边小声谈笑。穿着粉色丝绸棉衣外套的女服务员们忙里忙外，手里拿着堆成小山一样的蒸笼。

"早茶是扬州的传统，跟广东一样的。"夏先生说，"不过广东人喜欢边吃虾饺什么的边谈生意。我们这儿嘛，就是放松、享受。"这顿早餐实在太美味了。我们吃了包子：有的塞了萝卜丝，有的塞了碎肉，还有塞了竹笋、蘑菇和小虾米的三丁包，以及塞了细切绿叶菜的菜包。蒸饺上桌，咬下去绵软多汁，肉馅儿甜甜的；自然也少不了著名的生煎包以及浇了酱油和芝麻油的烫干丝。"你看这个包子，"夏先生指着竹蒸笼里的一个包子说，"很漂亮。你看包得多精细。每一个褶子都很平均。还有味道，你吃吃，特别好吃，很浓郁的鲜味，又有一丝甜味来平衡。"

在中国很多地方，当地人在宣传本地菜系时，都坚称这是全国最佳，对其他地区的菜系则表示很不屑。但只有在扬州，我才觉得这种骄傲颇有道理。正如他们所说，淮扬菜完美融合了华北华南烹饪传统的长处，是一种平衡的艺术，是锅碗瓢盆中食材之间奇迹的融合转化，这也是三千多年前中华厨祖伊尹提出的思想。扬州大厨们对于生鲜食材的选用是出了名的挑剔。他们一定要选择最柔嫩的菠菜叶，卷心菜只取菜心，竹笋只要最脆嫩的竹笋尖。食物必须应季，这是规矩，正所谓"醉蟹不看灯、风鸡不过灯、刀鱼不过清明、鲟鱼不过端午"。[1]而狮子头

---

[1] 这句话用来说明淮扬菜取材非常讲究，意思是，做醉蟹只能选正月十五之前的螃蟹；做风鸡不能选正月十五之后的鸡；清明节后的刀鱼就不能入菜了；端午过后的鲟鱼也不能用做食材了。——译者

这种一年到头都能吃到的东西，早春的时候里面加的是淡水河蚌、清明节后就加入竹笋、秋天包了蟹粉、冬天则是风鸡。

淮扬菜不像川菜，重口味，一吃之下便天雷地火、惊唇动齿。夹一筷子吃下去，你嘴唇上不会有那种麻酥酥的感觉，你的舌头不会像在跳爵士舞。淮扬菜不是一个开朗活泼、烈焰红唇、伶牙俐齿的辣妹子，一出场便站在聚光灯下、舞台中心。整体来说，淮扬菜是另一种比较温柔平和的存在，就像《红楼梦》中贾家的某个姊妹，在精美的园林中，戴着金玉的发饰，在大理石桌前作诗。其吸引人的地方，就在于这种清远收敛、柔和淡色（淡粉色、绿色、黄色）、悉心熬煮的高汤、抚慰人心的柔嫩口感，以及那种微妙又鲜明的咸甜之味。

尽管在性格风骨上大相径庭，川菜和淮扬菜仍算亲戚。一条长江，以及同样惹人艳羡的丰饶富庶把它们联系在一起。两地都有肥沃的土地与丰富的物产，催生了同样大名鼎鼎的菜系，也让两地比较有钱的人能享受十分奢侈和精致的生活。两地技艺超群的厨师们可以操持种类多到难以置信的宴会，不过他们自己倒是分得挺清楚。"淮扬菜就像没加辣椒的川菜。"夏先生对我说。唐朝时候有句老话，"扬一益二"（扬州第一，成都第二，同为中心），对这两个同样有着繁荣经济与丰富文化的美丽城市，这句话再恰切不过地表明了人们的向往和赞赏。

我也不知道究竟是什么让我完完全全地爱上扬州。也许长江水面上阳光投射的碎金给我留下了良好的第一印象；也许是因为那些古老的街巷让我时时回想起深爱的成都；也许是因为夏先生与同事们的热情善良，以及对淮扬饮食文化那令人颇受感染的自豪。在那里，我还觉得，这座城市从"文革"大火的灰烬中被抢救出来，获得重生。我在扬州看到了希望，中国的未来也许不只是大肆蔓延的资本与拜金。

扬州曾经让乾隆皇帝沉迷江南、乐不思归。两个半世纪过去了，这座城市依然有种无法抗拒的吸引力。于我，这里就像一剂有效的补药，不知不觉间便温柔地化解了我对中国和对自己研究的疲累厌倦。和烹饪协会的朋友在扬州吃第一顿大餐时认识的陈厨告诉我:"湖南菜的味道大胆厚重,是战时菜,你看这菜养出了那么多军事领袖。而淮扬菜是和平菜。和平时期,就该这么吃。"巧合的是,他这句话十分恰切地表达了我在扬州的感觉。我写那本湖南菜谱就像在打仗,现在仗打完了,来了扬州,终于找到了人生的和平。

很多中国朋友都曾跟我谈到过,过去这些年来人们经历了"吃饱"到"吃好"再到"吃巧"的历史进程。他们说,过去总是饿肚子,吃饭就是吃个饱,为了活命。后来手里的钱多了,中国人开始大鱼大肉地胡吃海塞,仿佛是要弥补多年来的匮乏与饥饿。而现在,最初富起来的那种激动逐渐褪却,越来越多的人开始对吃有了品位和讲究,注重"绿色食品",减少食肉吃荤,在餐馆点菜也没那么铺张浪费了。

而我在扬州时,也恰恰是经历了在中国"吃好"的日子,开始吃得更"巧"了。我跟烹饪协会那些人出去吃的东西,没有那么多人工色素,也不会放味精。在运河边历史悠久、以点心出名的冶春茶社,我吃得很好,但没有过饱,也没谁给我端上任何濒危动物的肉。我的胃口逐渐回来了。吃,又变成人生一大乐事。我感觉整个人的精神都振奋爽利起来。

从某种程度上说,扬州救了我,也挽救了我中国美食的写作事业。这里仿佛就是我的红楼一梦,不但让我找回这个国家渐渐消失的优雅与古朴,也找回了我对中国有些褪却的痴情。我所熟悉与热爱的成都,已经在房地产开发的大潮中迅速消逝;然而扬州还有这低吟浅唱的魅力,有平和美味的食物,有如此善良温文的人们,就像当初的成都一样让我迷醉其中。扬州重燃了我心中之火。那时候我就知道,我能写,也会写出这本书。我和中国缘未了、情未尽。

扬州之旅的最后一天,我想去看看大运河附近的一座宅院。经过那

鱼翅与花椒 243

里好几次,我早就注意到了。宅院很大、很壮观,有好几个院落和大堂,刚刚修复好,作为博物馆对外开放。我买好票,走了进去。走到差不多中间的地方,小小的院落里有口井,旁边是个老式厨房,让我十分高兴。这个厨房亮堂堂的,通风很好。引人注目的巨大灶头是用砖砌成的,刷了一层白浆,用简单的蓝色线条勾勒了盛开的莲花与鲤鱼。最上面是灶王爷威风凛凛的神龛。灶上有四个"火嘴",有两个上面摆着下沉式炒锅,盖着木盖子;一个上面用来蒸饭,还有一个上放着一叠竹蒸笼,用来蒸点心。

我在扬州,只看到过这么一个老厨房,不太看得懂其中的门道。好在,那天还有三个游客,是穿着毛式中山装的老先生,他们还记得童年时用过这种灶。"我们小时候啊,"其中一个说,"家家都是这样的厨房。你看后面那些小架子,是放调味品的,就是盐呀、油呀、糖、酱油和醋这些的。下面那些橱柜,可以把锅刷放里面,或者把湿鞋子放到里面去烘干。从天花板上挂下来的那些钩子,是挂火腿和熏肉的。柴么就放在灶后面。"

我一边跟他们聊着,一边发现厨房门口站着一男一女,都盯着我,还小心翼翼地偷听我们的谈话。等老先生们终于回忆完童年时候的厨房,跟我说了再见,这两个人上前来跟我打招呼。"您好,麻烦您一下,"男人说,"我姓张,是第一人民医院的院长,这块地就是医院的。这位是袁姐,是博物馆的馆长。"这人看着很面善又开朗,袁姐也长着一张温暖柔和的脸、穿着一件合身的外套、戴着个珍珠贝发卡。"您能跟我们一起去喝个茶吗?"

他的邀请中有种无言的急迫,但我完全不知道他在急什么。两人领我穿过迷宫般的院落,接着沿一条小路来到一个环绕着围墙的花园中。那里有一栋很奇怪的双层建筑,是西方殖民风格,有红灰两色的砖、铰链窗和一个木头搭建的露台,在这个传统中国风的宅院里显得很是格格不入。一楼是改建后供游客休憩的茶社,但我们没有在那里停下。两个人继续带着我,沿着木楼梯上了二楼的包间。最里面的那个包间是二十世纪三十年代的"欧式"风格,有一个壁炉、玻璃柜、一张咖啡桌周围摆着中式木沙发。角落的桌子上摆着一台老式留声机,黄铜喇叭闪闪发光。"这个叫洋楼。"张先生说。

我们围着咖啡桌落座,他俩给我上了茶。我再次感觉他俩的热情背后有什么深意。但他们只是微笑着,礼貌地跟我聊天。我发现留声机上摆着一张胶木78转粗纹唱片,建议放来听听。我这话一出口,张先生便殷勤地转起那笨重的机器,把唱针放到那仿佛一碰就要裂的木头上。我本以为会飘散出的是三十年代的那种音乐,比如周璇唱的"夜上海",那可太应景了。两位主人温文尔雅,清茶飘香,再加上这个奇怪的房间里弥漫的大都市气息。所以,当那慷慨激昂的毛主席赞歌尖锐地响起时,我们都惊了一跳。音乐断断续续的,很刺耳。我们彼此尴尬地笑笑,张先生赶紧把唱针抬起来,让留声机无声地转着。

"我给您讲讲这个地方的故事吧,"张先生说,"这宅院是一九零四年时扬州人吴引孙修的。他是海关监督,还是浙江宁波的道台,想退休了回到这儿来住,于是买了这块地,修的时候主要参照浙江的风格。他想在这儿做贸易,所以这栋楼是专门为接待洋人修的。但是吴引孙再也没回过扬州,所以也没来过什么洋人。一九四九年,新政府把整栋宅院都充公了,给了第一人民医院。医院就把这里改造成职工宿舍楼,曾经住过一百户人呢。但是这栋洋楼呢,就没人管,荒废了。露台都垮了,进来都不安全。"

"现在我们修复了,你也看到了。"他说,指着露台上光滑的新木头和整齐的砖墙。接着他有些不好意思地笑了。

"其实啊,您是第一个到这栋洋楼来的外国人,所以我们想邀请您来喝喝茶。"他和袁姐都有点紧张地等待我的回答。

我心中一下子涌上很多关于过去的记忆：作为一个外国人，来到中国已经是多年前的事情了。这些年发生了好多事。我学会了说中文，甚至在某些方面还使用这种语言来思考和感受。我和中国朋友们建立了深厚的友谊和关爱，还在全国走南闯北。我什么都吃了一点，甚至还参加培训，成了个比较专业的中餐厨子。然而，不管我已经多么融入这个国家、被其同化，现在看来，我总还是一个洋人、外国人、老外。这突如其来的想法让人清醒，不过在这个场景下，也显得挺可爱、挺亲切。

在那栋洋楼里，我真想当场拥抱张先生和袁姐，但中国人是不会这么做的。我觉得感动，也有些没由来的欢喜。终于，一个多世纪以后，那位已故的吴先生圆了这中西交流的梦想。而我完全是出于巧合，做了为他圆梦的使者。张先生叫来一个一直等在旁边的摄影师，问我能不能合影留念。于是我站在壁炉前拍了照，又到露台上做了回模特，露出灿烂的笑容，身边站着馆长和医院院长。我在这个为西洋人修建的洋楼里，做了一回外国人的代表。

扬州炒饭

（炒饭可供 2 人食用；作为配菜可供 4 人食用）

材料：

煮熟的泰国香米冷饭	600 克（200 克大米）
干香菇	2 朵（热水半小时泡发）
猪里脊肉	20—30 克
小冻虾	20—30 克
熟火腿或香肠	20—30 克
煮熟的鸡肉	20—30 克
冷冻豌豆或黄豆	20—30 克
竹笋	20—30 克

小葱（只要葱绿）	3 根
鸡蛋	1 个
绍兴酒	2 小勺
盐和胡椒	适量
鸡肉高汤	200 毫升
菜籽油	5 大勺

做法：

1. 猪肉、冻虾、火腿或香肠、鸡肉和竹笋全部切成小粒；葱绿切细丝；鸡蛋打散，加适量盐和胡椒调味。

2. 炒锅里加 2 大勺油，大火加热。把猪肉和虾扔进去迅速翻炒，至猪肉变白。加入火腿、鸡肉和竹笋，继续翻炒 1 到 2 分钟，至所有食材都炒热，发出"滋滋"的声音。加入绍兴酒，倒入高汤，大火烧开。

3. 加适量盐调味，然后倒进碗里。

4. 锅洗净，擦干。加 3 大勺油继续加热。油烧热以后，倒入蛋液，贴着炒锅底部搅动翻炒。鸡蛋半熟的时候，加入所有的米饭，继续翻炒，用铲子把结块的饭戳散。

5. 米饭炒热并散发香味之后，加入那碗浸在高汤里的食材。充分混合，加入葱丝，再迅速翻炒半分钟左右，根据个人口味加盐和黑胡椒调味，趁热盛盘上桌。

后 记
一只菜虫

雨天,我在牛津的家里安心写作了几天。"自己去花园里摘菜吃。"我妈出门时留下话。我照办了,走到空气冷冽的户外,从湿润的黑土中拔了萝卜和青蒜,又摘了点菠菜叶子,洗了之后切好,放进蒸锅里。午饭时间,我就坐在饭桌前,面对着一盘子蒸菜。我撒了点盐,又滴了些橄榄油。接着我发现,被蒸得懒洋洋、蔫不拉几的叶子之间,有只漂亮的小菜虫,大概有两三厘米长,淡绿色,很可爱地躺在那儿,颜色清新、通体干净、冒着热气,像婴儿奶嘴那么鼓鼓囊囊的。

我刚想把这虫直接扔出门去,突然停下了。因为我突然想起几个星期前写过一篇长文,描述我在中国吃昆虫的经历。那是我研究的一部分,到四川一家专门做昆虫菜的餐厅吃饭,吃了很多令人毛骨悚然的特色菜,其中有蜂蛹、柴虫和爬沙虫。这些也都是很贵的菜,高价卖给好这口的城里客人,可不是什么粗野的农家菜。有些菜倒真是挺好吃。

在吃这件事上,我面对过的文化禁忌也算无数了。我的态度一向是把这些禁忌抛诸脑后,尽管吃。这几乎已经成了个习惯。十年前,我大概要花半个小时,才能鼓起勇气吃个炸蝎子。拿筷子夹着,紧张又害怕,把那钳子和毛乎乎的尾巴看了一遍又一遍,再一咬牙、一闭眼塞进嘴里。现在嘛,遇到新的吃食,就算是最最恶心可怕的那种,我也就犹豫个一两分钟。当然,一旦东西入了口,木已成舟,禁忌打破了,一切好像也没那么糟糕。

我在台湾犯了个错误，铁了心要和一位著名美食作家争个高下。"嗯，虫子嘛，吃过啦，"我吹嘘着自己在四川吃过的很多虫子，有成虫，还有蠕动的幼虫，"还有蛇肉、狗肉，吃过很多次啦，完全不在话下。"楚先生咧嘴笑了。"嗯，"他深吸了一口气说，"我在云南的一家餐厅，服务员给我拿来一只活的菜虫，有好几寸长。他激我的将，叫我一手用大拇指把它的头按在桌上，另一只手把身子扯下来，就那么直接吃掉，非常美味哦。"此话一出，我很快闭了嘴。这件事告诉我们一个什么道理呢：不管你有多努力，吃奇奇怪怪的东西是中国南方人自创的游戏，你是永远打不败这些人的。但是我也尽力了。

我妈多年来循循善诱、润物无声地苦心为我培养起来的英式餐桌礼仪，被中国的那些年毁得一干二净。在中国吃饭，我会直接把骨头吐出来，会把饭碗举到嘴边，会和所有人一起心满意足地咂吧嘴。"你都算半个中国人了。"中国的朋友都这么对我说。我瞪圆自己那双白种人特征显著的眼睛看着他们，却也不得不承认，我心中的那个自己，再也不可能是个百分之百的英国人了。我甚至都不确定，自己到底还知不知道这两种文化的界限在哪里。

有时候我的西方朋友们会发现我像个中国人那样行为做事，比如吃着橡胶一样的东西，边嚼边含混不清地赞叹，或者喝汤的时候发出奇怪的声响。一般来说我都会努力让他们安心，戴上个纯粹英国人的面具，自嘲什么都吃，或者觉得东西好吃时隐忍着不发出声音、不开口赞叹。但偶尔我也会忘，那个面具就滑下来，一块骨头就那么粗野地扔在桌上，可怕的声音就那样震撼着同伴们的耳膜。他们简直无法相信，这声音竟然来自一个（他们所认为的）正常的英国女性。

再回到牛津我爸妈家，深深地凝视着那只菜虫。我心想，这要是在中国的某个昆虫餐馆，我肯定二话不说就把它吃了，为啥在这里却犹豫不决呢？就连我那些喜欢大惊小怪的朋友现在也知道，我在中国什么怪东西都会吃。我讲起吃昆虫、吃蛇肉，他们好像也没那么耳不忍闻了。狗肉可能会让他们觉得有点震惊、有点倒胃口，但那是在中国吃的，不过是我在异域的旅行见闻，所以反而让我的叙述多了些生动的色彩。

不过，我也想到，吃我爸妈花园里的菜虫就真的太越界了。根本没有借口，不像在中国可以用"入乡随俗"搪塞过去。要是我吃了这只刚刚蒸熟，躺在我妈有垂柳图案装饰的盘子上的英国菜虫，我那些英国朋友就会更为震惊，比他们听到我讲食在中国那些奇闻异事还要大惊失色。他们会难以置信地望着我，会觉得我也许会吃掉他们的宠物狗或者宠物猫（或者甚至连他们都吃了？）。

我上下打量着盘子里那个绿色的小东西，不得不对自己承认，就算再怎么努力，我也不会觉得吃掉它是个多么惊世骇俗的想法。就算我能勉强挤出一丝害怕的表情，那也是非常虚伪的，只不过是想安抚假想中那群同胞观众的情绪，并无任何本质上的厌恶。我必须面对这个事实：我已经不再只是个具有冒险精神的英国旅人，在异国他乡为了拉拢和讨好本地人而去硬着头皮吃一些我不愿吃的东西。旅居中国这么多年，我和我的口味已经有了深刻的改变。英国的朋友们也许觉得我看上去没什么两样，觉得我仍是他们中的一员。实际上，我已经跨界，去了"另一边"。要不要吃这只菜虫，问题绝不在于我敢不敢吃，而是在于我敢不敢这么旗帜鲜明地表示，老娘一点儿也不管别人怎么想。

你应该猜得出后事如何。列位看官，我吃了那只菜虫。我承认，我咬了那柔嫩的身躯，我用舌头感受到那小小的奶嘴一样的东西，然后吞了下去。什么也没发生。没有天打雷劈，没有地动山摇，没有愤怒的英国神灵因此降下暴雨洪水。菜虫本身味道寡淡，吃着水汪汪的。我感觉也还好。这根本不是什么大不了的事。于是我又咬了一口,把头也给吃了。接着我平静地继续午饭,挺好吃的。

但那顿午饭我至今记忆犹新,那仿佛是一道门槛,一个自我认知的灵光时刻。那之后的几周,我不管到哪儿,心里都觉得,我终于表明了自己的立场和态度。

致　谢

　　二十多年前，我开始研究中国美食以来，就一直得到无数的支持和鼓励，人们的善良与慷慨让我深深感动。其中不仅有著名的大厨和美食作家，还有中国很多地方的农民、工匠和市场小贩。特别是在我中国的故乡成都，以及长沙、岳阳、扬州和杭州。没有你们，我的工作就做不下去，这本书也写不成（希望你们知道），也希望你们接受我最深切和衷心的感激：谢谢你们，在我深入探索中餐时做我的老师、当我的同伴。我已经尽了全力去准确和忠实地描述中国及其举世无双的饮食文化，不过书中内容难免错漏，我承担全部责任。

译后记

酸甜苦辣，烟火人间

我是在大家庭长大的。童年记忆里的餐桌上，总有那么八九十个家人围坐在一起吃饭。逢着过年过节，有时候也不是什么特殊日子，我的舅妈曾庆红有一道"凉拌鸡"，总得她亲自来做。

一定要乡下亲戚那里送来的走地土鸡，养几天熟悉熟悉县城里的水土，再处理了放凉水里煮，根据鸡的大小，时间在二十到三十分钟，筷子插进鸡肉没有血水流出就好。煮好后立刻把鸡浸进事先准备好的一盆凉开水里，保证皮紧肉嫩（或者直接拿到冷水龙头下面去冲）。拿稍大的容器，装适量的糖、盐、味精，趁热把鸡汤淋上去，让调味料融化。汤要淋得宽（多），放在一旁备用。鸡要在凉水中浸透了再斩块，这样肉才嫩而不散。吃之前半个小时把鸡肉块浸入刚才准备好的调料，淋藤椒油和现制熟油海椒（四川很多人家都应该有一罐属于自家味道的熟油海椒）。喜欢吃蔬菜的可以加点焯过水的脆藕片，或者直接洗净切丝的洋葱。这做法写过之后，味道应该也不用多说了，总之这一段写下来，我已经咽了好几次口水。

当然做法是舅妈后来才告诉我的，小的时候我也只管闷头吃，从没觉得有什么特别。至于三姑父的辣子鸡丁、妈妈的酸菜鱼、爸爸的砂锅土豆牛腩，端上桌我就吃，对好不好吃也没有什么评判。因为家里吃饭总是定时定量，满足了一个少女成长需要的所有营养，我也很少在外面

鱼翅与花椒　253

吃零食。偶尔家人会拉着一起去不怎么有人知道的小饭馆，吃点脆皮鸡、烹河鲜什么的，我也是淡然地吃，吃完就在农家乐的麻将声中继续看书写作业。那时候"吃货"一词并不流行，我也从不觉得自己是个好吃之人。

直到十三年前的秋天，我离开家去北京上学。

因为是语言学校，食堂有世界各地的美食。彼时还没经历"猪肉涨价"，一锅石锅拌饭才六块，能吃得扶墙而出。怀着刚进入大学校园的兴奋劲儿，我每天开开心心地去食堂点不同的盖浇饭，没感觉到任何思乡之情。

大概过了一个月，新环境适应了，课业开始忙碌，兴奋和新鲜渐渐趋于平淡。跟一个同学在食堂吃饭时，我突然脱口而出："这菜要是放点儿花椒就更好吃了。"

话一出口我才惊觉，我想家了。当然想念家人的温暖，想念熟悉不会迷路的小城市，但想得最多的，大概还是家里的饭桌。想凉拌鸡、想酸菜鱼、想辣子鸡丁、想土豆牛腩。想着舅舅炒菜一把把撒进锅里的干辣椒，想着外婆家每年用松柏枝熏过的川味香肠。想面前堆满各种美味的饭碗，想在做作业的间隙抬起头看见厨房弥漫的烟火。原来小时候的不经意，是这么奢侈的幸福啊。

所以，二十出头都没怎么进过厨房的我，一毕业就开始在租来的小公寓捯饬锅碗瓢盆。每年回家，走的时候行李箱里塞满的是腊肉、香肠酱、兔头、辣椒、花椒、豆瓣酱。有一次带了好多瓶藤椒油，恰遇车站安检加严，差点没上成火车。大约也是想免去辗转携带之苦，几年前面临人生去向抉择时，我跟对成都印象颇佳的广东老公一起回了四川。

几年后《舌尖上的中国》火了，听到里面说"也许，每个人的舌尖都是一个故乡"，我握着正在炒豆瓣酱的锅铲，深以为然地点点头。

所以张编找我翻译这本书时，我看了看内容简介，没有任何犹豫就答应了。张编还说，我觉得这个题材你来翻译比较合适。我"嘿嘿"一声心想，您直接说我是吃货好啦。

《鱼翅与花椒》，无论是读原书还是翻译，我始终都保持着一种高昂兴奋的情绪。作为把吃饭和做饭当成人生一件大事的人，我几乎从头到尾都带着深切的共鸣，边在电脑前敲字，边嗤笑着点头说"对对对"；边把那些描写美食的英文变成中文，边吞着口水，然后起身去炒个菜、加个餐。（友情提示：深夜勿读此书，会变胖哦！）最感动我的，大概是其中从"文化冲击"到亲身体验后"文化认同"的过程。扶霞啊，你哪还有个英国淑女的样子呢！吃火锅最爱的菜品是鸭肠、毛肚，没事就去小摊上"啃兔脑壳儿"，听到有回锅肉吃不管不顾地就去了陌生人的家。至于"非典"时期入湖南，烟花三月下扬州，寻"娃娃椒"到汉源……在我们吃货界，你也该是数一数二的"急先锋"了。

我跟扶霞是加了微信的，翻译过程中会问她些问题，或拍下我做的菜给她看。她偶尔还问我："这个鱼香烘蛋是怎么做的？"也会说："看着真好吃！"吃货本质比书中显露得有过之而无不及。圣诞节，我们各自都做了圣诞饼干。她用中式的传统模具，做了看着很像月饼的饼干，形状都是鱼、莲花、寿桃……我用一个外国人的配方，做了酷似教堂花窗的硬糖黄油饼（是的，我也爱烘焙）。图片先后发到彼此的微信上，我们大赞对方的饼干颜值高、心思巧，完成了一次小小的"中英友好邦交"。

书翻译到大概一半，有一天她在微信上跟我说："嘿，我要来成都哦。"我马上兴奋地盘算要带她去哪里撮个几顿，成都近几年有哪些"苍蝇馆子"她会感兴趣，又有哪些地方能安静地品尝佳肴、摆摆"龙门阵"。

遗憾的是，计划最终没有成行。因为她有工作在身，停留时间也短，我们只约了一顿饭。我本想着精选一家饭馆带她去的，结果她发来微信,"中午我们直接在XXX饭馆见吧。"一家我也没听说过的饭馆,在成都一条老街上。

到了才发现,我这个"新成都人"终究还是孤陋寡闻了。这家并不起眼的路边馆子在工作日的中午也挤满了人;门脸没那么招摇,但店里的墙上竟然挂了一个巨大的招牌,真是内敛的张扬、低调的奢华。我进去刚好遇到一个小桌的客人吃完抹嘴走人,赶紧占了位子。

几分钟以后,扶霞来了。一个年轻姑娘上来招呼我俩,涨红了脸想说英语。扶霞张口是带着"伦敦腔"的"川普":"李老板儿在吗?"

小姑娘堆了一脸惊讶的笑:"今天中午不在,出去了。"

"哦,那我们先点菜。"

我对这家店的期待值已经升高到一百分,连忙看着旁桌吃的内容点了豆瓣鱼、烧白(扣肉)之类的,扶霞赞许地说:"他们家的这些菜都是经典。"接着又很熟络地问:"再来个素菜?空心菜吧?"

我们第一次见面,也没说几句话,光是这点菜,就已经给我一种两人非常熟悉的错觉。毕竟,这点菜方式、风格,跟我的成都朋友们没什么两样啊。就连服务员问"有没有忌口?"我俩也是异口同声:"没有忌口,什么都吃。"然后相视一笑,这笑容里面飘满了葱、姜、蒜、香菜、折耳根……的香味,是属于吃货的默契。

菜的味道自然没话说。招牌菜豆瓣鱼味道醇香丰富,听说豆瓣也是自家做的,咸味恰到好处,混着葱、姜、蒜、香菜调出来的酱汁:入口先感觉咸鲜;接着悠悠的甜味和豆子自然发酵的那种特殊味道慢慢包裹了味蕾,和咸味完美融合;豆瓣的小颗粒又增加了生动跳跃的口感,很对得起这条肉质软嫩爽口的大鱼了。至于烧白之类,在我吃过的同类家常菜中也是翘楚。我边大快朵颐,边在心里感慨,扶霞推荐,果然比我这半吊子成都人认真计划的还要靠谱,真正是"术业有专攻"啊。

李老板儿回来了,是个亲切的阿姨,特地到我们这桌打招呼,态度比小姑娘要自然很多，四川话张口就来，"哟，你来啦？"

扶霞满脸笑容，"啊，跟朋友吃个饭。"

"你这回又是从英gui（国）还是美gui（国）过来哦？"

"英gui（国）。"

"有点儿远哟，是不是？"

"远得很。"

店里年轻的服务员不识得这位老食客，大概又觉得她亲切，有点好奇地凑上来，问一些略微尴尬的问题。

"你中文怎么这么好？"

"筷子怎么用得这么好？"

大概回答类似问题已经一百万遍的扶霞也不恼，笑着朝我挤挤眼睛。

她是拉了个行李箱来的，吃完饭就去坐车，要去四川东北部的古城阆中。

阆中的古镇是真古镇，很有味道，地理和文化意义也都不同于别处。我问她去干什么，"去参观吗？"

她抬眼一笑，筷子上还夹着一片烧白，"去吃。"

看她满眼闪烁着期待的光芒，要不是还有杂务在身，我都想跟她一块儿了。

不出所料，当天傍晚饭点儿的时候，我微信就接到她发来的图片，满满一桌子好菜。她说："阆中很好吃！"

我笑着摇摇头，心也飞到她那边的饭桌上了。

翻译《鱼翅与花椒》实在是我迄今为止最快乐的一份工作。总体上来说，这是一本轻松的"小书"，就算有从古籍而来的引经据典，有从地方吃食产生的深入的社会思考，但因为主角是食物，每一个字便都好像沾染着最亲切的人间烟火气。扶霞写得生动丰满，我也尽量去还原其中的"地气",也从一个外国友人的文字中再添了对故乡的了解与爱,大概还有一丝丝对旧时光的怅惘。日复一日的饭桌上,浓缩着你我倏忽而过的年华。酸甜苦辣,都是人生的营养;烟火人间,全是温情的味道。

特别感谢我成都的朋友们,听我喋喋不休地叙述书里的内容,反复地问:"这里是不是写得特别好?我翻得到不到位?"还有些吃货朋友做了某些段落的首批读者,有的赞叹鼓励,有的提出修改意见。书中涉及其他地区美食的章节,天南海北的朋友更是被我问了个遍。旧时香港的同学还把广东、香港的同事都拉了个群,来讨论书中某句话如何还原成地道的粤语。说到吃,大家都很是踊跃呢。来成都吧,欠你们一顿火锅!感谢亲朋好友,特别是父母,听说我在翻写自己家乡的书,纷纷为我回忆起四川旧时的吃食和成都的老街巷,让我翻译到相关文字时特别有画面感。最要感谢的,是你们从小给我的"投喂";长大以后要自己做饭的我,才明白小时候那种餐餐都能品尝美食而不自知的丰足之感,是多么难得、多么幸福。

当然,每一本书背后都少不了你的陪伴。有时我深夜翻译到书中写的美食,馋得慌又不敢敞开吃,只好读给你听,让你陪着我一起垂涎三尺,而你总是笑着说:"你想吃就吃嘛!胖点儿更乖(可爱)。"有时我翻译到喜欢的段落激动兴奋,你总是放下手里的工作,问我:"又看到什么好吃的啦?"这么多年我对美食、对生活的热爱,离不开你这个充满理解和欣赏的伴侣。我洗手作羹汤,虽然是出于对食物的兴趣,全不是为了"俘虏你的胃",然而看你夹一筷子放进嘴里喜滋滋点头的表情,我心里也会洋溢被鼓励、被欣赏的喜悦。一起去过很多地方,吃过很多美食,然而最温馨幸福的,不过是平常日子里每天拿着筷子面对面吃饭谈笑的时刻。你是我面包上的黄油,回锅肉中的豆瓣酱,钵钵鸡里的藤椒,肥牛蘸的干碟,酸辣粉上的葱花……是我呼吸的空气。谢谢你给我温暖美好的爱，让我勇敢前行。

来嘛，干辣椒放起，豆瓣酱炒起，肉切薄点儿，菜弄多点儿，火开旺点儿，装盘上桌，咱们开！饭！啦！

川妹子雨珈
二〇一八年三月于成都

图书在版编目(CIP)数据

鱼翅与花椒/(英)扶霞·邓洛普
(Fuchsia Dunlop)著；何雨珈译.—上海：上海译文
出版社，2018.7(2018.9重印)
(译文纪实)
书名原文：Shark's Fin and Sichuan Pepper
ISBN 978-7-5327-7791-4

Ⅰ.①鱼… Ⅱ.①扶…②何… Ⅲ.①纪实文学-英国-现代 Ⅳ.①I561.55

中国版本图书馆CIP数据核字(2018)第058257号

Fuchsia Dunlop
SHARK'S FIN AND SICHUAN PEPPER
Copyright © Fuchsia Dunlop 2008
First published as SHARK'S FIN AND SICHUAN PEPPER by Ebury Press.
Ebury Press is part of the Penguin Random House group of companies.

图字：09-2016-341号

鱼翅与花椒
[英]扶霞·邓洛普　著　何雨珈　译
责任编辑/范炜炜　装帧设计/邵旻工作室、未氓设计工作室

上海译文出版社有限公司出版、发行
网址：www.yiwen.com.cn
200001　上海福建中路193号　www.ewen.co
上海市崇明县裕安印刷厂印刷

开本890×1240　1/32　印张8.5　插页2　字数181,000
2018年7月第1版　2018年9月第4次印刷
印数：30,001—50,000册

ISBN 978-7-5327-7791-4/I·4776
定价：48.00元

本书中文简体字专有出版权归本社独家所有，非经本社同意不得转载、摘编或复制
如有质量问题，请与承印厂质量科联系。T：021-59404766